厳選恐怖小説集　牛の首

小松左京

角川ホラー文庫
23387

目次

ツウ・ペア

1

まっすぐ立っていられないほど酔っていたので、鍵が鍵穴になかなかはいらなかった。汗のせいか、いやに右手がぬるぬるして、力がこもらないので、彼は掌を何度もオーバーにこすりつけたが、また鍵をまわそうとするとぬるりとすべる。

朦朧《もうろう》とかすむ眼で右手の掌をすかしてみると、何だか黒っぽいものがついている。酔っぱらって歩いているうちに、塀にでも手をついて、タールでもついたのかな……と、彼は体をふらふらゆすりながら、頭の隅でぼんやり考えた。——そういえば、工事場の横で転んだような気もする。あの時、油のたまりにでも手をつっこんだのかも知れない。

誰かが背後から、じっと見つめているのを感じて、彼は知らぬ間にドアにくっつけていた頭をあげ、鉛のように重い眼蓋をむりに押し上げた。同じ階の、どこかの部屋の主婦らしい細面の女が、四、五メートルはなれた所に立っていた。——髪の長い女だ、という事はわかったが、顔は陰になって見えない。

「やあ……やあ……」彼は頭をぐらぐらさせながら手をあげた。「今晩は……ただいま……どうも、おさわがせしてすいません……」

彼が手をあげたのを見ると、女の姿は、何かにおびえたように、ふっと消えた。——部屋にひっこんだらしい。

ドアの鍵穴の横にも、黒っぽいしみがついてしまった。鍵はあいたが、今度は、ドアのノブがすべってまわらない。左手で、やっとまわしたと思ったとたん、頭からつっこむように、部屋の中にころげこんでいた。

自分のいびきで、突然目がさめた。——とたんに襟もとがぞくっとして、大きなくしゃみがとび出した。

天井に青白く光る輪が見えた。二つになったり四つになったり、ふわふわと飛びまわったりしていたが、それがやっと二つの輪型の蛍光灯におさまると、今度は、チッ、チッ、とせわしなくひびく、目覚しのセコンドの音が、はっきりきこえてきた。その間に、ポツン、ポタン、と、水道の蛇口からおちる水滴の音が、ステンレスの流しに反響して、びっくりするほど大きくひびく。

部屋の中は、しんしんと冷えこんでいる。

肩がぎちぎちに凝《こ》っていると思ったら、オーバーを着こんだまま、畳の上にひっくりかえっていた。——靴さえ片っ方はいたままだ。

起き上って、靴を入口にたたきつける。——とたんに胸がむかついて、こめかみにずきんと、痛みが走った。明日は、宿酔いの、ひどい出勤になりそうだ。

ガスをつけ、オーバーをぬぎ、ネクタイをひきむしり、水道の蛇口に口をつけて、じかに冷たい水をがぶがぶ飲んだ。――大息を一つふうっ、とついて、額にかかる髪を手の甲でかき上げると、眼の前に、赤いものがちらついた。

彼は流しの前に立って、しばらくぼんやりと赤く染まった右手を見つめていた。――部屋にはいって寝こんでから、ずいぶんたつような気がするのに、血は、たった今ついたばかりのように、ぬれぬれと光っていた。

ふと気がつくと、シャツの胸の所にも、べたべた血の手型がついている。――この分だと、ドアの所にも、オーバーや上衣などにも、いっぱいついている事だろう。血糊《ちのり》があまり新しいので、自分が掌かどこかを怪我《けが》したのだ、と思って、彼はいそいで水道をひねって手を洗った。血はみるみるおちたが、掌も手首も、どこにも切り傷はなかった。そのかわり、手の甲に、三筋の、爪でひっかいたようなみみず脹《ば》れが見えた。

――が、血は出ていない。

いったい、どこでこんなに大量の血が、手についてしまったのか？

工事場でころんだ時、交通事故の血溜《ちだま》りにでも手をつっこんでしまったのか？

かすむ頭で、彼は駅をおりてから、団地にかえりつくまでの事を思い出そうとした。駅にタクシーがなくて、歩き出してから、途中で辻《つじ》をまちがえて畠の中にまよいこんでしまい、そこからまたひきかえして、工事場の横を通り……。終電に乗る前についたという事はあり得ない。改札を出る時、定期券をしっかり見せなかったというので、駅員に腕をつかまれた。もう一度、駅員の前で定期をふって見せたが、その時は血などついていなかった。もしその時ついていれば、こちらが酔っぱらっていても、誰かがきっと注意してくれたろう。

とすると、やはりころんだ時だろうか？

それにしても、どうして血糊があんなにあたらしかったのだろう？——そもそも、これはいったい、何の血か？

白くふやけた掌を眼の前にあげて、何という事なしににぎりしめてみた。大きな蜘蛛《くも》のようなそれは、五本脚をぐっとちぢめる。

突然、どこか、ずっと遠くで、魂消るような女の悲鳴がきこえたような気がして、彼はぎょっとしてまわりを見まわした。——が、どこで聞えたわけでもなく、頭の中にひびいた幻想だという事は、自分でもすぐわかった。肩で息をついて、手をおろそうとすると、凝りかたまったように腕が動かない。指も、ぎゅっとこわばって開かない。

まだ血のこびりついている爪の間に何かがはさまっている。——ふるえる左手の指で、つまみとってみると、五、六十センチはありそうな、細く、長い、女の髪の毛だった。

髪の毛をとりさると同時に、右手の緊縛《きんばく》はとけた。ずきずき痛む眼で、その長い髪の毛を呆然と見つめていると、まだうすい赤い色がかすかにのこるシンクの排水口の所にも一本、同じように長い髪の毛がうねっているのに気がついた。

2

「多木くん……」

と提出した書類に眼を通していた課長が突然びっくりしたようにいった。

「は？」

寝不足でいつの間にかぼんやりしていた彼は、はっと我にかえって、立っている課長の机の前で背筋をのばした。——なにか、ミスがあったか……。

課長の隣の係長が、こちらを見ている。まわりの、いくつかの視線が、彼にそそがれていた。

「その手はどうした？」

はっとして視線をおとすと、右手がまっかだった——彼はまっさおになった。傍の女事務員が、小さな悲鳴をあげた。彼は、おろおろして、なんとかその手を、まわりの視線からかくそうとした。

「だめよ、多木さん……」と、背後から手がのびて、彼の腕をささえた。「シャツにつくわ」

「怪我したんだろう。早く医務室へ行きたまえ」

と課長はいった。

彼は血みどろの右手を、思わずかたくにぎりしめた。怪我でない事は、どこにも痛みを感じない事からすぐにわかった。

「上にあげた方がいいわ、またたれてくると……」

とお節介《せっかい》のハイミスが、彼のシャツの袖をまくり上げながらいった。「私、ついてってあげましょうか」

「いいんだ……」彼は狼狽《ろうばい》しながら、ふりきるように課長の前をはなれた。「自分で行けるよ。子供じゃあるまいし」

「飲むのもいいが、宿酔いするほど無茶飲みをするなよ」課長が声をかけた。「書類ミスぐらいならどうってことはないが、大怪我して気がつかないなんて事になると命にかかわるからな」

笑い声が上るのを背にききながら、彼は事務室をとび出した。にぎりしめた右手を、左脇の下にかくすようにしながら、エレベーターの前を走りぬけ、階段をかけ上る。その階の洗面所は、いつも誰かはいっている。二階上の、役員室がある階のものなら、大てい誰もいない。

階段をかけ上って息を切らせながら、彼は人気のない廊下をしのぶように足早やに歩き、洗面所のドアの外で、そっと中の様子をうかがい、人の気配がない事をたしかめて、すべりこんだ。

水をはねかえるほど出して、半まくれのシャツの袖がぬれるのもかまわず、彼は肘の関節ぐらいまでごしごし洗った。水を勢いよく出したのは、赤く染まるのを見るのが何だかこわかったからだった。

　血は、たった今ついたばかりのように、ぬらぬらしていた。石鹸液をたっぷりつけ、思いっきりごしごし洗って、爪の間にこびりついていないかたしかめようとすると、そこにまたそれがあった。

　細く、長い、かすかに赤みをおびた女の髪の毛……。そして、手の甲の三筋のみみず脹《ば》れ……。

　ふいに横の洗面台に、人影が立ったので、心臓がのどにとび上るくらいおどろいて、ふりかえると、隣の課の、同じ大学の先輩の奈良崎が、水道の栓をひねっていた。——背後で洋式便器の中を水洗の水がおちる音がしていた。誰もいないと思ったが、奈良崎がはいって扉をしめていたのに気がつかなかったのだ、とわかった。

「怪我かね？」伊達男の奈良崎はぬれた手をぬぐうと、ボウタイをちょいとなおしながら、鏡にむかっていった。

「ええ……いや……」

「ずいぶん熱心に洗ってたな……」奈良崎は、ニヤッと笑った。「なんだかマクベス夫人を思い出させたぜ」

　返事のしようがなくて、彼はほとばしる水の中で、やたらに手をもんでいた。——もちろん、爪にはさまった髪の毛は、水の中でとって流してしまった。

「君もこの階のトイレを使うのかい？」奈良崎は、ネクタイのつぎに、襟を下にひっぱりながらいった。「おれもさ。混んでなくていいよな。悠々と瞑想にふける事ができる」

お先に、といって奈良崎が出て行ってしまったあと、やっと彼は水をとめた。――ハンカチで冷たくなって色の変った手をぬぐって、ふと洗面台をのぞくと、あれほど強く流しつづけたのにもかかわらず、あの長い髪の毛は、真っ白な陶器の上に、ゆるくうねってへばりついていた。


階段を一階おりる間に、彼はこのままでは、課にかえれない事に気がついた。――その階からエレベーターにのって、彼は六階の診療所へ上った。さいわい、一、二度デートした事のある、かわいい、気だてのいい看護婦がいたので、彼は衝立《ついたて》の向うにいる医師に気をくばりながら低い声でいった。

「繃帯《ほうたい》を一巻きくれないか？」

「どうしたの？　怪我？」と看護婦はよく通る明るい声でいった。「出しなさいな、見てあげるわ」

しっ、と彼は唇に指をあてた。

「薬はいいんだ。――繃帯だけくれれば……」

「いったいどうしたのよ。どこを怪我したの？」

「君に見せられない所さ――おちんちんだ」

「ばか！」

少し顔を赤くして、ぴしゃりと彼の腕をぶつと、看護婦はケースをあけて繃帯の包みをとり出した。

「本当に繃帯だけでいいの？——一体何にするの？」

彼は繃帯の包みをうけとって、ちょっと考えた。

「やっぱり、薬をぬってもらおうかな……」

「それごらんなさい」クスッと笑った看護婦は、しかし、彼のつき出した右手を見ると、けげんな顔をした。

「どこを怪我したのよ」

「してやしないさ」彼は無理に笑いをうかべながらいった。「実は、今日の午後テニスの試合を申しこまれていてね。出たくないんで……その口実づくりさ」

「あら、多木さんもテニスやるの？」外用薬の罎《びん》をとりよせながら、看護婦はいった。

「私も少しはやるのよ。いつか、お手合せしたいわね」

クスクス笑いながら、手ぎわよく繃帯をまきおわると、突然看護婦の眼の光がつよくなった。

「やだ……」と、彼のシャツの胸もとに指先をのばしながら、看護婦はいった。

「こんな所に、女の人の髪の毛つけちゃってさ、——ごちそうさま」

誤解だよ、という声は、口の中だけで、とうとう唇の外に出なかった。——彼は自分の顔がまっさおになり、冷や汗がふき出した事をさとられまいと、くるりと背をむけると小走りにかけ出した。眼の隅に、ぷっとふくれた看護婦の顔がちらとうつった。

課の部屋にはいる前に、彼は呼吸をととのえ、汗をぬぐい、顔をこすって血の色をよみがえらせた。

「ひどい怪我だったかね？」

机へかえって行こうとすると、課長が声をかけた。

「いや……大したことはありませんでした」彼はこわばった笑いをうかべながら、かすれた声でいった。「知らないうちに、どこかにひっかけたらしくて……」

「顔色が悪いぞ……」と課長はいった。「なんならちょっと休んできたらどうだ？」

それほどの事はありません、と呟きながら、彼はそっと机の下にかくした右手を見た。今巻いたばかりの繃帯に、また血がにじんではいないか、と思ったのだった。

繃帯は、まだまっ白だった。

それはよかったが、今度はもう一つの事が思い出されて来て、彼は全身の血が、ずしりと重く、足の方に沈んで行くのを感じた。

それでは——今朝、また右手が血まみれになっていたのは……あれは、ゆうべ酔っていて、洗ったつもりで洗い忘れたのでは決してなかった。

右手は、寝ている間に、再び血まみれになっていたのだ！

それにしてもこの血は……と紫色にせばまり行く視界を、必死にふみこらえながら、彼は胸の底でつぶやいていた。……いったい、どこから、くるのだ？　そして、あの髪の毛は。

3

バーも麻雀もことわって、その日は会社がひけるとまっすぐアパートへかえった。かえりついた時は、もう外はまっ暗だったが、酔ってない眼で、もう一度ノブのまわりをたしかめると、今朝拭きとったあとに、まだうっすらと血痕《けっこん》がついている。――中にはいって、風呂場をのぞくと、前夜血まみれになったシャツは、浴槽《よくそう》の冷水の中で、ほとんど血の色を失っていた。血のついた上衣とオーバーは、まだそのまま戸棚に吊ってある。オーバーが着られないため、その日は、この寒空にトレンチコートで出勤したのだ。

繃帯を見ると、果してもう、血が中心部ににじんでいた。――繃帯をはずし、いつの間にかまた血まみれになった手を、今度はすぐに洗わず、しげしげと眺めた。血にまちがいない。鼻を近づけると、ぷんとなまぐさいにおいがする。洗いながして、爪の間をながめると、今度はあの髪の毛ははさまっていなかった。――湯を沸かし、茶を入れ、ターミナルのデパートで買って来た弁当を食いはじめた。――途中で思い出して、ウイスキーをひっぱり出して水割をつくり、それをあおりながら食べた。できるだけにぎやかにしたいので、テレビはつけっ放しにしておいた。――酔いがまわり、腹がくちくなってくると、少しは気分がおちついた。

血が、どうだというのだ？――別に実害はない。ひょっとすると、掌の毛細血管から、自然に血が噴き出す奇病かも知れない。そうだ、明日、医者に行ってみよう。……人間の体にできた腫《は》れ物から、本物の天然綿の繊維が噴き出す「綿ふき病」という奇病さえあるのだ。掌から血がにじみ出るぐらい、大した事はない。

髪の毛は？

三回とも偶然だろう――と、彼は自分に強弁《きょうべん》しようとした。――そういえばゆうべ、この階のどこかに住んでいるらしい、髪の毛の長い女が、酔っぱらって鍵をあけようとしているおれの事を見ていたっけ……。あの女、梳《す》き毛の始末が悪くて、それが風にとばされて、この部屋にどこからかまぎれこみ……服にでも、たくさんついているんじゃないかな？

テレビの白痴的お笑い番組のにぎやかさに元気づけられて、その強弁もなんとか飲みくだせそうだった。――彼は、グラスをのみほし、熱い茶を湯のみに一ぱいつぐと、のこったおかずで、冷えた飯をかきこみはじめた。――二口、三口、ほうばった時、舌の先になにかざらっとしたものがふれた。指を口につっこもうとすると、口から何かが糸をひいた。

つまんでひくと、飯の中から、細く、長い、やや赤らんだ女の髪の毛がずるずるとひき出されて来た。

しばらく、凝然《ぎょうぜん》と、その三、四十センチほどの髪を見ているうちに、彼はあついものでも手にふれたように弁当折りを膳の上にほうり出し、ウイスキーをグラスにどくどくつぐと、生《き》のままでぐいとあおった。

あまりの胸苦しさに、思わず大声で叫ぼうとして眼がさめた。——部屋の一角から、はげしい雑音とともに、青白い光が横ざまにさしている。テレビをつけっぱなしのまま眠ってしまったらしい。いつ蒲団を敷いてもぐりこんだのかおぼえがないが、ちゃんと蒲団はかけている。が——そのかけ蒲団の裾《すそ》から胸にかけて、なにか石のように重いものがずっしりとのっていて、おしつぶされそうに息苦しい。叫ぼうとしても声が出ない。

突然、全身にどっと冷たい汗がふき出した。

蒲団の裾の方に、誰かが立っている！

テレビからさす青白い光が、かろうじて、その足もとをかすかに照らし出すだけで、顔はもちろん、姿形《すがたかたち》はほとんどわからない。が、ほそい、背の高い影が、ぼうっと部屋の隅の暗がりの中につっ立っている。

「誰だ！」

と声が出たとたん、胸から裾へかけての重みがすっとなくなった。反射的にはね起きたが、全身はまるで電気にかかったようにはげしくこまかくふるえ、膝ががくついて立つ事もできないほどだった。カタカタカタとかわいた音をたてて、歯が鳴っていた。黒い影は、まだ部屋の隅に朦朧《もうろう》と立っている。そのあたりから、全身を総毛立たせるような冷気が、流れ出してくるのだった。——じたッ……じたッ……というような、はだしの足でしめった畳をふむような、かすかな音が、その影の方角からきこえる。

「誰だ！……そこにいるのは誰だ……」

彼は、かすれた声でもう一度叫んだ。叫びながら、まるではうようにして、壁のスイッチをさぐった。

部屋の隅には誰もいなかった。——今の今まで、その一角から吹き出していた冷気は、明りがつくと同時にふっと消え失せた。だが、ぼたっ……ぼたっ……という音は、なお蒲団の裾の方からきこえ、畳の上に、どろりとした赤い斑点がひろがりつつあった。

彼は天井を見上げた。——白っぽくぬられた天井のどこにも、血のしたたってくるあとはない。にもかかわらず、ぼたっ、と音がして、畳の上に、また小さな赤い花が咲いた。彼は思わず、血溜りの上に手をのばした。——ぽつっ、となまあたたかい血の滴《したたり》が、掌の上におちた。つづいてもう一つ……。彼はさし出した手を、次第に上にあげて行った。二つ、三つ、と、血の花びらはふえて行った。が、ある高さになると、不意に血の滴はおちてこなくなった。今度は徐々に手をさげて行くと、またポツリと、なまあたたかいものが掌をうった。

血は、畳の上七、八十センチほどの高さの、何もない空間から、したたりおちている。

ふわり、と何かがひろげた指にからまった。——細い、三、四十センチほどある髪の毛だった。人さし指にからまって、すうっと下にたれた髪の先を見おろすと、畳の上の血溜りの傍に、二筋の髪の毛が、蛇のようにうねっていた。

4

「掌の皮膚に異常はない……」と加賀見医師は検査室から出て来ながらいった。「汗腺も毛細血管もごく正常だ。——色汗症といって、色のついた汗が出ることもあるが、それでないのは勿論だし……第一、あの血液型はAB型だ。君の血じゃない」

「だから、はじめから言ったでしょう!」彼は傍の奈良崎をふりかえって、叫ぶように言った。「あの血は、掌から噴きだすんじゃないんだって……」

「とすると、いよいよ怪談か……」奈良崎は、鼻の頭を掻いた。「怪談といっても、いろいろあるぜ。——〝聖痕〟というのを知っているかね? ヨーロッパじゃよくあるが、健康な人間の掌や、足の甲に、何で切ったわけでもないのに、突然傷ができて血が噴き出すんだ。それがちょうど、キリストが磔《はりつけ》にされた時、釘をうたれた箇所にあらわれるので、〝聖痕〟とよばれている……」

「ヨーロッパも、地方へ行けば、まだまだ未開だからな……」と奈良崎と同期の加賀見医師は、眉をしかめた。

「信心きちがいが、ヒステリー発作を起して、無意識のうちに自分で傷をつけるんだろう」

「ところがそうも言われん所があってね……」妙な趣味で、世界中の奇現象についてよく知っている奈良崎は肩をすくめた。「君たち医師の、合理的説明って奴を、まるきりうけつけない現象もあるんだ。――クラリタ・ヴィラノヴァ事件というのを知っているか？」

「知らんな。なんだ、それは……」

「一九五一年五月十日、十一日と二日にわたってマニラ市で起った事件だ。クラリタという十八歳の少女が、突然眼に見えない何ものかにおそわれ、かみつかれた。その歯型が、体中何箇も、警官、マニラ警察署長、監察医、マニラ市長の見ている前であらわれたんだ。二度目は法廷で新聞記者が見ている前で起った。三度目はマニラ市長が少女の腕をおさえていたが、その手の下で、歯型があらわれた……」

「信じられんな、そんな事……」と加賀見医師は横をむいた。

「じゃ、自分でマニラへ行って当時の記録をしらべるんだな。新聞記者にも、警察の公式記録にものこっている。――多木は、昨日の晩、部屋の中の、何もない空中から、血がわいてしたたりおちた、と言っていたな……」

「ええ……」

「それも似たような話がずいぶんある。——広義の〝騒霊現象《ポルターガイスト》〟とよばれるものの一つだがね。ポルターガイスト現象というのは、大昔から人間によって知られ、現在なお、世界のどこかで起りつづけ、科学者や警察によって、目撃されていながら、まだどんな科学的説明もつけられていない、もっともポピュラーな奇現象だ。日本でも戦後起っているよ。関西在住の歴史小説家で有名なS氏は、終戦後間もないころ、京都市北郊、大原雲ヶ畑の寺でそれを目撃して記事を書いているし、昭和三十二年一月に青森県北津軽郡で八日にわたって起ったのも、大勢の人間によって目撃されている。東北は〝座敷ぼっこ〟などという現象が多い所だからな……」

「やはり、血も降るんですか？」

「血の話は聞かないが、何もない空間から、岩だの小石だのが降ってくる、という事件は、世界中にいやというほどある。——日本でも富山県にそういう事がよく起る村があるが、一番有名なのは、一九五七年三月七日、アメリカのパースという街で起った現象だ。その時は、ペニーという青年の仮住いのテント、テントの中で、高さ一・八メートルほどのなにもない空間から小石がふり出し、日中数度、一回五分ほど降りつづけた。新聞記者十名、見物人五百人の見る中で、その現象はつづき、記者や警官がテントの内外をしらべたが、テントには穴もあいておらず、すきまもなかった。この現象は三十五日間もつづき、ペニーというその青年についてまわった。また、乾いた壁から突然水が噴き出し、壁をこわしたが、中には水道管も雨もりもなかった、という事件が一九六三年九月二十七日、アメリカのマサチューセッツ州メチューエン市のマーティン邸で起っている……」

「どうも、これは……そんなのじゃないみたいです……」と多木は青い顔でつぶやいた。

「たしかに……あれは、女の幽霊でした。幽霊が……ぼくにたたっているんです」

「なにかおぼえがあるか？」

「まさか……」多木はぎょっとして、青ざめた。「……何のおぼえもありません」

「じゃ、なぜ、君にたたるんだろう……」奈良崎は首をかしげた。「今夜も君の部屋に出るかな？――ぼくが泊ってやろう」

「それより二人とも、紹介状を書いてやるから、精神科へ行ってみたらどうだ？」加賀見医師はうんざりしたようにいった。「頭がおかしいんじゃないか？――ばかばかしい」

「じゃ、君はこれをどう説明するんだ」奈良崎はいきなり多木の右手をつかんで、ぐいと医師の方につき出した。

「つい一分前まで、きれいに洗われていた事は、君も見ていたろう？――皮膚組織をきりとったあとからの出血だ、と思うなら血液型をしらべてみろ。手品じゃない、彼の体のどこに、そしてこの部屋のどこに、これだけ大量のAB型血液があるか、さがしてみたらいい」

たった今、血みどろになった多木の右手を見て、加賀見医師はさすがに顔色を変えた。

奈良崎はその土曜日の夕方、アパートへ来た。——店屋物《てんやもの》で食事をすませ、少し飲み、テレビを見、時間つぶしに二人でカードをはじめた。わずかな金をかけてブラック・ジャックでやりとりし、途中でドロウ・ポーカーに切りかえた時は、もう十時をすぎていた。奈良崎はブラフの名人で、何とかその裏をかこうとしているうちに、次第に夢中になって来た。

何十回目かの勝負で、奈良崎がコールし、彼が手をさらした。——クラブとスペードのキング、ダイヤとハートのクインのツウ・ペアのカードの上に、なにかがポトッとおちた。彼は、はっとして宙を見上げた。

「はじまった……」と彼はかすれた声でいった。「……ようです……」

キングの剣をもった手の上に、ぽつりと赤い汚点ができた。つづいてもう一枚のキングのカードにも、……それにつづいて、ハートのクインの胸にも、じわっ、と血の斑点《しみ》がうかび上った。つづいてダイヤの方も……。

それを見た時、彼の中に、ずきん、と名状しがたい衝撃が走った。

ツウ・ペア……。キングの血ぬられた手と、クインの血のにじむ胸……。

ぼたっ……。

と、奈良崎の背後で、畳の鳴る音がした。部屋の一角から、氷のような冷気がふうっ、と吹き出した。

「はじまったか?」奈良崎は、襟をすくめながら天井を見上げた。「どこに?」

「うしろ……」彼はこまかくふるえながら指さした。

入口のドアのついた壁と、押入れとのつくり出す角の所の畳の上に、もう三つ、赤い、丸い点ができていた。――血の滴は、はっきり、畳から八十センチほど上の空間にふいにあらわれ、落下し、畳の上に、ぼたっと音をたてる。

さすがの奈良崎も、紙のような顔色になって、その血の滴のあらわれる空間を凍りついたように見ていた。――意を決したように立ち上ろうと奈良崎が膝をたてたとたん、電圧が下ったように、蛍光灯がぶん、と音をたてて暗くなる。思わず見上げる二人の頭上で、蛍光灯は、ぼうっと光力を弱めて、ふっと消えた。

多木はとうとう、見栄も外聞もなく、悲鳴をあげた。

明りの消えた真の闇の中に、ちょうど血のおちていた部屋の隅の所に、ぼんやり若い女の姿がうかび上った。――肩から背へすべる長い髪、藍のようにまっさおな顔、なめらかな卵型の顔に、ほそく弧を描く眉、通った鼻筋、くろずんだハート型の唇……瞳のないうつろな眼は、ひたと彼の方にむけられ……黒い裾をひくマキシドレスの左胸には、深々と何かの刃物がつきささり、そこの傷口から、燐光を放つ血が、闇の中で赤く燃えながら、ぽたり、ぽたりとしたたりおちる。

女は突然、苦悶にその美しい顔をゆがめた。

唇がいっぱいにひらかれ、その部屋の中ではない、二人の頭の中に、すさまじい断末魔の悲鳴が、長く長くこだましたかと思うと、女の姿は、くずれおちるように消えた。

5

なぜ、そんな所を歩いているのか、自分でもはっきりしなかったが、彼は、日曜の午後の人出で雑踏《ざっとう》する目ぬき通りを、宿酔いと寝不足に朦朧《もうろう》とする眼を必死になって見開きながら歩いていた。——前夜、とうとう恐怖のあまり、自分の部屋を出て、その大都市にある奈良崎のマンションにとめてもらった。酒をあびるほど飲んだのに眠れず、やっと夜が明けてから、一、二時間まどろんだだけだった。眼がさめると、奈良崎は、その日に約束があったのか家族ぐるみ出かけており、テーブルの上に置き手紙があったようだが、見もしなかった。そして、気がついた時には、奈良崎のマンションからほんの二丁ほど先の、デパートや高級品店のならぶ通りをふらふら歩いていた。

うす曇りの二月の厳寒の中で、彼は全身、ねとねととした脂汗にまみれていた。——無茶飲みしたウイスキーが体の中にのこり、顔がもえ上っているようだった。ひっきりなしに汗を流しながら、彼はふらふらと雑踏にぶつかりながら歩いていた。

どうして洋品店のウインドウの前などに立ちどまったのかわからなかった。——なにか、ぶつぶつつぶやきながら、彼はガラスに顔をくっつけるようにして、舶来の生地や、ゴルフ用具をながめているだけでなく、どうして中へはいって、カウンターの所に立ったのか、店員から、「なにか……」と声をかけられるまで気がつかなかった。

その時になって、やっと、自分がずっと前から、外国ものの、大型の裁物鋏《たちものばさみ》がほしかった事を思いだした。アパートに、小さな鋏はあったが、彼は子供の時から、大型の、洋裁用の裁物鋏の爽快な切れ味が好きで、小包みの紐を切ったり、新聞の切り抜きをする度に、いつか閑を見つけてそれを買いに行こう、と思っていた。

そのウインドウに、彼の欲しかった鋏があり、カウンターの下のガラスケースに、それがいくつかならべられていた。

「はい……」と店員は言って腰をかがめ、カウンターの上に、二つ、三つとならべて見せた。「これはドイツ製、こちらはスエーデンのもので……専門家のお使いになる品でございます」

ふらつく体をカウンターにささえ、彼は一番大型のものをとりあげて、皮のケースをはずした。

その時、入口の方から、黒い、細い体が店内にはいってくるのが、眼の隅に見えた。その娘の視線が、彼の横顔に凍りつくのに気がつかなければ、そちらをふりかえらなかったかも知れなかった。——ともすれば、朦朧としがちな眼をしばたたいて、入口の方に顔をむけた時、黒いセーターに黒のパンタロンをはき、黒いマキシコートのボタンをはずした若い娘の、恐怖にみちた視線ともろにぶつかった。——肩から背にすべる長い髪、卵型のなめらかな顔、細い弧を描く眉、通った鼻筋、ハート型の唇……。

彼の中に、どしん、と脊椎をどやし上げるような衝撃が走り、視界がにわかにはっきりした。最初、鳩尾《みぞおち》の凍るような恐怖が、つづいてはげしい驚愕が、そして徐々に怒りに似た感情が、こみ上げた。

昨夜、彼の部屋に出た幽霊女だ！——彼女は……生きている！

娘の唇が、わなわなふるえながら悲鳴を上げるようにゆっくり開かれた。蠟《ろう》のようになった美しい顔は恐怖にこわばった。悲鳴を上げるかと思った一瞬、娘はマキシコートの黒い裾をひるがえしてパッと外へとび出した。

「おい、君！」彼は大声でどなった。

「待ちたまえ！」

体の中にのこっていた酔いが、一瞬怒りとなって燃え上った。——背後で店員が何か叫んでいたが、耳にはいらなかった。昨夜の幽霊女が、生きていて、この日曜の午後の街を歩いていた事、そしてむこうが、明らかに彼の顔を見て、恐怖の表情をうかべ、逃げ出した事が、一瞬、宿酔いに機能の低下した彼の理性を失わせた。あの幽霊が、生きている女性だった以上、これは誰かが——何のためか知らないが——彼をおどかそうと、人為的にしくんだトリックにちがいない、と思ったとたん、彼は爆発的な怒りにかられたのだった。——鍵のかかった部屋への幽霊の出し入れ、血と、髪の毛の不可解な出現と言った事は、その時彼の頭になかった。ただただ、あの娘が、何か汚いお芝居の一味であり、今こそつかまえて泥を吐かせてやる、という事だけで頭が一杯だった。

雑踏にぶつかりながら、彼は猛烈な勢いでダッシュした。まわりの悲鳴や怒声など耳にもかさず、彼は十メートルほど先にひるがえる、黒いコートの裾めがけて走った。流行の、踵《かかと》の太いハイヒールでかけている娘のスピードは眼に見えておちはじめた。一度、腕に手がふれたが、もぎはなされた。

「助けて！」娘は金切り声で叫んだ。

「殺される！」

「おい！」と誰かが、彼の腕をつかんだ。「待て！——何をするつもりだ」

その腕を体をふってふりはらっている間に、娘は四、五メートルひきはなし、角をまがろうとしていた。彼は歩道を蹴って、一気に間をつめた。

角を曲った所が、工事中で、車道、歩道ともに通行止めだなどとは思っても見なかった。勢いつけて角を曲ったとたん、通行止めのため、走ってひきかえしてくる娘と、出会い頭にはげしく正面衝突した。もつれあってたおれそうになるのを、やっとこらえて、彼は娘の細っこい体を乱暴につかまえた。

「おい、君！」と彼は眼にはいる汗に、眼をしばしばさせながらどなった。「なぜ逃げた？」

娘は、彼の腕の中で、恐怖のために石ころのようになった眼を見ひらき、色を失った唇をわなわなふるわせながら、かすれた声でいった。

「おねがい……殺さないで……」

次の瞬間、その顔は苦悶《くもん》のためにくしゃくしゃにひきゆがんだ。歯をくいしばるようにすると、彼の右手の甲を爪をたててかきむしり、ゆっくりくずれおれるように歩道にたおれた。

その時になって、彼は自分の右手をひたす、ぬらぬらしたもののぬくみに気がついた。曲ったままこわばった指は、娘の胸から流れ出した熱い血に染まり、爪には一本の長い、細い髪の毛がはさまっていた。手の甲の三本のみみず脹《ば》れと、あおむけにたおれた娘のセーターの左胸に、深か深かとつきささったドイツ製の鋏を見くらべながら、彼は背後で、通行人の女がたてている鋭い悲鳴を、ぼんやりときいていた。――その悲鳴は、今度は、頭の中ではなく、現実の、うす曇りの凍てついた空の下、ビルの谷間に、長々と、サイレンのようにひびいているのだった。

6

「どうして彼女が……」と拘置所《こうちじょ》の面会室の金網の向うで、彼はつぶやいた。「まだぼくに殺されないうちから、ぼくにたたったのか――死ぬ前に幽霊となってあらわれたのか、どうしてもわかりません……」

「彼女の友だちの話だと、彼女も、君とであう二、三日前から、若い男に殺される夢を見ておびえていた、というな……」奈良崎は沈痛な調子でいった。「彼女の友だちからきくと、彼女の語っていた〝夢の中の殺人者〟の年恰好《としかっこう》、背丈、人相は、君にぴったりだ。だからあの店で君にばったりあった時、彼女はおびえて逃げ出したんだろうな」

「それはまだわかります。——先輩からきいた、予知とか、予夢とかって奴でしょう。特に事故なんかで死ぬ人が、そういう夢をよく見る、って話は先輩からたくさん聞かされましたね。しかし……ぼくの場合は、いったいどうなるんでしょう？　まだ殺してもいないうちから、どうして死んでいない女の幽霊にたたられたんでしょうね。……有罪はしかたがないが、その事だけがどうもすっきりしない……」

「その事についても……ある程度、わかったつもりだが……」奈良崎はためらいながらいった。「君には——兄弟はいるかね？」

「いません」多木は首をふった。「ぼくは産みの親が二人とも、赤ん坊の時死んで、多木家の養子になったんです。その養父母も大学の時相ついで死んで——遺産はかなり残してくれましたが——養父母にもほかに子供はいませんでしたから……」

「君は、実家の戸籍謄本を見た事があるか？」

「いいえ、抄本ばかりです——養家のなら見たような気がしますが……」

「死亡抹消されているから、原簿を見ないとだめだが——君には、実は兄弟がいたのだ」

「ああ……そんな事を、ちらときいたような気もしますが……」彼は、遠くを見るような眼つきをした。「赤ん坊の時死んだんです」

「ところが、死んでいなかったんだ……」奈良崎はいった。「今は……死んでるがね」

「へえ……」多木の眼に、かすかな動揺が起った。「ほんとですか？――しかし、たとえぼくに兄弟がいた所で、それがどんな関係があるんです」

「君の兄弟は、――兄さんだが、生れたのは、君と同じ年の同じ月、同じ日だ……」奈良崎は、絶句した彼の顔に、じっと眼をすえた。「そう――君たちはふた児……それも一卵性双生児だった……」

「ふたごですって？」多木の声は高くなった。

「……一卵性……双生児ですって？」

「ああ……もっと奇妙な事に、君に殺された彼女の方も、同じような事情があった。――彼女にもやはり一卵性双生児の姉がいた。しかし幼い時わかれて、お互い知らなかったらしい……」

多木は金網を両手でぎゅっとつかんだまま、絶句した。――唇が色を失って、かすかにふるえていた。

「その事件をしらべるために、北海道まで行って来たよ……」奈良崎は、ふっと溜息をついて眼をそらした。

「君が、あれをやってしまうきっかけ一年前、君の兄さんは、洋裁学校にかよっていた彼女の姉さんを、洋裁用の鋏でさし殺している。無理心中だった……」

「そんな……」彼は視線のさだまらなくなった眼を、キョロキョロと天井や壁に走らせながら、しわがれた声でつぶやいた。「コルシカの兄弟……いや……だって、一年もたって……」

　それから多木は、眼を宙にすえたまま、またしばらく絶句した。――しばらくして、彼は、変に沈んだ、低い声でつぶやいた。

「じゃ……ぼくの所へ出たのは……ぼくのふた児の兄貴に殺された、彼女の姉の幽霊なんですか？」

「そう考えていいだろうな……」奈良崎はうなずいた。

「しかし、なぜ……」叫ぶように大声でいいかけて、多木はまた沈んだ声でつぶやいた。「なぜなんだ？――なぜ、彼女の姉は……ぼくにたたらなきゃならないんだ？　関係ないのに……」

「君の兄さんに殺された時、彼女には、結婚する約束までした恋人がいた……」と奈良崎はいたましそうにいった。「それに……君の兄さんとちがって、女の方はすぐ死ななかったそうだ。一時間ほど生きていた。――その間、大変苦しみ、なぜ死なななきゃならないのか、これから、やっと幸福な生活をはじめようとするのに、死ぬのはいやだって……大変泣きさけんだそうだ。手術をしようにも麻酔がちっともきかず、最後まで泣きさけんだ、と病院の方ではいってたよ。麻酔がきかなかったため、死んだようなものだそうだ……」

　多木は、猿のように金網につかまったまま、うつろな眼を見開いていた。

「君の兄さんは、もう一つの鋏で心臓をついて、こちらは即死だったからな……。つまり……女の方は、怨みを晴らそうと思っても、たたる相手がこの世にいないのだから……」

「それにしても……」彼はうつろな眼をしたまま、かすれた声でつぶやいた。

「……なんてひどい……理不尽な……なぜ妹まで犠牲に……」

「妹の方も、あつあつの恋人がいて、もうじき結婚する事になっていたそうだ。――一卵性双生児の姉の、嫉妬――なのかね……」奈良崎は、ハンカチを出して、そっと汗をぬぐった。

「生きてるって事は……厄介な、恐しい事だね。自分が全然知らない事で……思っても見ない事で、直接の責任は何もないのに、知らぬ間に他人に怨まれている、という事が、よくあるにちがいない。ずいぶんひどい話だが……女の世界なんて、美人であるという事だけで、……幸福であるだけで、憎まれたり、嫉妬されたりする事がしょっ中だからね……」

「ツウ……ペア……」

と、突然多木がしわがれた声で言って、低く笑った。

「この事は一応弁護士には話しておいたが……」腰を上げながら奈良崎は、自分に言ってきかせるようにつぶやいた。

「弁護の材料にゃならんだろう。――たたりとか、因縁《いんねん》といった事を判定に加味するようには、今の裁判はできていないからな」

「ツウ・ペア！」

いきなり大きな声でどなると、多木は大声でゲラゲラ笑いはじめた。――看守がけわしい顔をして、近づいてきた。

あんな話をきかせて……狂ったかな？

と、ゲラゲラ笑いながら、二人の看守に腕をとられて面会室を出て行く多木を見送りながら、奈良崎は思った。もし、狂ったなら――せめて一人は助かるわけだ。

だが、多木は狂わず裁判をうけた。

――そして、すすんで本人も有罪をみとめ、実刑を申しわたされた。

一年たって、社の方に突然、顔色の悪い男の訪問をうけた奈良崎は、その、多木と同室で仮釈放になったという男から、元気にやっている、超自然現象の本をさしいれてほしい、という多木の言伝《ことづ》てと、彼が模範囚で、その日から、縫製工場の方に作業がかわる、という消息をきいた。――縫製工場ときいて、ぎょっとして、奈良崎は急いで刑務所に電話をかけた。ひょっとすると間にあわないかも知れない、という予感におそわれながら……。

多木が鋏で心臓をついて死んでからしばらくたって、身寄りのない彼の遺品は、遺言によって奈良崎の手もとに送られて来た。――その中に、手ずれのしたトランプが一組あった。それがあの晩、二人でポーカーをやったトランプである事を思い出した奈良崎は、奇妙な気分におそわれながら、カードをくった。あの晩、多木の手にできたツウ・

ペアの、ダイヤとハートのクインの胸には、色あせ、うすくなった血痕がまだついていた。スペードとクラブのキングをぬき出してならべた時、奈良崎はぎょっとしてそれを見つめた。

キングの、血で汚れた手ににぎりしめられた剣が鋏にかわっていた。

だが、よく見ると、それは、トランプの表面の傷に、血がしみこんで、鋏のように見えただけだった。どこにはさまっていたのか、一本の長い髪の毛が、四枚のカードをからめるように、机の上にうねっていた。

安置所の碁打ち

眼がさめた時、なんとなくいやな感じだった。――気分が悪い。胸がやけるような、頭がしめつけられるような、のどがひりつくような、なんとも形容のできない不快な気持だ。妙に体が冷えているみたいで、といって別に寒けがするわけでもない。

寝床の上に起き上ってみても、いやな気分は消えなかった。体がふわっと浮いているような感じで、変に現実感がない。夢遊病にでもかかったような、なんともいえずおかしな感じなのである。

日頃心臓があまりよくない上に、この所、深酒と不摂生がつづいている。前夜もむしあつさにめいる気分をひきたてるつもりで、行きつけのバーで、常日頃になく熱燗《あつかん》などに手を出したのが、気のめいるのはなおらずに、盃ばかりが進んでしまい、へべれけになって車に押しこまれたのはおぼえているが、どこをどうまわったか、御帰館は午前様で、再び意識をとりもどした時は、政所《まんどころ》の文句を背にききながら、門口でしたたか吐いていた。それからどうやって服をぬいだものやら、寝床にはいこんだものやら、夜中にやけるようにのどがかわいて、おい、水！　とどなったのはおぼえているが、飲んだかどうか、皆目記憶にない。――だから、頭もあがらぬ重症の宿酔《ふつかよい》、というのならまだ話がわかる。だが、気分だけはそれに似ているものの、じっとすわっていても、頭が痛むわけでもなければ、胸がむかつくわけでもない。ただ、朦朧《もうろう》として、なんとなくいやな感じがする、としかいいようのない状態だった。

枕《まくら》をながめてすわってばかりいても仕方がないので、起き上って階下へおりた。壁や天井が遠くにあるみたいで、階段をふんでもふみごたえがない。おれは起きているな、起き上って、今、階段をゆっくりゆっくりおりているんだ、といちいち自分にいいきかせないと、やっている事がわからないほど、まわりのすべてに手ごたえがない感じだった。

子供二人を送り出して、妻は茶の間でアイロンかけをやっていた。——茶の間の入口にぼんやりつったって、彼は長い間、女房の腕の往復をながめていた。アイロンの吐き出す蒸気が溜息《ためいき》のようにきこえ、うつむいた肩がうすくなって、髪に少し白いものがまじりかけている。知らない間にずいぶんふけたな、と思いながら、単調な動作を見るとはなしに見ていると、妻はやっと彼の姿に気がついて顔をあげた。

「あら、お起きになったんですか？」

「うむ……」と、彼は気のない返事をした。

「さっきからずっと、そこに立っていらしたの？」

「まあな……」

「いやですよ。声ぐらいかけてくだされればいいのに……」

妻はアイロンを消して、つみあげた洗濯物《せんたくもの》をかたづけはじめた。

「今、何時ごろだ？」

「もうじき十時ですよ——どうせ今日は、お休みになるんでしょう？　ゆうべのあの酔い方じゃ、今朝はとてもお頭《つむ》が上らないだろうと思って……」

「いつもの時間におこしたのか？」

「一応はね――でも、死んだように眠ってらしって、とてもお起きになりそうにないので……」

そういって妻は、まだ部屋の入口につったっている彼を、呆《あき》れたように見上げた。

「いつまでも立っていらっしゃらないで、おすわりになったら？――まあ！　なんてひどい顔色……。土気色ですよ。鏡を見てごらんなさい」

いわれるままに彼は横をふりかえった。廊下のつき当りに洗面所があり、電燈がついていた。洗面台の上にある鏡のはずれに、青黒いともなんともいえない、気味悪い色の顔がうつっていた。どろんと膜がかかったような生気のない眼が、青粘土のような顔の中からのぞいている。

「まったくひどい……」と彼はつぶやいた。

いつの間に茶の間にふみこんで、いつの間に食台の前に坐《すわ》ったのかわからなかった。――気がついた時は、いつもの席にすわって、ぼんやり庭をながめていた。小糠雨《こぬかあめ》がじとじとふりそそぎ、植えこみの霧島や青木が、あざやかな緑色に光っていた。それをながめていても、どうしても心わるい、現実離脱感がつきまといつづけた。

「お茶を上りますか？」

と妻が台所からきいた。

「うむ……」

「御気分は？」

「よくもないが……悪くもない……」

「御飯、あがれますか？――宿酔でしょう？」

「食べてみよう」

「本当に？――またもどしても知りませんよ」

「食べてみる」

「水屋にあるお薬、召し上ったら？」

「いや……いらん」

「本当にもう、お年なんですからね。あんな無茶飲みなさったら、体がもちませんよ」

熱い番茶が来た。――彼の好きな、達磨《だるま》を一筆描きした厚手の楽焼《らくやき》の湯呑《ゆの》みにたっぷりつがれた茶の湯気を、ふかぶかと吸いこんでみた。が、たしかにいれたての番茶の香りはするのに、その香りをかぐ感動がちっとも起らない。一口ふくんでみる。――熱いのだが、熱い！　というあの感じがしない。冷たいのも同然で、その中に少し、刺すような刺激《しげき》があるだけだ。やけどしそうにあつい湯呑みを持つ手が、冷え冷えとした感じだ。

小鍋《こなべ》につくりなおした三ツ葉とおとし卵の味噌汁《みそしる》、納豆にのり、かまぼこの朝食を食べても、それぞれの食物はその味がたしかにするのに、ただそれだけで、歯ごたえのない雲を食べているような気持だった。——彼の好きな、針生姜《はりしょうが》をたっぷりちらし、よく冷やした古漬《ふるづ》けのかくやが出たので、いれなおした焙《ほう》じ茶で茶漬けをしてみたが、これも何の感激もなかった。

「よくあがったわね……」と妻が感心したように膳《ぜん》の上を見まわした。「御気分は？大丈夫？」

「うむ、まあ……」と彼はぼそっとつぶやいた。「あんまりよくもないが……さりとて悪くもない」

「お薬はあがりましたか？」

「欲しくない。それより……」彼は庭をながめながら、ちょっと考えた。「風呂《ふろ》をわかしてくれ。いつもより、うんと熱いめに……」

「お風呂ですって？」妻は眼をまるくした。「体に悪いわ！——少し横におなりになったら？」

「いいからわかせ」彼は朝刊をひろげながらいった。「今朝、会社に休むと電話したか？」

「しておきました……」妻は立ちながらいった。「本当に、もう少し体を大事になさらないと……」

朝刊をひろげても、灰色の虫が一面にはっているように見えるだけだった。アメリカがどうかし、中国がどうかして、イギリスで何か大した事でない事件が起って、内閣がどうで、株価がどうで、輸出がどうで、交通事故が何とかして、梅雨時《つゆどき》のお惣菜《そうざい》には何がよくて、駅員の無礼さはヒューマニズムに反するとかいう。――それがどうした、と、彼は半透明の幕のかかった頭の隅《すみ》で、別にいらだつでもなく、ぼんやりと思う。そして、視線は再びじとじと庭先に降りそそぐ淫雨《いんう》にもどってしまう。

風呂がわいたので、はいってみたが、どうにもおかしな感じだった。――湯はあつくて、皮膚はぴりぴりしたが、熱さを感じている皮膚と彼自身との間に、どうにも理由のわからない齟齬感《そごかん》がある――湯から上っても、体の中は冷え冷えとしていた。バスタオルをもってきて、背中にかけた妻が、びっくりしたように叫んだ。

「まあいやだ！――こんな冷たい体をして！　中にはいらなかったんですか？」

「体温計をもっといで……」彼は湯気に半分くもった鏡にうつる、土気色の顔をのぞきながらいった。

「やっぱり！――熱があるんでしょう？」

「――体温計じゃ感じない。寒暖計だ……」

そういった時には、もう彼は何が起こったかわかっていた。――裸のまま寒暖計を腋《わき》にはさみ、しばらくして妻に見せた。

「二十七度……」妻はあきれたように彼の顔を見た。「ちゃんとはさんでいなかったのね？　もう一度はかりなおさなきゃ……」

彼は首をふった。――もうその時には、何が起こったかはっきりわかっていた。

「はかりなおしても同じ事だ……」と、彼はぼそぼそつぶやいた。「心臓がとまった……」

「心臓が?」妻はぎょっとして上体をそらした。「まさか……そんな事が……」

「ほんとうだ。――さわってみろ」彼は手首を指先でふれながらいった。「胸に耳をあててごらん」

妻は、うすく肋《あばら》のういた彼の左胸に照れくさそうに耳をつけ、しばらくきいていた。

「ほんとだ。――とまってるわ」女房はつぶやいた。「どうしましょう。すぐ病院へ行かなきゃ」

「行ってもむだだろう」彼は浴衣《ゆかた》をはおりながら首をふった。「考えてみたら、起きた時からずうっととまってたんだ」

「それじゃ――あなた死んでるの?」

妻は気味悪そうに体をひいた。「でも――どうして生きてるの?」

「わからん――とにかく、こうやって意識はしゃんとしているんだから、一一〇番へ電話するような、みっともない事はやめてくれ」

「渡辺先生に電話します」と妻は茶の間の方へ行きながらいった。「とにかくどういう事なのか、はっきり見ていただかなけりゃ……」

妻が電話をかけている間、彼はまた茶の間にすわって、雨にぬれる庭をながめていた。

――隣のぶち猫《ねこ》が、青木の下をゆっくり横切り、紫陽花《あじさい》の葉にまっさおな雨蛙《あまがえる》がいて、白いのどをひくひくさせており、やがてびっくりするような声で鳴きはじめた。柘植《つげ》や黒松は、そろそろまた剪定《せんてい》をやらなければならないな、それに少し下ばえをぬかなければ、などと思いながら、一向に「意欲」というものが湧《わ》いてこない。所在なさにまた新聞をひらき、囲碁欄に眼を通し、それから部屋の隅の碁盤をもち出した。いつも簡単に動かせる碁盤がいやに重く、そうだ、心臓がとまってるんだから、無理をしてはいかん、と自分にいいきかせ、畳の上をひっぱるように縁先に持ち出し、棋譜をみながら石をならべた。その時になって、爪《つめ》の色がかわりはじめている事に気がついた。

「先生、すぐいらっしゃいます」と背後で妻がいった。「そんな事してないで、病人らしく寝ていらしたら?」

「寝たくない……」彼は石をおきながらいった。「それに、おれは病人じゃない。いうなれば死人だ」

間もなく童顔の渡辺医師が、庭先からあらわれた。——もう二十年来の付合いで、彼は碁敵《ごがたき》だ。

「おや、やってますな」白髪にとりまかれた色つやのいい顔をほころばせて、渡辺医師は碁盤のそばにあがりこんだ。「奥さんが大変心配しておられたが、元気そうじゃないですか。また宿酔でしょう。よくきく注射を一本、うってあげましょう」

「でも先生、心臓が……」と妻がいった。

「おかしいですか?——どれどれ」

医師はなれた手つきで手首をとった。かたい指先が手首の皮膚をあちこちまさぐり、それから、ちょっと首をひねって、聴診器をとり出し、浴衣《ゆかた》の胸をひろげて筒先をあてがった。

「とまってますな」と医師は不思議そうにつぶやいた。「いつからです？」

「はっきりしませんが、起きるちょっと前かららしいです」と彼は答えた。「二時間ぐらい前からじゃないでしょうか」

「先生――宅は助からないでしょうか？」

「助からないって、奥さん、二時間も前に心臓がとまったんじゃ、もう手のほどこしようがありません。お宅の御主人は、もう医学的にはちゃんと死んでるんです」

そういってから、医師は妙な顔をして彼を見つめた。

「心臓がとまって――なぜ、そんなに起きたり、口をきいたりしていられるんです？」

「知りません。心臓がとまったって、別に死ななきゃならない、という義理はないでしょう」

「そういう病人――いや、死人は困るんだなあ……」渡辺医師は首をふりながら聴診器をはずし、もう一度彼の手をとって、甲の方をながめた。「ほら、もうチアノーゼが起りはじめている。――ちょっとあーんして……」

医師は彼の舌の奥をのぞきこみ、それからまぶたをひっくりかえしてライトをあて、また首をひねった。

「瞳孔反射《どうこうはんしゃ》だってほとんどない……。どうしたものかな」

「もういいじゃありませんか」と、彼はいって碁盤をさした。「それよりひさしぶりにどうです。一番かこみますか？」

「入院させた方がいいでしょうか？」妻がおろおろ声でいった。

「そうですね。最近は死亡確認がなかなかうるさいから、脳波検査をやった方がいいかも知れません」医師は、カバンから注射器をとり出した。「とりあえず、強心剤をうっておきましょう。また動き出すかも知れない。体温ははかりましたか？」

「さっき二十七度でした」と妻はいった。

「死人の体温ですな」と医師はうなずいた。

「とまった心臓に、強心剤がききますか？」と彼はきいた。

「さあ、どうだか——。いざとなれば、電気刺戟《でんきしげき》や、心臓マッサージという手がありますが……一つ手術をうけてみますか？」

「麻酔がきかないと思いますよ」と彼はいった。「それに、全身麻酔というやつは、心電図を見ながらかけるんでしょう。心臓がとまっている場合、どうするんです」

医師は返事をせず、やや乱暴に彼の腕に針をつきさした。ずっと遠い所で、チクリとしただけで、彼はあいかわらず朦朧としていた。

「薬がきいてくる間、どうです、一番……」

彼は碁盤をひきよせた。

「一番だけですよ。――午後から往診がありますから……」と医師は碁笥《ごけ》を膝前《ひざまえ》においた。

「あの、先生、入院の支度をした方がよろしいでしょうか？」と妻がきいた。

「そうですな――体の方はもう手のほどこしようもないが、意識はこの通りしっかりしておられるんだから……とにかくもう少し様子を見ましょう」

渡辺医師とは互先《たがいせん》で、どちらも五、六級という所だった。にぎって医師が先になり、二人はうちはじめた。――灰色の空から、雨はしとしとと庭先に降りそそぎ、軒からおちる雨だれの音、樋《とい》を走る水音にまじって、碁石をおく音がしずかにひびいた。――妻が茶菓をはこんできたが、彼は手をつけなかった。

「食欲はありますか？」と医師は盤面を見ながらきいた。

「あまりありませんな……」と、彼は石をおきながらいった。「今朝は納豆と味噌汁で、飯を三杯ほど食べましたが……」

「そりゃ相当なものだ……」医師は腕を組んだ。「あなた、その石は死んでますよ」

「いや、まだわかりませんぞ」彼は白石をおいた。「ほら、こうしたらどうなります」隅で、もう二、三手進んだ時、医師はぴしゃりと膝をたたいた。

「なるほど、持《せき》か……」

「でしょう」と彼はいった。

それで碁は細かくなった。――しかし、医師に電話がかかって、盤面をつくらず、そのままかえっていった。何か容態の変化があったらすぐ知らせてください、と、彼にも妻にもいいおいていったが、彼はそんな医師の言葉を遠くにききながら、盤面を見つめてぼんやりしていた。

そのまま何となく日がすぎていった。——体の死後変化も、その後めだった進行はなく、ただ四肢末端《ししまったん》が少し異臭をたてはじめただけだった。彼は会社に辞表を出した。会社に行って働くなどという意欲がまるで起らなかったからである。会社から上役も来たが、彼と話しながら、彼が実際上「死んで」いるのだという事をどうしても納得してもらえず、退職金だけで、弔慰金は出なかった。

その事が、高校、大学の二人の子供をかかえた妻を心細がらせた。——彼にはかなりの額の保険がかけてあったので、何とか医者に死亡診断書を書かせようとし、彼自身も妻にせっつかれてたのんでみたが、たしかに体は死んでいるものの、本人の意識がはっきりしているうちは、さすがに長年のつきあいの医師でも書きにくいらしく、もうちょっと様子を見てから、をくりかえした。

二人の子供は、大きくなってからのち、お互いあまり口をきかなかったから、父親が死んでるような生きているような、妙な状態になっても、別に大したショックをうけたようにも見えなかった。時々、ぼんやりすわってる彼の所へ来て、気分はどうか、とか、今度はどこそこへ旅行してみたいが、小遣を余分にくれ、とかいった。——そんな子供たちを、彼は、肉親の情というものの一つも動かない、遠くはなれた存在として見ていた。どちらも自分に似て、生意気な事はいっても、大した人間になれない事が、その顔つきや言葉づかい、動作から、ありありと見てとれた。「身びいき」というものをはずして見ると、いろんなものが、ずいぶんかわった具合に見えるものだな、と、にきびっ面《つら》の下の息子や、脂切った長髪に無精ひげをはやしている長男をながめながら、彼は思った。――といって、物事が新鮮に見える、というほどの感激もない。そのうち息子たちは夏休みが来て、どこかへ行ってしまった。

彼はあいかわらず、ぼんやりすわって、庭先に季節のうつりかわりをながめていた。夜になると、妻とのつきあいで何の感激もないテレビを見、時間がくると寝床にはいるのだが、横になっても、眠っているのだか起きているのだか曖昧《あいまい》であり、起きていても、同じような気分だった。――食事も、あの朝は別にして、ほとんどとらなくなった。あの朝は、まだ自分が生きているいると錯覚していたから、あんなに食えたんだな、と彼は思い、人生というものは、生きている本人の、身びいきや錯覚を通して、はじめて当人にとって意味をもつものだ、といった言葉を思い出したりした。ただ水はのめた。「末期《まつご》の水」というくらいだから、当然だろうと思いながら、こう毎日毎日、末期の水ばかりのみつづけて、いったいいつまでのめばいいのだろう、とふといぶかった。

「あなた、ご気分は？」

と妻は時折たずねた。――そして彼の返事はいつもきまっていた。……別によくも悪くもない……。

「いいかげんに、生きかえるかはっきり死ぬか、どっちかにきめてくださったらどうなんです」と、夏の終りに妻は時たま起す、更年期ヒステリーの症状をしめしながらいった。

「家の中に、病人――いえ、死人がずっといると、気ぶっせいでしょうがありません」

「そういらいらする事もあるまい」と彼はいった。「別に今までとかわらんじゃないか。そりゃ働きには行かないが、そのかわり飯も食わん。定年退職したと思えばいい……」

まったくこうなってみると、「生きていた」時も、現在のように「死んでいる」時とあまりかわらない生活をしていたような気がする。子供たちとはあまり顔をあわさない。妻ともあまり口をきかない。休みの日には、碁盤とにらめくらしている。時折庭を見て、手入れをしなくちゃ、と思う……。ただ、勤めていた時のように、追いたてられるような感じや、あくせくした不安な気分はまったくなくなり、朝から晩までぼんやりすわって庭をながめくらしていると、今のようなくらしこそ、「人間らしい」くらし方ではないか、という気がするのだが、――人間らしいといっても、彼は「死人」なのであり、そういうくらしに対する感動も詠嘆も、なにも感じられなくなってしまっているのだった。――人生というものは、どうもうまく行かないものだな、と、彼は思った。生きている時は、人間らしいくらしをするゆとりがなく、死んでからは、ゆとりはやたらにあるのだが、今度は人間らしい気分が味わえない。

妻が本当に「決着」をつけてもらいたがっているのだ、という事がはっきりしたのは、秋も大分深まってからだった。——ある日、坊主上りの妙な拝み屋をつれてきて、彼にひきあわせた。

「ははあ、ちょいちょいある事です」と、衣をまとった大男はしたり顔にいった。「肉体が死んでいるのに、魂がまよっていてぬけ切れない。こういうのを、おさめる所へおさめるのが、私たちの仕事ですから……」

拝み屋は香を焚《た》いたり経文をとなえたり、最後に数珠《じゅず》を持った手を彼の鼻先につき出して、びっくりするような声で、喝《かっ》！　とどなったが、彼の上には何の変化も起らなかった。そいつの顔をじろじろ見ていると、大丈夫、二、三日うちにちゃんと死にます、といって、そそくさとかえって行った。

妻はそのあと仏壇を新調し、彼にはあまり口をきかず、そちらばかり拝むようになった。中には表にまだ戒名の書いていない白木の位牌《いはい》があった。いつまでもこんな事をしていてもしかたがないから、あちこちに知らせて本式に葬式をやりたい、と相談を持ちかけられたが、彼は首をふった。

「葬儀をやるなら、正式に死亡届を出すんだろう」と彼はいった。「そのあと、法律にしたがって火葬されるんだろう。そいつはどうも、いい感じじゃない」

「じゃせめて、お墓だけでも一緒に見にいってよ」と妻はいった。

自分の墓石を見たてに行くのも妙な感じだったが、妻が決していやがらせをやっているわけでなく、本当にあつかいに困っているのがわかったから、一緒に行って、ごく平凡な、磨御影石《みがきみかげいし》の墓石をえらんだ。――そのあと、まだ生きたままの形で、遺産相続もすっかりすませてしまった。とたんに、気でもゆるんだのか、妻が脳溢血《のういっけつ》でぽっくり死んだ。便所の中でたおれて、そのまま逝《い》ってしまったのだが、彼は救急車もよばず、ふところ手して、長男が下宿先からかえってくるのを二日も待った。妻が死んだら、魂は彼の所へ来てくれるかと思ったが、あちらは一足先に遠くに行ってしまったらしく、何の気配もなかった。

妻の葬式の時、彼は喪主になるのをこばんだ。――おれは死んでるんだから、と彼は長男にいった。――お前がやれ。

「御焼香はどうするんです」と長男は困った顔をしていった。「親類には、父さんが死んだという通知は行ってないし――当日は変な事になりますよ」

「おれは知らん……」と彼は碁石をならべながら冷淡にいった。「そういう心配は、生きている連中の方でやるべきものだろう」

葬式の日、彼は茶の間の縁側で、棋譜を見ながら碁石をおいていた。親類の連中や参会者は妙な顔をし、あとで一騒動持ち上りかけたが、妻の死亡診断書を書いてくれた例の医者が説明して、みんなは納得の行くような行かないような顔をして帰っていった。

妻の兄は義絶すると息まいたが、死人である彼にとってはどうでもいい事だった。

四十九日がすむと、長男が家を売ってマンションにひっこすといい出した。次男は高校を出て浪人し、年上の女と同棲《どうせい》しかけていた。――好きなようにするがいい、と彼はいった。もうお前たちの財産だから、どう処分しようと勝手だ。

「お父さんはどうするんです？」と長男はきいた。「お墓はちゃんとできているんだけど……死体の置き場がない」

「私の所へくるかね？」と知合いの医者はいった。「病院には安置所もあるが――まあそこへはいる事もなかろう。去年死んだ祖母さんの隠居用の離屋があいているが……」

そこへうつって、彼は毎日碁石をならべてくらした。医者は時々相手をしに来てくれて、その度にたずねた。

「どうだね？　まだはっきりせんかね？」

「このごろ思うんだが……」と彼は打ちかけの盤面の一隅をさしていった。「今の私の状態は、この持《せき》みたいなもんじゃないかな。死んでいるわけではない。生きているわけだろうが働きはできず、この相手の石を〝死〟とすると、生の側からも死の側からもどちらも手を入れられない。ほかの盤面が全部かたづいてから、ようやくその得失がはっきりする」

「妙な事になってしまったものだな」と医者は、まだあいている大場へうちこみながらいった。「いつまでそんな事がつづくんだ」

「わからん。第一この場合、ほかの盤面がどれだけ広いか見当もつかないからな……」

そのうち、その医者も死んだ。――次の院長になった医者の長男は、離屋を人に貸すからあけてくれ、といった。それでも先代が遺言でもしてくれたと見えて、病院から追い出す事はせず、かわりに死体安置所にいれてくれた。彼にとっては、まことにふさわしい場所だったが、といって、彼自身にとりわけ居心地がいいというわけでもなかった。

彼はあたらしい住処《すみか》に碁盤と定石・変化集を持ちこみ、死体用のベッドに寝起きし、せまい窓から外の景色のうつりかわりをながめ、毎日一人で、パチリ、パチリと碁石をおいてくらした。時たま、この病院で息をひきとった患者の死体が、安置室にはこびこまれてきたが、別にうらやましいとも、恐ろしいとも思わず、一夜おかれ、またはこび出されて行く仏を、無関心な、膜のかかったような眼で見おくるだけだった。鬚《ひげ》も髪ものび、衣服もぼろぼろになり、半分屍蠟《しろうか》化しかけた指で碁石をつまんでは、朝から晩まで、パチリ、パチリと石をおきつづけた。どれだけの歳月がたったか知らないが、そんな事はもう彼にとってどうでもいい事だった。定石・変化集はあらかたやりつくしてしまったろうに、その病院のずっと奥の、ほの暗い、しめっぽい廊下を、死体安置所の前まで行くと、中からパチリ、パチリという石の音がきこえ、看護婦や従業員たちは、代がかわっては、また慣れっこになって行った。

二代目院長が年をとり、代診が実権をにぎるようになっても、まだ碁石の音はたえず、死んだまま生きている男は、相かわらず死体安置所で一人碁をうちつづけていた。

今でもうちつづけていると思う。

十一人

「かんぺエだ……」もういいかげん、ろれつのまわらなくなった、フリッツ爺さんが、ドームの窓の外をさして叫んだ。「おれたちを、こんなさびしい星にのこして、地球へスタコラかえっちまう、あの船のためにかんぺエしよう……」

ドームの外の、あれはてた岩ばかりのこの星の地平に、三重太陽のすさまじい落日を背にして、細い鉛筆のような宇宙船のシルエットがくっきり見えた。——いま、宇宙船は、この宇宙のはての未知の星に、十人の調査隊をのこして、とびたとうとしている。次にくるのは五年あとだ。

「さあ、みんなならべ。——アンリ、……ミウラ……床にねてないでおきろ」イゴールがウォッカのコップをもって、足でのびている二人をつついた。

隊員中の女二人は、窓際に肩をだきあって眼を泣きはらしていた。男たちはもうみんなかなりよっぱらっていた。——別離の時はいつもそうだ。

これから五年！

この広大な虚無の大海のはてにある、孤島のような未知の星の上で、十人の調査隊員は、地球との連絡もなしにくらさねばならない。このゴツゴツの岩だらけの、木も草もない奇妙な大気にみたされた星の上で……。

生物棲息ノイカナル痕跡モ見アタラズ——と、この星をはじめて発見した探検隊の報告は書いていた——タダシ、正体不明ノ危険ノ兆候アリ……。

宇宙船と連絡しているスピーカーが、出発五分前をつげ、別れの音楽がながれはじめた。

「さあ、みんなならんで盃をもて！」マックスがどなった。「母船と、母なる地球と、おいてけぼりの十人のために乾杯だ」

「まてよ……」フリッツ爺さんが手をふった。「そんなプラスチックのコップと、固形ウィスキーなんて感じがでねえ。おれがとっときの上等のグラスと、ほんもののワインを出すからな――グラスはちょうど十個ある。ヴェネチア製だぞ、こわしたらブチ殺すぞ……」

爺さんは私物いれの中から大事そうにケースをとり出し、キラキラ輝く美しいグラスをくばった。かおりたかいモーゼルワインがつがれた。

「ほれ、出発するぞ」イゴールは叫んだ。「乾盃するんだ。乾盃！」

みんなはたそがれの空へむかって火の尾をひいた宇宙船にむかって盃をあげた。グラスがチリチリとなり、女たちの眼にあらたな涙があふれた。男たちは肩をくみ「地球よ！　いつの日か」を合唱しはじめた。

「なんでエ……」歌声の間をぬってぶつくさぼやく声が床からおこった。「おれだけ仲間はずれか……」

女たちが床にのびている男に気がついた。

「あら、ミウラ……」イルマが叫んだ。「あんた、グラスをもらわなかったの？」

「そんなバカな！」ペドロがいった。「おれたちゃ十人、グラスは十個……みんな一つずつもってるぞ」

「だれかわしのグラスをかくしたな！」ベロベロになったフリッツ爺さんがわめいた。「みんなグラスをかえせ！」

ロミイがさし出す盆の上にグラスがつぎつぎにおかれた。マックスはねめつけるような眼で数をかぞえた。

「一つ二つ三つ……八つ九つ十……ちゃんとあるじゃないか」

「でもおれはのまなかったぜ……」ミウラはいった。

「そういえば――」ロミイがいった。「ミウラはずっとのびていたみたいだわ」

「悪よいしたらしいぞ……」チンが頭をかかえた。「十個のグラスを十人にわけて、一人があまるとはどういう算術だ。――むかえ酒をのもう」

「10ひく10は1……」イゴールがぶつぶついった。「そんなバカなことがあるか、もう一度グラスと人数をかぞえてみろ……」

爺さんが数えた。グラスは十個、人間は……。

「なんだ、ちゃんと十人いる」爺さんはいった。「これでいいんじゃないか」

「だめだい。爺さんは自分を数えなかった」

すると――さっきまで十人いた隊員がいつのまにか……。

「だれかまぎれこんでるぞ！」マックスが眼をすえていった。「だれか一人――ふえてる。そいつはきっと……この星の生物が化けて……」

　それはだれだ？――みんなはよいのさめた眼でお互いを見まわした。さっきまでの十人が、いつのまにか十一人になっていた。しかし、いくらお互いの顔を見くらべても、知らない顔はなかった。同じ顔も二つなかった。数はたしかに十一人いるのに、だれがふえたのかわからなかった。

「鍵をかけろ！」ペドロが叫んだ。「そいつをつかまえるんだ」

　マックスが鍵をかけた。――みんな石のように動かず、お互いをぬすみ見た。アンリが突然笑い出した。

「みんなよっぱらったんだ」そういって彼は一人はなれて、水のタンクの所へいった。「頭をひやせよ」

　アンリがはっとしてふりかえった時、十人の二十の視線が、異様な光をおびて自分にそそがれているのを見た。彼はギョッとした。その十の顔の中の一つに――彼がいた。

「おい……」アンリはせまってくる十人のこわばった顔にむかって手をひろげた。「おれじゃない！　おれじゃない！――そいつこそ……」

＊　　＊　　＊

「死んだ……」十人の足もとにうちたおされたアンリの顔をした生物を見おろして、マックスはつぶやいた。「まだ正体をあらわさない――うまく化けやがったな」

「いやな感じだ」アンリは額の冷たい汗をぬぐった。「よりによっておれに化けるなんて……」

「だが、こんな生物がいるとなると――」チンがつぶやいた。「これから先どうなるんだ？」

「宇宙船に連絡しよう」ペドロがドアに近よって鍵をあけようとした。――その時、イルマが脱兎のごとくドアにとびついて、たちふさがった。

「だめ！」イルマはヒステリックに叫んだ。「まだあけちゃだめよ！――数えてごらんなさい。私たちまだ――十一人いるわよ！」

怨霊の国

1

明日、いよいよ判決という日の午後、私は拘置所に田村をたずねた。——正直いうと、田村にあいたくはなかった。彼にたのまれた事をやる決心がどうしてもつかなかったからである。

「持ってきてくれたか？」

と田村は面会所で声をひそめてきいた。

私は首をふった。

田村は絶望的な暗い眼つきになってつぶやいた。

「君にはわかってもらえると思ったのに……」

「わかっているつもりだ……」と私はつらい思いを味わいながらいった。「だが——ぼんやりとはわかっても、君のやろうとしている事をたすける気には、どうしてもなれない」

「君に迷惑は絶対にかけないつもりだ……」と田村はいった。「それに——ぼくの指定した薬品なら、死因は絶対わからない。よほど厳密な検査をやらないかぎりは、心臓麻痺《しんぞうまひ》ですんでしまうだろう。ぼくには心臓冠動脈に欠陥もあるし……」

「迷惑なんて考えていない。――だが、やっぱり、友人の自殺を助ける気にはどうしてもなれないんだ」私は看守の眼を気にしながら、力をこめてささやいた。「思いとどまらないか、田村。――どうしても君が死ななきゃならないのか？」

「ゆうべも、きみ子が来た……」田村はうつむいたままつぶやいた。

「午前二時ごろだ――彼女はまだ完全に冥界《めいかい》へはいりこんでいるわけではない。だが、彼女が生前交信していた悪霊たちに、早くも苦しめられている。ぼくが行ってやらなければ……どうしてもぼくが行ってやらなければ、彼女は修羅《しゅら》の世界にひきこまれ、彼女自身が、すさまじい悪霊になって、今度はぼくなり君なりにとりつくだろう――いや、ぼくや君だったらまだいい。彼女が何ものであるか、何をやらせようとしているか、わかっているからね。だが、もし何も知らない奴《やつ》にとりついたら……」

面会室のガラス窓がガタガタ鳴っていた。

看守は、風のせいだろうぐらいに思っているのか、気にもとめない様子だったが、私にはわかっていた。――その日はあたたかい四月の午後で、微風さえなかったのだ。

「現に、きみ子は、ある男にとりつこうとしている。――彼女だけの意思じゃない事は、君にもわかっているね。肉体を失ったいま、彼女の霊は、ほかの霊に、もっと滲透されやすくなっている。それをやっとつなぎとめているのは、ぼくの愛情だけだ。――彼女が、半分は自分の意思じゃなくて、とりつこうとしている男は、日本人じゃない。若い……ある外国の陋巷《ろうこう》で、屈辱と貧困にまみれ、はげしい挫折感とうらみにもえて世界を見わたしている男だ。その男にとりついて、何をさせようとしているか――ぼくにはうすうすわかる……。もし成功すれば、おそろしい事が起る。世界中に……」

私のとなりにある、誰《だれ》もすわっていない椅子《いす》が、突然ゆっくり一方へかたむいた。それから急に床の上にガタンとおちた。――椅子はそれから二度、同じ方向にかたむき、二度とも床をガタンといわせた。

看守が、のび上ってこちらを見た。

「ぼくたちは――見はられているんだ。わかるだろう?」と田村はささやいた。「だが、ぼくは平気だ。自信がある。――むこう側へ行きさえすれば……彼女を説得し、彼女を導き、うまく……おさめて見せる」

「君にたのまれたあの坊さん……たずねてみたが、もう老いぼれて、死にかかっているんだ。本人にあう事もできなかった。ほかに誰か知らないか?」

「あの人がだめならだめだろう」田村は予期していたような、暗い眼つきになった。

「ほとんどの宗教家は――だめだな。――みんな現世宗教、開明宗教になってしまって……現世の背後に蠢《うごめ》く、まがまがしいものの存在を、見る事もできなければ、信じてもいない」

椅子の動きがおさまると、今度は田村が肘《ひじ》をついているテーブルの下が、トン、トン、トン、と鳴りはじめた。――テーブル叩き《ラッピング》という、降霊術ではごくありきたりの現象の異様さは、それを実際に眼前で見たものでないとわからない。

「君が――それをやれないのか？　生きたまま……」私は、体をのり出した。「それなら、ぼくも助けられる。判決は、おそらく何年かの懲役だろう。だが、刑務所にいても……」

眼に見えない指先が、机の裏側から板をたたく音は、次第にはげしく、高くなり、田村がもたれたまま、机の一方の脚が、ぐーっと持ち上りかけた。

「何をしとる！　面会中は静かにせんか！」

看守が音をききつけてどなった。――テーブル・ラッピングはぴたりとやんだ。

「それはだめだ……」立ち上りながら、田村は、苦しそうな微笑をうかべた。「だめな事は、はじめからわかっているんだ。――ぼくが、彼女の傍に行ってやらない事には、絶対にうまく行かない。彼女には、ぼくが必要なんだ」

「どうするつもりだ？」私も腰をうかしながら、せきこんだ声でたずねた。「あれがなかったら――どうやって……」

「自分で何とかするさ」田村はわびしげに首をたれた。「いろいろありがとう。明日の判決申しわたしに来てくれるかね？」

2

私が天野きみ子とはじめてあったのは、田村が開いている神経科の医院でだった。郊外の小都市に開業してから五、六年だが、最近の世相では神経をいためる人間が多いと見えてけっこう繁昌しており、最近では、優秀な代診もいて、評判はよかった。

私と田村は、大学時代いっしょに同人雑誌をやっていた仲であり、卒業してからも、ちょいちょい音楽会で顔をあわせたりしていたが、田村が私のすむ小都市で開業してからは、時折り釣《つ》りだのゴルフだのにさそいあわせるようになった。

その日は土曜日で半休であり、私は翌日の釣りの打ちあわせがてら、チェスか碁でもやろうと思って、会社のかえりにまっすぐ医院をたずねた。

午後三時の閉院まぎわで、ふけだらけの長髪に詰め襟《えり》服姿の、顔色の悪い高校生が、入れちがいに出て行ったあと、待合室には誰もおらず、四十前でまだ独身の田村に、ファンじみたのぼせ方をしている愛くるしい受付の小娘が、私を見つけて、ニコッと笑い、

「どうぞ——先生は診察室にいらっしゃいます」

といった。

代診も看護婦の姿も見えない診察室で、田村はぼんやりとパイプをふかしながら、テーブルの上のカルテをながめていた。——田村のアイデアと趣味で、診察室の中の面接室は、豪奢《ごうしゃ》な応接間のようなつくりだった。診療機具類は、どっしりしたカーテンでくぎられたむこう側にあり、そこもおちついたカラーコンディショニングで、ステレオBGMの設備もあり、患者の神経を刺戟《しげき》しないようになっている。

「やあ……」

私がはいって行くと、田村は、色白の顔をあげて、ぽつりといい、またカルテの上に眼をおとした。――それにつられて私の視線もテーブルの上にむかい、カルテの上に「天野きみ子」の名を見たのだった。

「明日の釣りのうちあわせにきた」

と、私は帽子を壁にかけながらいった。

「うん、それが……」田村は海泡石《かいほうせき》のパイプをやけにふかしながら、うかない顔でいった。

「ある人から……行かない方がいいっていわれたんでね」

「誰に？」

私はちょっと気分を損じてききかえした。――その磯釣《いそづ》りは、だいぶ前から二人で計画をねっていたものだった。あと、のこっているうちあわせは、出発時刻と、どちらの車をつかうか、という事ぐらいだった。

「彼女に」と、田村はつぶやいて、カルテを指の関節でこつこつたたいた。

「患者にか？」私はつったったまま、あらためてカルテを見おろした。「その患者は何だ？　拝み屋か？」

「別にそういうわけでもないが……」

田村は屈託顔で立ち上った。「君もあってみるか？　とにかくかわった女だ」

「ここにいるのかい？」

「さっきアミタール・インタヴューをやって、奥の治療室でやすんでいる」

「あまりぞっとしないね……」と私は眉《まゆ》をしかめた。「拝み屋とか、女予言者とかいったたぐいは、好きじゃないんだ」

「とにかく、個人的に紹介するから、あって見てくれ。――自分でどんなにかわった女性か見てほしいんだ」

治療室は、湯沸し場をはさんで、診察室の隣にあった。――廊下を歩く短い時間に、田村は、その患者が、三日ほど前、田村の医院からつい二十メートルほどはなれた路上で、癲癇様《てんかんよう》の発作をおこし、かつぎこまれてきた事を語った。

「癲癇持ちか？」私は首をすくめた。「ますますいやだね」

「癲癇じゃない。どちらかといえば、ヒステリーの症状に近いんだが……よくわからないところがある」

治療室のドアをあけると、右手に更衣室があり、奥は二枚のカーテンに区ぎられていた。その一方をあけると、くすんだオレンジ色の絨毯《じゅうたん》をしいた中に、草色の羽根蒲団《はねぶとん》をかけたベッドがあり、ほっそりした女性が眠っていた。

一見したところ、ごく平凡な顔だちの娘だった。すき通るような青白い肌《はだ》に、まっ黒な髪や、みごとに形よくはえそろった眉《まゆ》が、ややうるさい感じで、古風な瓜実顔《うりざねがお》は、やや顴骨《かんこつ》が高く、細い鼻梁《びりょう》と、うすい、形のいい唇が何か病的な感じだった。

年頃は、どう見ても二十二、三にしか見えなかったが、さっきのぞいたカルテには、たしか二十八と書いてあった。

女は、まるで息をしていないように見えた。かけ蒲団も動かず、鼻息もきこえない。

——その時になって、私は、治療室にはいってからずっときこえている、奇妙な音に気づいた。最初は、どこかで水道の蛇口《じやぐち》から水滴がしたたっているのかと思い、カーテンの奥にはいってからは、窓ガラスに、花虻《はなあぶ》か何かがぶつかっているのかと思った。そんな、かるい、断続的な音だった。

しかし、洗面台の蛇口はしっかりしまり、窓ガラスの外には、明るい陽《ひ》の下に、青々とした梧桐《あおぎり》の葉がそよぐばかりで、虫の姿は見えなかった。

その時、誰かが治療室のドアをノックしたように思った。——私は田村に眼くばせした。しかし、田村は思いに沈むような眼つきで、寝入っている女性を見つめて動こうとしなかった。

やや間をおいて、今度ははっきり、コン、コン、とドアが鳴るような音がした。——私はカーテンをおしのけてドアの所へ行き、

「はい、どうぞ」

といって、ドアをあけた。

外には誰もいなかった。

廊下の左右を見まわしても、人影は全然見えない。

妙な気分で、またベッドの傍へかえってくると、田村はさっきと同じ姿勢で女の顔を

見つめていた。――今のをきかなかったか、と、声をかけようとすると、今度ははっきり、室内で音がきこえはじめた。

ベッドの横に、椅子と丸テーブルがおいてある。――そのテーブルの下側を、指先でかるく、トン、トン、とたたくような音がきこえはじめ、それがだんだん早くなり、ふっと消えると、ほんの一瞬おいて、今度は何本も指が、バラバラとリズムをつけて、テーブルの板をたたくような音がきこえはじめた。

私は棒のようにつったって、そのテーブルを見つめた。テーブルと私は、一メートルもはなれていなかった。テーブルクロスもかかっていない、ニスぬりの板が、裏から、また表から、眼に見えない無数の指で、はげしくたたかれ、小太鼓の連打のような音をたてている。それが幻聴でも何でもない事は、何ものかにたたかれる度に、テーブルの上の灰皿の縁にのった煙草《たばこ》の吸いさしが震動でとび上り、ころげおち、紙マッチがとび上るのを見てもわかった。

口の中は、シュッと音をたてるようにかわき、唇《くちびる》はからからになった。頭の血が足の方へむかって急激にさがって行くのがわかり、合オーバーのポケットにつっこんだ手を、どうしても出す事ができなくなった。トントトン、バラバラとテーブルをたたく音は、ますます強く、はげしくなり、それに窓ガラスをガタガタゆさぶる音、壁を握りこぶしで力いっぱいたたくような、ドン、ドンという音がくわわり、治療室全体が、家鳴り震動をはじめたみたいだった。

窓ぎわの、うすいカーテンが、窓がしまっているのに、風に吹かれたようにフワーッと持ち上り、宙でとまった。——まるで透明人間が、カーテンをもっているような恰好《かっこう》だった。そのうち音はさらにはげしくなり、まず椅子が、つづいてテーブルが、二本の脚を床につけ、のこり二本の脚をぐうっともち上げてかしいだ。三十度以上かたむいているのに、テーブルの上の灰皿《はいざら》も紙マッチも、もとの位置にぴたりとはりついたまま、すべりおちもしなかった。

そのうち突然、クリスタルガラスの小さな灰皿が、テーブルの表面をはなれて、私の顔めがけて、びゅっととんできた。私は思わず両肘《りょうひじ》をあげて顔をかばった。灰皿は私の頭上、約二十センチの所でぴたりととまった。それから、宙にういたまま、ゆっくりとさかさになった。当然灰や吸い殻《がら》がおちてくるものと思って、私は反射的に体をよけた。しかし、完全にさかさになったのに、中にはいっている吸い殻やマッチの軸も、灰の一ひらさえおちてこなかった。

うろたえている私を笑うように、テーブルや、床や、天井や壁をたたく音はいよいよはげしくなり、波のように、ザッ、ザッ、というリズムをもちはじめた。

私は救いをもとめるように田村を見た。——田村も顔色を失って、なすこともなく部屋の中を見まわしていた。

「さっきよりも、だいぶはげしい……」

と田村はかすれた声でつぶやいた。

「さっきより、というと……」私は頭の上にとまった灰皿が、またすうっと動き出すのを警戒しながらいった。「さっきもこんな事が……」

「ほら！　気をつけろ！」と田村は私の腕をとった。

テーブルの上から、いつの間にか紙マッチがうき上り、床の上二十センチばかりをまっすぐに動いてきた。――眼に見えない「手」がゆっくりと紙マッチの蓋《ふた》をひらき、妙にぎごちない調子でマッチを一本むしりとり、シュッとこすって火をつけた。火のついたマッチは、ひょいと動いて、私の合オーバーのすぐ裾《すそ》の所にきた。かなり早い動きなのに、焔《ほのお》は全然ゆらがなかった。合オーバーの裾をこがされそうになって、私はあわてとびのいた。火のついたマッチはそのままじっと動かず、軸の最後まで燃えつきるまで宙にういており、それから一本の灰になって、床にくずれおちた。――同時に背後でガチャンという音がきこえた。宙にういていた灰皿が、床におち、灰をちらして粉々にくだけた。

「先生……田村先生……」地の底からひびくような、陰々と低い、しわがれた声がベッドの方からひびいてきた。「明日……山本さんと……釣りにいらっしゃっては、いけません……よくない事が……よくない事が……起り……ます……」

患者の顔はさっきよりもっとひどい土気色になっていた。眼のまわりや、頬《ほお》にくまができ、その顔は老婆のようになっていた。うすく開いた口の奥の、深く、暗い穴の底から、唇を少しも動かさずに声がひびいてきた。

「釣りに……行っては……いけません……」

ふいに騒音が消えはじめ、かたむいていたテーブルや椅子が、ゆっくりもとへもどった。壁をドンドンたたく音も、窓をガタガタゆさぶる音も、ぴたりとやんだ。——カーテンがふわりともとにもどると、あとは嘘《うそ》のような静けさがやってきた。

梧桐の葉のそよぎをもれてくる西日がゆらゆらと壁にゆれ、その時になってようやく、外でかしましくさわぐ雀の声や、遠くであそんでいる子供たちの、かん高い叫びがきこえてきた。呆然《ぼうぜん》と立ちつくす私の耳に、カサリ、というかすかな音がきこえた。最後まで、宙に浮いていた紙マッチが、床の上におちてころがった音だった。


「最初からああだったのか？」

診察室へかえって、椅子へ体をなげ出すと、私は大息を一つついてたずねた。

田村はうなずいた。

「最初の時は、テーブル叩き《ラッピング》と、椅子がかたむいただけだ」彼は冷えた海泡石のパイプをケースにしまうと、紙巻きを出して火をつけた。「明日の釣りはどうする？」

私は肩をすくめた。

「様子を見よう……」自分でも煙草をとり出して火をつけようとしたが、両手が食いちがうように大きくふるえた。「かわった患者だな。——ただのヒステリーじゃなさそうだ。職業は何だ？　霊媒か？」

「やってるとしても職業的なものじゃない」田村はデスクの上に手をのばして、カセットテープをとりあげた。「職業上の秘密で、きかすわけには行かんが……アミタール・インタヴューの結果は、奇々怪々なものだよ。もし、彼女のいう通りだとすれば、彼女は——あの連中と、かなり長く深いつきあいがあるらしい」

「あの連中？」

「ああ——あの〝ガタガタ野郎〟どもさ」

「あの〝お化け〟とか？」

「君は降霊術の実験にたちあった事があるか？」田村はデスクの抽《ひ》き出しをあけて、テープをほうりこみ、その下の抽き出しから封筒をとり出して私の前に投げ出した。「八〇パーセントは、素人でも見やぶれるインチキだ。さっききいた、テーブル叩き《ラッピング》、机の傾斜、物体浮遊、空中にうかび上ったメガフォンからきこえる声など、おきまりコースはいろいろあるが、部屋を暗くしてやるし、大ていは一種の黒奇術《ブラック・マジック》だ。だが、あのさわぎは、明るい部屋の中でおこるし、タイプからいえば、ポルターガイスト現象に属するだろうな」

「ポルターガイストって？」

「〝騒霊〟というんだ。——その封筒の中の資料をよんでみるか？」

私が封筒に手をのばした時、すっと冷たい風が部屋の中にふきこんできた。

ふりかえると、ドアがあいて、天野きみ子が立っていた。——寝ている時は、平凡に見えたが、起き上ってみると、大きな瞳《ひとみ》がびっくりするほど美しく、初々しい感じだった。その細い体、﨟《ろう》たけた顔には、ひきずりこまれるような、神秘的な魅力があった。

「先生……」きみ子は、心にしみこむような、ややかすれた声でいった。「眼がさめました。——もうかえってよろしいですか？」

3

田村から貸してもらった資料を、私は夢中になって読んだ。——きみ子の「予言」をきいた翌日、私たちが行く予定だった海辺地方が突然突風におそわれ、磯釣りの人たちが大勢波にのまれた、というニュースをきいたから、よけいにきみ子に対する関心が強まった。

封筒の中の資料は、何かの本から複写したもので、ほとんどが最近の文明地帯に起った「ポルターガイスト」に関するものだった。——「ポルターガイスト」は、「騒霊」と訳されている。文字通り、「さわがしい霊」であって、いろんないたずらをする。きわめて古くから、世界各地で知られていたらしく、この伝説は世界のあらゆる地域にちらばっている。たとえば、日本の「座敷ぼうこ」、「天狗」、「豆狸《まめだ》のいたずら」、「かまいたち」それに有名な茂林寺の「文福茶釜《ぶんぶくちゃがま》」の伝説なども、この現象で説明されるかも知れない。

のみならず、この現象は、現在でも——この文明の進んだ二十世紀の、それもかなりの先進地帯で、わりと頻繁《ひんぱん》に起っている現象なのだ。現象の原因は、まだ科学者にもわかっていない。しかし、それが起る事は、まぎれもない事実であって、大勢の警察官、新聞記者、科学者の眼前で起っている。

田村の資料から、いくつかの例をあげると、次のようなものである。

一九六二年九月六日、アメリカヴァージニア州ポーツマス市フロリダ通り九四九のチャールズ・ドートリィ家で、午後四時ごろ、ベッドの蒲団がひとりでにとび出し、鏡台がたおれ、居間の花びんが三メートルも横にとんで窓ガラスをつきやぶって外へとび、台所の戸棚《とだな》がひらいて、中のビン類がとび出した。ドートリィ家の悲鳴をきいてかけつけた隣人たちの前で、椅子が空中にとび上ってすわっていた少年をほうり出し、パイプが台所からとんできた。午後七時、警官と新聞記者がつめかけたが、その前でも怪異はつづき、警察犬も「いたずら」の犯人を見つけ出せなかった。——怪異は午後九時にぴたりとやんだが、翌日も午後四時になるとまたはじまり、今度はデューク大学の超心理学研究所の科学者の眼前で食器の戸棚がひとりでに動き、花びんがとび上って壁にぶちあたった。怪異は六日間つづき、ドートリィ夫妻が知人の家に逃げ出すとやんだ。

同じく一九六二年三月十一日、インディアナ州インディアナポリス北デラウアのレネート・ベック夫人の家で午後十時半すぎ、寝室の本棚の上にあったカットグラスがとび上って床におち、こわれた。つづいて重い灰皿がテーブルからとび上って壁にぶつかり、別のカットグラスがわれた。女ばかり三人の家族はホテルに避難したが、翌日の午後、家にかえると、また家中のガラスがわれはじめた。

翌日、とうとう知人が警官をよんだが、その前で壁かけランプがおち、台所の抽き出しからナイフが三本とび出し、床に十字をつくっておちた。警官が帽子の下にかくしたコップ三つのうち、二つが部屋をとび出し、一つは警官のレイ・パットンの背中にあたってこわれた。さらに、三人の女性が、眼に見えない歯によって何度もかまれ、三角形の歯形をつけられた。この怪現象は十六日間つづいた。

そのほか、田村の資料には一九五八年二月六日、ロングアイランド州シーフォード、一九五九年一月六日、マサチューセッツ州スプリングフィールドなどの事件があげられている。いずれもよばれた警官の眼前で起り、中には警官を投げとばしたり、火のついた薪《まき》がひとりでにとんで放火しようとしたりした例もある。

日本でもある。一九五七年一月二十八日、青森県北津軽郡中里村大沢内部落のU・Tさん（当時56歳）方で、夜十一時ごろ、突然一家のねているふとんの裾が宙にうき、いくらおさえてもういてしまい、一晩中何かにベタベタ頭をたたかれた。翌晩から元気な青年たちがいれかわり泊りこんだが毎晩十一時になると、彼らの眼前で自在鉤《じざいかぎ》でつった鉄瓶《てつびん》がゆれ出し、囲炉裡《いろり》の灰がポカポカ宙に舞い上り、台所から庖丁《ほうちょう》がとんできて、ふとんをきりさいたりした。異変は八日つづいてやんだ。

歴史小説の第一人者といわれるR・S氏も終戦後、京都市北郊雲ヶ畑の某寺で、夜中に「天狗《てんぐ》」が寺院の屋根をかけめぐり障子をゆさぶるのを体験しておられる。この怪異は、雲ケ畑に電燈がつくとやんだ。

日本の伝説にいう「かまいたち」のような型のポルターガイスト現象もある。一九五一年五月十日の夜、フィリピンのマニラ市の孤児クラリタ・ヴィラノヴァ嬢（当時18歳）は、突然「見えない牙《きば》」に全身をかみつかれはじめた。マニラ市警に保護されたが、警察署長、監察医、よばれた市長、大司教の眼前で、全身に「歯形」が食いこみ、あとは青あざになり、はれ上った。ラクソン市長が腕をおさえた、その掌の下でさえ、歯形は少女の腕にくいこんだ。――また一九六〇年、南ア共和国ホワイトリバーのダテーン農場にガラス鉢《ばち》がとびまわったり、棚の食器がおちたりしはじめ、警察署長と三人の部下がかけつけると、その眼前で同農場のジミー・ドブリューン（20歳）のむき出しの両脚に、突然長さ五センチの切り傷がパックリ口をあけ、血が流れ出した。翌日も二人の警官のいる前で、シャツの下の青年の胸、背中に深い切り傷が八か所もあらわれ、署長の発言によると、どれもカミソリでずばりと切ったような鋭い傷だったという。

そのほか、何にもない空中から、突然石がバラバラとふってくるシリル・ペニー事件（一九五七・三・七）（これと似た現象は富山県にもあった）、乾いた壁の何か所もから水がふき出す事件（一九六三・九・二九）さらに火の気のない所に、突然怪火がもえはじめる事件にいたっては、枚挙にいとまがないくらいである（注―以上の資料は、南山宏著『超自然の世界』大陸書房刊、及びフランク・エドワーズ著『しかもそれは起った』早川書房刊、より)。

　読みおわったあと、私はすっかり考えこんでしまった。——怪異など、信じない質の私も、このポルターガイスト現象だけは、その実在を信ずる気になった。原因はわからない。だが、警官、ジャーナリスト、科学者たちの眼前で起り、しかも、明るい所で、いくらでも起るとなると、理由はわからないにせよ、その現象の実在はうたがいようもないと思われる。

　そしてまた、過去においては、こんな現象が、もっとひろく、ごく日常的に起ったと仮定すると、いままで「迷信」とか「錯覚」とかでかたづけられていた事が、かなり説明がついてくる。現に私自身、幼時、都市の中の住居で、また祖母のすむ田舎で、年寄りたちが「豆狸のいたずら」とよぶ、原因不明の家鳴り震動を経験している。先ほどあげた「文福茶釜」の伝説や古い道具類を供養しないでほうっておくととりついて動き出すという「付喪神《つくも》」や「かまいたち」現象も説明がつくし、かつて文化の光に未だ照らされなかった日本の国土が、昼は、「五月蠅《さばえ》なす荒ぶる神々」夜は「蛍火の神々」が跳《ちょう》梁《りょう》し、「草木物言う」国であった、という古伝の表現も、また別のイメージで考えなおせそうだ。ヨーロッパにおいて、三世紀間に約百万の犠牲を出した「魔女狩り」も、発端はこんな現象かも知れない。かつて——「文明」の光が照らさなかったころ、山や野や、森や谷に、もっとスケールの大きい「何ものか」がもっと高密度に実在し、先史時代の土着人は、こういった「何ものか」のあらわす、今でいう「超自然現象」を、あたり前の事としてうけいれ、その「何ものか」とコミュニケートする方法も知っていたのではあるまいか？

平野農耕によってはじまる「文明化」の光が、これらの「何ものか」を駆逐しはじめた。R・S氏のいう雲ケ畑の「天狗」が、電燈がつくとともにどこかへ行ってしまったように……。だが、「ポルターガイスト」だけは、その中に頑強《がんきょう》に生きのこった。日本においては、きつねやたぬきという具合に「擬獣化」されながら、江戸期を生きぬき、二十世紀後半の先進地帯、場合によっては、大都会のビジネス街のオフィスにさえ出現する（一九六四・六・一五、加州オークランドの弁護士ジョージ・ボイラー事務所の例。前出『超自然の世界』所載）。

だが、この現象と、天野きみ子との関係はどうなるのだろう？――ポルターガイスト現象をしらべた学者の中には、この現象の起る家に、思春期の少年少女がいるケースが多い事から、思春期の抑圧された心理が「超能力」的に働いてこういった現象を起すのではないか、という説をたてる人もいる。天野きみ子と、この現象は、いったいどんな関係をもっているのだろう？ ふつう、ポルターガイスト現象は、別に霊媒などいなくても起るものだ。しかし、霊媒をつかった、降霊現象において、これに似た事が起る場合もすくなくないという。――私は、天野きみ子の事が猛烈に気になり出した。と同時に、田村がアミタール・インタヴューで採録したという、彼女の半覚醒状態《はんかくせいじょうたい》における告白というのを、ぜひ――もし、田村が拒否したら、盗んででもききたい、とまで思いつめはじめた。

4

　幸いにして、私のつとめている会社は、社会調査関係の仕事をしていたので、天野きみ子の素性は、「職業的無関心さ」で、私自身が手をくださずにすぐしらべる事ができた。――部下の手もとからまわってきた、関係書類の一番上にあった戸籍謄本の最初に、彼女の本名を見た時、私はショックをうけた。彼女の名が「卑見子《ひみこ》」と書かれてあったように見えたからである。それは例の「鬼道につかえよく人心を惑《まどわ》し」た、耶馬台国《やまたいこく》の女王の事を思い出させた。

　だが、それはコピーの不良のせいで、よく見ると「鬼見子」と書かれてある。――どっちにしても「鬼を見る」とは異様な名だ。独身の女性が、いやがって平仮名で書くのも無理はない。

　彼女の戸籍をしらべて行くと、両親は早く死に、彼女は母方の伯母《おば》の養女になっている。伯母も未亡人で、かなりな年であり、調査書類を見ると、眼も悪く、体も不自由らしいが、亡夫から不動産をはじめ、かなりな財産をうけついでおり、生活に不自由はないらしい。彼女の伯父の職業は「運命鑑定」と出ていた。――そのほかの彼女の係累にも、宗教関係者がたくさんいた。彼女の両親は、ある地方の山間部の寺の住職であった。

しかも、彼女の父は養子だった。母方の祖母は、関西地方のある神社の長女だったが、なぜか義絶され、一度行商人の妻になり、のちその寺院の先代住職の後添いになっている。その義絶された神社というのは、私もよく知っていた。その神社の大宮司は、常に女性であり夫は権宮司《ごんのぐうじ》として「審神者《さにわ》」――つまり、妻を巫女《シャーマン》として、妻の体に神霊をつけ、その神霊の名をたずね、神託をきく役目をつとめる、という、古神道の形を、いまだにまもっている神社である。

それだけで充分だった。彼女が霊能者、あるいは霊媒とよばれるものの血筋をひいている事はたしかだった。彼女の伯母も、夫の「運命鑑定」に対して、霊媒の役をひきうけていた形跡があった。

――もう一つ気になる事は、最近彼女の身辺に、得体の知れない人物の影がさしはじめている事だった。ある宗教団体と関係のある女子大の国文科を出て、五年もの間ぶらぶらしている彼女に、縁談をもちかけているらしいのだが、そのもちかけている人物の背後にいる存在が、どうも気になるのである。もし私のカンがあたっているなら、縁談をもちこんでいる、伯父《おじ》生存時代の常連客という、海運関係の事業をやっている男の背後には、さる政界の黒幕の大ものがひかえているはずだった。名のみ知られているが、実際は何をやっているかまったくわからない、という無気味な人物である。そして、縁談の相手は、軍人あがりの政治家の孫で、今はある宗教法人の職員だが、行く行くは、祖父のあとをついで政界へ出るのではないかと思われた。

これだけの事をつきとめて、また一度田村にあって、例のテープについて何とかたのみこみ、だめだったら、アウトラインでもきかせてもらおうと思って、会社を出た。前の土曜日から、ちょうど一週間たっていた。

会社を出たとたんに、当のきみ子にばったりあった。——彼女は、その日は和服姿だった。つややかな髪をあげ、江戸小紋をすっきりと着こなしたその姿は、この前あった時よりずっとおとなびて、人妻のように見えた。

「あら……」と、彼女はにっこりと笑いかけた。「山本さん……でいらっしゃいましたわね」

「この間は……」と、私は狼狽《ろうばい》しながら頭をさげた。「そうそう、あなたの御注意のおかげで、ぼくも田村も命びろいしました」

「田村先生の所へいらっしゃるんでしょ？」彼女は、すき通るような微笑をうかべて首をかしげた。「私のテープ、おききになりたいのね……」

「いや……そんな……」

私はますます周章して否定したが、ふと、彼女には何をかくしてもむだだ、という気がした。何しろ彼女は、ふつうの人間にはない能力をもっている。

「どうぞ……お医者って、患者のプライバシイをまもらなきゃいけないっていいますけど、本人がいいといえば、かまわないんでしょ？」彼女は、さらりといった。「私もいまからききに参りますの。ごいっしょいたしましょう」

私はすっかり毒気をぬかれてしまって、ただ口の中でもごもごいうばかりだった。タクシーで、と私がいうのを、電車で、と彼女はいいはった。あつすぎずさむすぎず、いい気候で、ほんとうにぶらぶら歩くのにいい天気だった。

「私の事、いろいろしらべていらっしゃるんでしょう？　わかりますわ……」

ならんで歩きながら、彼女はポツンといった。――私は返事もできないで、恐縮していた。しかし、彼女には、責めている調子は全然なかった。ただ、うつむいた、細い、恰好《かっこう》のいい襟足と、薄い眉が、ちょっとわびしげな表情をしただけだった。

「巫女筋《みこすじ》なんて――ほんとはいやなんです。ずいぶんおかしなものが見えたり……いや、いやなものといっぱいつきあわなければなりません」

「お祖母さまは、なぜ、義絶をおうけになったんですか？」

彼女の、いかにもさりげない様子にひきこまれて、私は思わず無遠慮な事をきいてしまい、青くなった。

「つよい禍津神《まがつかみ》と親しんだからです」彼女はなんでもないようにいった。「曾祖母さまがなんとかひきはなそうとなさったんですが、どうしても離れなかったので、しかたなしに〝神《かむ》やらい〟にやられました……」

最初の夫との駈《か》けおちか何かを、比喩的《ひゆてき》にいっているともとれたが、彼女の口調は、あくまですなおだった。

「あら……」と、彼女は何を見つけたのか、ふいに町並みの間をふりかえった。「すみませんね。すこしお待ちくださいましね」

　小走りに少しひきかえすので、何か店にでもはいるのかと思うと、ちょうどビルとビルとの間の細い谷間に、とりのこされたような小さな祠《ほこら》があり、雑踏の眼もかまわず、膝《ひざ》をおってしゃがみこむと、手をあわせた。柏手《かしわで》うってそろえたしなやかな指先が絵に書いたように美しく、なにがしかを懐紙に包んで賽銭箱《さいせんばこ》にいれ、帯の間に紙入れをもどしたその手のそりのあでやかさが残像にのこった。つややかな髪、白いうなじから桜色の耳たぶへかけての美しさが、小紋の濃紫地にはえて――ミニ、マキシ、パンタロンに鍔広帽子《つばひろぼうし》、それに長髪天神ひげ、トンボ眼鏡《めがね》と、土曜の午後の雑踏は、当節はやりの服装をした若い人たちの姿も多かったが、その中で、彼女の姿はそこだけきりとったようにあざやかに、くっきりとぬけ出ていた。――しおらしい……といって、水商売の女たちのそれではない。裾もみだれず、しゃがみこんだその立居、手にした荷物のさばきまでが、すべて絵に描いたようにさまになり、眼をとじ、頭をさげたその後姿には、短い間ながらお座なりでない「祈るもの」の凜《りん》とした気品がたちこめ……私は眼を洗われたような思いで、その後姿を見つめていた。そこには、日本のかつての女性の誰もがどこかに持っていたような、そして、今の女の社会から急速に消え失せつつあるような、「女の〝祈り〟の真摯《しんし》さ」が、女だけがとれる「形」をとってあらわれているような気がした。

　その姿が、瞳につきささったような気がして、いつのまに彼女が傍にかえってきたか気づかなかった。――うながされて歩き出しても、まだ私はぼっとしていた。

「ここらでは珍しいお稲荷《いなり》さまですのよ。稲荷の大もとの、オオゲツヒメノカミをまつっています。荼枳尼天《だきにてん》と本迹《ほんじゃく》をむすぶ前のお稲荷さま」

「そう書いてありましたか？」

「いいえ――見ればわかりますもの……」

私たちは、それから電車にのり、駅におりるまで、あまり話をしなかった。――彼女は田村医院へ行くのが、これで五回目だといって私をおどろかせた。

「それじゃ、先週の土曜日から二回も行ったんですか？――治療をうけているんですか？」

「いいえ――アミタール面接を……」と彼女は眼を伏せていった。「私……私の接触している世界の事を、自分で見つめてみたいんです。ふだんでも見えてはいますけど……私は、半分むこうの世界の住人です。こちら側――といったらおかしいでしょうけど、あなたたち、ふつうの方たちがごらんになっている世界とは、また全然ちがった世界です。そんな世界の住人である私を、こちら側の自分の眼からながめてみたいんです」

今日はインタヴューをやらないのだ、と彼女はいった。――第一回はのぞいて、三回分のテープを田村が整理し、それをききに行くだけだと……。彼女の声は、低かったがどこか華やいだところがあった。

「ひょっとしたら――」と私はいった。「あなた、田村が好きになったんじゃありませんか？」

返事はなかったが、彼女の襟足が、ぽっと染った。

小都市の駅でおりて、田村医院まで歩いて行く途中、二十メートルほど手前まで来て、彼女は急に妙な事をやった。眉をしかめ、首をそらせて、フッ、フッとまわりのほこりをふきとばすように息を吹いたのだ。

「おかしいわね。ここには、へんなものがいっぱいいます」と彼女はいった。「この前、それでこの場所でたおれたんですわ。あまり息苦しくって……」

私はすぐ横のビルを見上げた。比較的最近、そこにあった墓場をたちのかせて、バイパスを通しビルをたてたのだ。――そして、交通事故が頻発《ひんぱつ》する場所だった。

田村は、受付の少女もかえしてしまって、たった一人で待合室にいた。――一週間のうちに、ひどく憔悴《しょうすい》したように見えた。私の顔を見ても、無感動にうなずいただけだった。

「ゆうべ、テープを編集している間中、やつらが邪魔しに来ていました……」田村は、受付の所の、ガラスの割れ目をさした。「今日もはじめると出てくるんじゃないかと思いますが……連中は、ここにいますか？」

「います……」と、きみ子は言下にいった。

「はらいますわ。――洗面器に、お水をいただけません？」

テープを準備した診察室へ、田村は洗面器へ水をくんでもってきた。――きみ子は着物の袂《たもと》を帯にはさみ、テーブルの上の洗面器の傍に両手をそろえてついて、じっと心気をこらすように水面をながめていたが、突然水の中に手をつっこむと、ぬれた手の雫《しずく》を、まるで手刀を切るように、ピッ、ピッ、と四方にとばした。二度目は、神官が榊《さかき》の枝ではらうように、私たちの頭上に雫をとばした。

そうやられて、はじめてわかったのだが、私たちの頭上から、何かが去って行った。

「もう大丈夫ですわ」彼女は袂をもどしながらいった。「おはじめになってください」

5

ききようによっては断末魔の悲鳴ともきこえ、またある意味では、性の快感の絶頂へとのぼりつめて行く女の叫びともきこえる、長い長い、継続するきみ子の絶叫からはじまるそのテープこそ、まことに異様なものであり、また、田村の運命を大きく変え、私のものの見方を変えてしまうものだった。

何ものかに押しつぶされるような苦しげなうめきから、恐怖と苦痛にみちたすさまじい叫び声にかわる時、私は何度もびくっとして、思わず腰をうかした。千万の、眼に見えぬまがまがしい牙《きば》や爪《つめ》が、横たわっているきみ子の体をひっかき、ひきさき、奈落《ならく》へひきずりこもうとしていた。まわるテープのむこうに、私はその気配をはっきり感じとる事ができて、思わず全身が総毛だち、顔を掌でおおった。

彼女をおそう千万の闇《やみ》の悪鬼どもは、ただ肉体を傷つけ、苦しめるだけではなかった。やつらは、彼女のやわらかく、繊細な肉体の秘所を、冷たい、汚らわしい指で責めつけ、快感と苦痛を交互にもたらす事によって、彼女自身を狂わせ、この世から闇の世界へむかって「解脱」させて、彼らのすむ奈落へひきずりこもうとしていた。顔をおおってきいていると、今、やつらが彼女の乳房をさわった。清純な下腹をなめ、かみついた。彼女の大理石のような内腿《うちもも》に爪をたてた。あたたかい秘所の奥のひだひだに指をもぐりこませ、もっとも鋭い快感のボタンをもてあそんでいる、といった情景が、手にとるようにわかるのだった。——根の国に去って、闇の洞穴《どうけつ》の奥に、猥《みだ》らな裸体で雷《いかずち》とともに横たわるイザナミノミコトのように、彼女の唇《くちびる》、両の乳房、下腹、両脚、陰所《ほと》に、いまわしい小鬼どもがうずくまり、それぞれの個所を責めているのだった。——こうした苦痛と、はげしい快感の交替は、彼女から次第にあの清楚《せいそ》な気品をはぎとり、彼女を混乱させ、惑溺《わくでき》させ、どろどろした塊にかえ、醜怪で、猥らな、怨念《おんねん》とあさましい欲望にみちた、「鬼」と「野獣」の中間存在のようなものに変貌《へんぼう》していくようだった。今や「闇への解脱」——光明にむかっての解脱ではなくて——は達成されようとしていた。ききいる私が汗をかき、手をもみしぼり、息を荒らげているうちに、突然最後の何かがはずれた。長い長い、切り裂くような絶叫が、スピーカーからきこえてきた。叫びは長い尾をひいて、はるかに深い奈落の底へと落ちていった。私は思わず眼をつぶり、耳をおおった。田村は治療室でこの録音をとったはずであり、きみ子はベッドの上に横たわったままこの叫びを上げたはずなのに、その発声には、まるで彼女が実際に深い谷へ落下して行くような、おどろくべき立体感があらわれていた。

絶叫が奈落の底に消えたあと、テープは沈黙をつづけた。キャプスタンがかすかにきしむ音と、スピーカーからの、さやさやというノイズ以外何もきこえない。――私はそっと傍の田村ときみ子をふりかえった。きみ子の蒼白《そうはく》の顔は、つくりつけの蠟人形《ろうにんぎょう》のように動かず、田村はといえば、腰の上に拳《こぶし》をにぎりしめ、唇をかみ、その閉じた瞼《まぶた》の間から涙が一筋頰《ほお》をつたっておちていた。

やがて、地底をひきずるような、低く、しわがれた、別人のようなきみ子の声が、ふたたびスピーカーからきこえはじめた。――彼女が語りはじめた瞬間から、そこにはまったく「別の世界」が展開しはじめた。あのすさまじい、闇へむかっての「肉体からの解脱」の苦痛を通りすぎたあと、彼女はもはや獣でも鬼でもなく、その世界における位の高い存在だった。そして、その「もう一つの世界」は、暗黒でもなければ、地獄の業火や腐臭にみちた世界でもなかった。はるか彼方《かなた》まで見通しのきく、透き通った、しかし灰色の薄明におおわれた世界だった。

その世界には、「こちら側」の世界では見えない存在が住み、「こちら側」の世界とちがった秩序が支配していた。――しかも、その世界は、「こちら側」の世界とかさなりあっているのである。こちら側の世界で、「ポルターガイスト」とよばれる現象を起す異様なものたちも、たくさんむらがって住み、私たちの世界をのぞきこみ、時折、人をおどろかすいたずらをやったりした。

　その世界を通して、私たちの世界を見ると、その風景はまるでちがったものに見えるのだった。――たとえば、大都会のビルの谷間や、繁華な街にも、私たちの眼には見えない「その世界の存在」が住んでいた。もともと彼らこそ、文明が押しよせ、大都会が出現する以前からの、その土地の住民だったのだ。ローマ以前、そしてキリスト教以前のアルプス以北ヨーロッパにひろがっていた「ケルト的世界」あるいは「北方ゲルマン的世界」の野や山や石に住み、ゲーテを頂点とするドイツ浪曼派の人々がその存在を感ずる事のできた「精霊たち」のような存在――日本でいうなら農耕以前の、古代縄文人《こだいじょうもんじん》たちが、生きる上に、その日常の中にごく当然の存在として、見、聞き、感じる事のできた存在……いや、「農耕以前」の縄文人たちは、むしろ、こういった野や山や、草や木や、動物の精霊たちと同じ仲間であり、同じ世界の住民の一部として、これらの精霊たちといっしょに、その世界を形づくっていたからだ。

　やがてこの世界に「外から」はいってくる弥生《やよい》農耕文化が定着してからも、初期の農耕人たちは、「先住者」たちと「共存」し、「交歓」していた。なぜなら「さばえなす神」「蛍火の如き神」が住み「草木物いう」弥生以前の日本列島において、彼らはまだまだ「少数者《マイノリティ》」にすぎなかったからだ。彼らの中の多くのおとなたちは、山野の中に「霊気」を感じ、精霊の存在を見わけ、言葉なくして「語りあう」事を知っていた。道行く時も、精霊にあいさつし、小用をたす時は声をかけてそこをどいてもらい、場所をつかわしてもらったら、立ち去る時に礼をいい、また時には田畑の稔《みの》りを、土地を貸してくれた「先住者」にささげる事を知っていた。——天地を遊行《ゆぎょう》する偉大な精霊のめぐってくる時は、おとなたちが威儀を正してこれをむかえ、それらの偉大な存在を、まだ「感じる」事のできない子供たちを遠ざけ、深夜対座して天地の事、よその土地の事、また歴史のめぐり行くめでたさを語らい、のち、酒食をささげて神人ともに饗宴《きょうえん》し、技芸をささげて旅情をなぐさめた。

だが、さらにたけだけしい、みずからの「神」をもち、「精霊」の存在がわからず、それと語らう事を知らない人々が来るにおよんで、すべてはかわりはじめた。彼らはすべてを慴伏《しょうふく》させる精霊をもつといい、また時には自らがその精霊であると称して、「先住者」たちの存在も、そのわけあってすんでいる「領域《テリトリィ》」も見ようともつとめなければ、みとめもしなかった。——彼らはそこを、あたかも万物「無住」の土地のごとく、土足でふみこみ、かってにきりひらき、彼らの勝手な秩序を、そのつよい、たけだけしい力をもってうちたてはじめた。

当然そこに衝突が起った。——だが、それまでに、相互に精妙な「秩序」を形づくっていた精霊たちの抵抗は、その「秩序」が外部からこわされ出すと、もろいものだった。精霊たちのすみ家である大木は切られ、野は焼かれ、蛇《へび》、猿《さる》、鹿《しか》、猪《いのしし》、狐《きつね》、狸《たぬき》、鳥、なべて年経る獣をかりた精霊たちは、次々に「英雄」や「豪傑」たちによって「退治」されて行った。——こうして、ついに勢力の交替が起った。精霊たちは「開発」の手ののびぬ深山の中へ、そしてまた「影の国」へとかくれはじめた……。「影の国」――それは、夜の闇の世界だけではない。現実のすぐ裏側に、それと密着し、かさなりあってひろがっている「光のあたらぬ側」の、薄明の世界である。この世界の一方に、常闇《とこやみ》の無明の世界がひろがり、そこには何か、得体の知れぬ、恐ろしいものが住んでいる。歴史にはげしい怨《うら》みを抱く怨霊たちもまたそこにいる。歴史の犠牲となって惨殺された無辜《むこ》の民の、尨大《ぼうだい》な数の死霊《しりょう》もまた、この国にいる。首のない、また胸に穴をあけられ、腹をさかれ、腕をもがれた人たち……戦争や、飢饉《ききん》や、疫病、天災、犯罪、そして事故で死んだ人たちの、おびただしい霊が、この薄明の国をさまよい、私たちの世界のすぐ傍で、「地上」を追いはらわれた精霊たちとともにじっと私たちの日常を見つめているのだ。

都会の路地、団地の公園、往還はげしい道路、またあなたたちの家の前の下水に、道ばたの草むらに、精霊たちは今もいる。――開化の波が全土をおおい、もはや自然の中に彼らのすむ所がどこもなくなってしまった現代では、すべての精霊が、現代とかさなりあう「影の国」――つまり、私たちのすぐ傍の、私たちからは見えない世界にすまざるを得なくなってしまったのだ。

それはまた、私たちの世界とは、全然ちがう「秩序」をもった、世界なのだ。私たちの世界の「理屈」は、この世界には通用しない。しかし、この世界としては、ちゃんと首尾一貫しているのだ。数年前、羽田沖での国内線の墜落という大惨事につづいて、わずか数日の間に、羽田空港国際線の着陸失敗、富士山附近における外国旅客機の墜落と、たてつづけに大惨事が起った事を御記憶であろう。――あれも、私たちの眼から見れば、不幸な偶然の重なりとしか見えないが、「影の国」から見れば、それにはすべてちゃんと関連があり、一貫した理由のあるでき事だったのである。最近の著名作家の自殺も、私たちの世界とまったくちがった、「原因」があったことが「影の国」では見えるのだった。そこには、われわれの日常の理解をこえた、「怨念の秩序」ともいうべきものがあった。人がまるで理屈にあわないきっかけから、他人や、世の中や、あるいは自分自身にさえ、「いわれのない怨恨《えんこん》」を抱いてしまう。怨恨は理屈ではとけない。そしていったん怨恨の核《コア》がまかれてしまえば、そこには思いがけないものが、非合理な秩序でむすびつき、はげしい「怨恨の体系」をつくりあげる。すべてはあいつが悪く、あいつの陰謀である、そういえばあれも、これも、あの時もあれも――といった具合に……。「影の国」の秩序も、これに似た秩序をもっていた。――そしてまた、そこには、歴史の「結果」や、現在生きているものの繁栄や幸福、あるいは私たちの世界の仕組みでは、ときほぐす事も解決する事もできない、「かつてしいたげられて死んだもの」の怨恨が、灰色の陽炎《かげろう》となってゆらめいているのだった。

きみ子は、この「影の国」で、「――姫」とよばれて、位の高い、由緒の正しい存在らしかった。――そして、いま、彼女をめぐって「影の国」で何かが起ろうとしていた。彼女のまわりに、私にはわからない「何か」が急速に集りつつあった。さまざまの「怨念」が、彼女を核にしてむすびつき、もつれあい、そこにいまや、まがまがしくも巨大な「邪悪」の意志がはっきりと形をとりはじめていた。それは彼女の意志とかかわりなく、次第に凝集し、密度をあげ、ふくれ上り、うねりながら、さらに巨大なものとむすびつこうとしていた。むすびつく事によって、より一層強力になり、やがてわれわれの住む「現世」にむかって、ほとばしろうとしているのだった。

——テープが終るのと、彼女が椅子からくずれおちるのとほとんど同時だった。まっさおな顔に、冷や汗をいっぱいうかべた田村がゆっくり立ち上ると、紫紺の花のように床にくずれた彼女の体をぎごちなく抱きあげた。

診察室を出て行く田村に声をかける事もできず、私は呆然と椅子にすわっていた。——静まりかえった部屋の中で、テープをまききったレコーダーがまわりつづける、カサッ、カサッ、という音がいやに高くひびいていた。

6

田村からきみ子と結婚する、という意思をうちあけられたのは、それから十日もたたないうちだった。

「ちょっと待て……」私は、何となく胸をつかれて思わず、彼の腕をおさえた。「すこし——すこし考えたらどうだ？　彼女はたしかにチャーミングだ。今時あんな女らしい女性はいない。しかし――彼女は、ふつうの女性じゃないし、それに、いろいろ複雑な事情があるらしい……」

「わかっている……」田村は色白の頰《ほお》をひきしめてうなずいた。「わかっているから……結婚する気になったんだ。ぼくはあの人を愛しているし、あの人もぼくを愛している。そして――あの事について、彼女をまきこまれつつある事態からすくい出せるのは、ぼくをおいていないと思う」

「彼女の縁談の事を知っているか？」と私は慎重にきいた。

「話はきいてるが、別にきまったわけじゃないだろう？」田村は気にもとめないようにいった。「彼女の伯母《おば》さんという人にも、きのう話した。縁談の事は、むこうから一言もいわなかったが、彼女も別に気が進んでいたわけじゃなかったらしい」

「気をつけろ……」私はいった。「慎重にやるんだ……」

「大丈夫だ。あんな連中に負けやしない」田村は微笑した。「あの連中の事は、ぼくにもだいぶわかってきた。むしろ――いまは、あの事について、理解者だと思っている。だが……彼女をまきこみ、彼女をかついで、彼女まで邪悪な存在にかえてしまおうとするのはほうっておけない」

田村は私の忠告を、「あの世界」の因縁の事とうけとったようだが、私はもう一つの事が気にかかっていた。――私の方のその後の調査によると、ここ四、五日の間に、彼女の縁談は急速に動きはじめていた。彼女がそれを田村に話したかどうか知らないが、四日ほど前に当の相手と、別に見合いという事ではなく、さる所であっており、相手は彼女が気に入って、話が急に具体化しはじめる形勢にあった。

そしてその背景に、何か大きな「構想」が動いているらしい事が、私にもうすうす感じられてきた。むろんはっきりとわかるはずはない。私の妄想《もうそう》――下司《げす》のかんぐりかも知れない。しかし、彼女の縁談の背後で、誰かが――私などのたしかめる事もできない大きな存在が、彼女の縁談の相手がつとめている「宗教法人」をねらっている、という事はありそうな事だった。

宗教団体をねらってどうするのか、という事までは、私にはわからない。――うかんでくる顔ぶれからみて、何か政治的なねらいがあるのだろう。そして、天野きみ子の霊媒としての能力が、その縁戚関係が、その構想のどこかに必要とされているのだろう。どう利用しようとしているのか、これから先どんな筋書きが準備されているのか、そんな事は私の類推の埒外《らちがい》だった。

五日ほどたって田村は、きちがいのようになって社へ電話してきた。

「彼女がいなくなった!」彼は電話口で叫んだ。「彼女の伯母もだ。何かわからないか?」

「おちつけ……」と私はいった。「二人で旅行にでも出かけたのかも知れん」

「そんな事はない! 三日前、デートにこなかったんで電話してみたんだが誰も出ない。毎日家へいってみたがずっとしまっている。そうしたら、きのう妙な電話がかかってきた。男の声で、彼女の事をあきらめろっていうんだ。今日しらべてみたら、あの家はもう不動産屋にわたっている」

「その電話の忠告にしたがった方がいいと思うな……」と、私はいった。「田村――あきらめて手をひいた方がいいかも知れん。これはどうも――どちらにしても厄介《やっかい》な事なんだ」

「彼女の縁談の相手の事を、何も彼も、洗いざらい教えてくれ！　たのむ！　どうせその連中がかんでいるにきまっている」

「田村、気をしずめてよくきいてくれ……」私はちょっと唇《くちびる》をしめした。「今が潮時だ。この件はもうこれ以上、深入りしない方がいい。この世界の事にも、あちら側の事にも」

電話がはげしい音をたてて切れた。私は溜息《ためいき》をついて受話器をおいた。――私は仕事の関係上、「現実のこわさ」について少しは知っていたが、学究肌《がっきゅうはだ》で坊ちゃん育ちの彼は、ある意味で世間知らずであり、その性格として、何かを追究し出すと夢中になる所があった。彼がこの件について私を責めても、私は資料をわたさないつもりだった……そこまで考えてきて、私はハッとした。最初の調査書類を、封筒に入れたまま、彼の家においてきた事を忘れていたのである。あわてて医院の方に連絡を入れたが、先生は御旅行に出られました、という返事がかえってきた。

田村からの、最後の電話がかかってきたのは真夜中だった。私が家にかえりついて靴《くつ》をぬいだとたん、ベルが鳴った。

「すぐ来てくれないか？」

田村の声は妙に沈んでいた。

「今、どこだ？」と、私は腕時計を見ながらきいた。

田村は、私の家から、車で二時間ほどで行ける、山間のホテルの名を告げた。

「ちょっと心配したぞ……」私は帽子をかぶりなおしながらいった。「彼女の事は、あきらめたか？」

「今、ここにいる……」と、田村はいった。

「えっ？――どうやって見つけた」

「彼女が、ぼくを呼んだんだ……」と田村はいった。「軟禁されていたのを……何とか……」

私は寝ぼけ眼で出てきた妻に、一言二言つげると、急いで家をとび出した。山間の宿へタクシーをとばす間、実体のはっきりしない胸さわぎが、絶えずこみ上げてきて、私はいらいらしつづけだった。彼女が霊能者だという事を、私はうっかり忘れていた。もっと強く、田村をとめるべきだったかも知れない。

ホテルについた時、ずっと下の方の町から近づいてくるパトカーのサイレンをきいたような気がした。ホテルの中は妙にざわつき、客や従業員が廊下をうろうろしていた。田村の部屋をきくと、フロントは急に顔をこわばらせた。

「だめです。百二十五号室は、ただいまちょっと事件があって、はいれません」

とめるのもきかず、私は廊下を走った。奥へ行くほど人間の数が多く、百二十五号室の前では、興奮した女客が、まわりの客や従業員に声高にしゃべっていた。

「いえね、隣の部屋で、何かがガチャンガチャンこわれる音や、壁に何かぶつかる音がするでしょう。それで喧嘩《けんか》かと思って、ボーイさんに電話したら……」

「あ、お客さん困ります。はいらないでください」とボーイが私を押しとどめた。

「どけ！――おれは呼ばれたんだ」

私はボーイをつきのけ、ドアをあけてとびこんだ。マネージャーとボーイらしい男が私をとめようとしたが、私はかまわずベッドの方に進んだ。――床の上には灰皿やコップの破片が散乱し、椅子がひっくりかえり、スタンドがとんでもない所にとび、あいつらがまたこの部屋であばれた、という事が一眼でわかった。

きみ子は、ホテルの浴衣《ゆかた》一枚まとっただけで、ベッドの上にたおれていた。傷一つない、すき透《とお》るように白い裸身は神々しいようだった。顔にかぶせたタオルをとっても、苦しんだあとはちっとも見えず、ほほえんでいるようにさえ見え、それが細いのどの、二つの指の痕《あと》と異様な対比を見せていた。

田村はベッド脇《わき》の椅子にすわって、涙を流していた。顔色は青ざめていたが、もう動揺していないようだった。額の所に、とんできた灰皿か何かで切ったらしい傷があり、そこから頬へ流れおちた血がかたまりかけていた。「彼女が……殺していい、といったんだ……」と、田村は私を見ずに、静かな声でいった。「彼女は……苦しんでいた。こちら側でも、あちら側でも、……みんな彼女の存在を、彼女の意志に関係なく、自分たちの事にまきこもうとし……彼女は死ぬ苦しみを味わっていた。その上彼女は……あちら側の事とこちら側のでき事とを、自分でむすびつける役になるのがいやだった。彼女は君に電話する前にも、ぼくに殺してくれ、とたのんでいた。そうしたら――せめて、こちら側の悪縁だけでもたちきれる、と……」

「やつら……来たんだな？」私は、室内を見まわしながらいった。「彼女を――連れて行ってしまったか？」

「やつらは……ぼくと彼女が愛しはじめると、はげしく邪魔をしにくるんだ……」田村は唇をつよくかんだ。「やつらは、彼女をぼくからひきはなし、彼女をむこうの世界にひきずりこもうとして……セックスがたかまって行くに連れて、彼女は死ぬ苦しみを味わわされるんだ。こんな……こんな事が、たえられるか！　愛している女と……愛されている女と……愛しあおうとする行為が……相手もそれをもとめている行為が……相手に最大の苦痛をあたえるなんて……」

田村ははげしく嗚咽《おえつ》しはじめた。

「それで君は――彼女をやつらにくれてやったのか？」私は壁にもたれて腕を組んだ。

「君の愛も――君たちの愛も……やつらから彼女をもぎはなす事はできなかったのか？」

「癌《がん》にかかった恋人を持つ男が、その苦しむ愛人から、安楽死をもとめられたらどうする……」田村は顔をまわしたまま、いった。「これは……おれには……おれの力では、どうする事もできない事だった。せめて……彼女が求めたように……一方の苦しみからだけでも、ときはなってやる事が……何度も求められ、何度も拒否したが、彼女の苦しみを見かねて、とうとう……」

その時、刑事たちがどかどかと部屋にはいりこんできて、彼の言葉は中断された。

「嘱託殺人」の立証は困難だった。私も何度も証言台にたち、例のテープも一応提出されたが、弁護士は、かえって心証を悪くしたかも知れないと、いった。

検事側は、情痴殺人の線で論証をすすめて行った。――医師が患者に邪《よこしま》な心を抱き、強引に交情をせまった。被害者に縁談がもち上っているのを知って、保護者の伯母に結婚を強要し、見幕をおそれた伯母と被害者が姿をかくすと、狂気のようになって探し出し、山間のホテルで結婚をせまったが、被害者が抵抗したのでカッとなってしめ殺した。――ありふれた筋書きだが、あのホテルの部屋の有様を見たら、誰でも二人の間に、はげしい争いがあったと思うだろう。ポルターガイスト現象など、現物を見たものでなければ信じられないだろうし、たとえ外国の例を持ち出しても、そんなものは傍証にもならない。そして、検事側の告発の筋をささえているのは、彼女の伯母の証言だった。

殺人の「動機」にいたっては、彼が話せば話すほど、頭がおかしいか、それとも誰も信じないような大ぼらを強弁し、法廷を侮辱すると思われるしかなかった。精神鑑定の結果は「正常」だったから、のこる見方は後者しかなかった。弁護側の証言に立った私までが、社会的信用が危くなる始末だった。しかし、田村も私も、検事側の論告の線は、最後まで肯定しなかった。

判決の日、私も法廷へ出かけた。裁判長は、判決の前に、被告に何かいう事はないか、といった。

「あります、裁判長……」と田村は、意外にしっかりした声でいった。「私としましては、この世のルールでは、どうしてもわり切れぬ事が実在する、という事を、くりかえしのべてきたつもりですが、それが誰にも理解されなかった事は残念です。が、しかたがありません、——この上は、たった一つのおねがいがあります。どうか私を死刑にしてください……」

裁判長は苦い顔をし、弁護士は頭をかかえ、検事は冷笑をうかべ、傍聴席はざわめいた。

判決は、検事の論告を全面的にうけいれ、懲役十二年だった。

判決をうけて退廷する田村に、私は声をかけようとした。が、田村は、もういいんだ、というような微笑をちらとなげかけただけで、足早に出ていった。——その微笑を見た時、私は彼が上告をしないつもりだな、という事がわかった。

そのあと社にもどる気にもならず、電話だけいれて、街をぶらぶらし、夕刻になって家路についた。――彼女の所へ行きたがっていた彼に、彼の指定した薬品をこっそりさし入れる度胸がなかった事が悔まれたが、獄中の友人の自殺幇助《じさつほうじょ》を犯す気にはどうしてもなれなかった。

郊外電車の駅からわが家まで、とぼとぼ歩いてかえる途中、いつも行きかえりに見るもとの村社の森に異変が起っている事に気づいた。――きのうまでその森にいた何ものかが、今日はどこかへとび去ってしまい、森は蟬《せみ》のぬけ殻《がら》のように虚《うつろ》になっていた。よく見ると、新しくできる造成宅地の一部に売りはらわれた森の一廓《いっかく》に、最初の斧《おの》がはいり、樹木が五、六本きりたおされていた。彼女と彼につきあううち、いつの間にか私もそういう事が感じられるようになっていた。

だから、夕闇の中に自宅の屋根が見えた時、何かが来ているな、という事はすぐわかった。――ちかづいてみると、庭のテラスの窓の所に、黒い小さなものがむらがってとんでいるのが見えた。蝙蝠《こうもり》かと思ったら、大小の無数の蝶《ちょう》だった。私は異様な感じがした。蛾《が》のとびはじめる時刻には、蝶は休みにつくはずだのに……。

門燈はまだついておらず、鍵《かぎ》もかかっていなかった。奥に声をかけ、玄関のすぐ横の応接間にはいって、とにかく電燈をつけた。――つけたとたんに、はげしい家鳴り震動がはじまった。地震でない事は、ガラス戸や窓がはずれそうにはげしく鳴るのに、床がちっともゆれない事でわかった。

三十秒ほどで震動がやむと、電燈がふうっと暗くなり、背筋にぞくっと悪寒《おかん》が走るとすぐ傍に天野きみ子が立っていた。

「田村さんを……こちらにこさせてあげてください……」

きみ子は、低い、地の底からひびくような声でいった。——私はだまって、ミディのスカートをはいたきみ子を見つめていた。

「おねがいします……私のまわりにあつまってきている怨念の糸をときほぐすには、どうしても、あの人の力がいるのです……こちらを……私たちが力をあわせて……しずめなければ……」

「あなたにできないんですか？」と、私はかすれる声でいった。「あなたの力ならきっと」

「でも……私は……私は……私は……」

突然彼女は苦しそうにのどをかきむしり、長椅子の上にどっとくずれおちた、——電燈がもとの明るさをとりもどし、私は長椅子の上にたおれたきみ子の体に手をふれた。

「あら、あなただったの？　おかえりなさい」もとの顔にもどった女房は眼をこすりながら大きな欠伸《あくび》をして長椅子の上に起き上った。「うたたねしちゃったわ、ごめんなさい……」

田村は、控訴せず、刑務所へうつされる前の晩、拘置所の独房の中で死んだ。——死因は心臓麻痺《しんぞうまひ》だった。

田村ときみ子の事件はそれで終りだった。大した週刊誌種にもならなかった事だし、すぐ人々の記憶から消え失せてしまった。事件の異常さに気づいた人もすくない。神経科医が神経症になって、頭が変になった、というくだらないジョークが言いかわされたくらいだ。

だが、それ以後、私の上に奇妙な変化が起った。――それまで全然見えなかったのに、時折、「影の国」に属するものの姿が見えるようになったのだ。道を歩いていても、ふと小さな露地にそれがうずくまっているのが感じられ、雑踏の中で、むこうからくる人の肩に、それがのっているのが見える事がある。新しくついた切り通しに、何か猛烈な、精霊のようなものがわだかまっている気配が感じられ、そういった所は奇妙に事故が多い。

時折、頭がおかしくなったのかと思う事があるが、半分は「影の国」の存在を信じる気になっている。――いずれにせよ、われわれのものの見方はかたよりすぎ、不完全なのだ。とりわけ「歴史」に対してそうだ。精霊や、妖精《ようせい》、怨霊や、悪縁や、――かってまじめに論じられ、現代では一笑に付せられているこういったものの存在を、ある、あるいは、あったと仮定して世界を見なおすと、今まで見えなかった部分が見えてくる、という事がたくさんあるのではないか？　ばかばかしいと思うかも知れないが、それなら、この未曾有《みぞう》の文明がさかえる現代に、衆人環視の中で起るあの「ポルターガイスト現象」はどう説明するのか？

田村ときみ子は、しばらくたって、深夜、時折、私を訪ねてくれるようになった。あまりありがたい訪問ではないが、しかし「あちら側」の話をいろいろきく事ができる。その後二人はうまく行っているらしいのは何よりだ。――最近来た時、二人はうれしそうに、私が彼らの仲間にくわわる日が近い事を告げた。体の内部のなおりにくい所に、悪性の癌が発生しているというのだ。

あちら側に、有力な知り合いがいるのだから、別段行くのはそれほどいやではないが、しかし、念のため、現在内科と精神科に、週二度ずつ、自宅通院している。

飢えた宇宙《そら》

1

「ジョーは？」マリアは、心配そうな顔でいった。「みつかった？」

ぼくはだまって首をふった。

それから、ポケットから、ジョーの電気ペンを出して、テーブルの上においた。

「これが見つかっただけだ」

「どこで？」

「第四船艙《せんそう》の前……」

マリアは、そっとその電気ペンをつまみあげた。――なにか、疫病《えきびょう》の細菌がついているような慎重さで……。

「どこへ行ったのかしら？」

マリアは、何百回も、――いや、最初の一人が消えてから、みんなの口から何千回も発せられた、詮《せん》ない言葉をつぶやいた。

その問いは、あんまり何回もいわれたため、最初のころの、はげしい不安、混乱、いらだたしい疑惑、恐怖、ヒステリックな怒りといったものが全部すりきれてしまって、ただつかれたようなひびきだけがのこっているようだった。

「今夜も——おそらく……」

発見できまい、という言葉を、ぼくはいわなかった。

いうと、部屋の中に——この巨大な宇宙船の中の、あらゆるものかげに身をひそめている恐怖が、一度にどっとおそいかかってきそうな気がする。

「四人……」マリアは、ジョーのペンを、コトンとおとしてつぶやいた。「これで……二人きりになったわけね」

とつぜんマリアが、はげしくすすりあげた。——椅子《いす》からはじかれたようにとび上がると、ぼくの体に、むしゃぶりつくようにしがみついてきた。

「おお、アキオ！——こわいわ！　私、こわいわ！　これから私たちどうなるの？　いったいみんな、どこへ行っちまったの？　私たちこれからどうしたらいいの？」

マリアの細っこい体が、隊員制服を通して、ごりごりとおしつけられてきた。——そこには、IQ百七十の宇宙生物学者の姿は消えて、恐怖におののく、若い、たよりない一人の女がいるだけだった。

「だいて……」マリアはあえぐようにいった。「もっとつよく……ふるえがとまらないのよ」

ぼくはマリアの体を、両腕でしぼりあげるように抱きしめた。——マリアは、本当に細い骨が鳴るように、はげしくふるえていた。抱きしめてやっても、あとからあとから、体の深い所からふるえがこみ上げて、とまらないみたいだった。歯ががちがち鳴るほどふるえながら、マリアは泣くように何度も何度もすすりあげた。

はげしい息づかいが、ぼくの頰《ほお》にあたった。――肩の所にふせられてふるえていた金髪が、ぐらりと後ろへかたむくと、半びらきの愛らしい唇《くちびる》が、ぼくの口のすぐそばにあった。唇の色がうしなわれ、顔色もまっさおだった。突然その唇の奥から、はげしい、泣き声とも叫び声ともつかぬ声がほとばしった。

「マリア……」

ぼくはいった。――マリアは、首をふり、のどをのけぞらせて絶叫しはじめた。ぼくら以外誰もいない宇宙船の中に、宇宙船の外の、はてしない暗点と真空の宇宙の虚無の中に、誰《だれ》かの助けをよぶように、とめどもなく叫びはじめた。

「だまれ……」とぼくはさけんだ。「だまるんだ、マリア、だまれったら」

マリアはだまらなかった。――ぼくはやむを得ず、マリアの口を自分の口でふさいだ。叫び声は、まだマリアののどからこみあげてきて、かさねあわせた口を通して、ぼくの頰を内側からふくらませた。が、突然それがやむと、ぼくの口の中に深くさしこまれたマリアの舌が、くるったようにぼくの舌をもとめてうごめきはじめた。すすり泣くような声は、今度はマリアの鼻からもれ、彼女の体のふるえはとまり、細い腕が、つよい力でもってぼくの体をまさぐりはじめた。

「アキオ……おお、アキオ……」とマリアはあえぐようにいった。「私たち……二人きりなのよ……こんなことになるなんて――想像もしなかったわ……」

「奥へ行くかい？」

ぼくは、はじめてふれるマリアの胸のふくらみを、制服の上からそっとおさえながらいった。

マリアは、またはげしくあえぐと、唇をおしつけてきた。

——体中から力がぬけ、だき上げるとその体は羽毛のようにかるかった。むろん、宇宙船の人工重力が、かなり小さかったせいもあったが……。

2

ぼくとマリアは、闇《やみ》の中で、すっぱだかで抱きあっていた。——快楽をもとめるというよりも、恐怖からのがれたいという衝動のためにぼくたちは何度もはげしくもとめあった。マリアの体は、十八歳で博士号をとったという、そのすばらしい知能と関係なく、女としてすばらしかった。マリア自身も、今までほとんどそのすばらしさを知らなかったにちがいない。

汗まみれになり、何度も何度も絶頂に達し、獣のように叫び——そういったエネルギーが、このほっそりした知的な女性のどこにかくされていたのか？　それとも、それをやめたとたんにまたなまなましい形であのことを思い出しそうになり、その恐怖をうち消すために、力をかきたてざるを得なかったのか？——

しかし、やがてぼくたちは、体中のエネルギーをしぼりつくしてしまい、精《せい》も根《こん》もつきはてて、よわよわしくあえぎながら、ベッドの上にうちかさなって横たわった。そうやっていると、室内の空気が、汗まれの肌《はだ》をひやして行き、ついには体が氷のように冷えきってしまい、宇宙船の外、絶対温度零度の宇宙空間のすさまじい寒気が、じかにはだかの皮膚をしめつけるような気がした。――ぼくとマリアの二人が、宇宙船もベッドもないむき出しの真空の中を、凍りついたような億万の星々をちりばめた暗黒の宇宙を背景に、全裸で抱きあったままゆっくり流れて行く……。そんなイメージがうかんできて、体の芯《しん》から冷たい戦慄《せんりつ》がこみあげてくる。……母なる太陽系は、すでにはるか彼方《かなた》にはなれてしまった。行く手の星に達するまで、あと十余年も、この暗く、深く、虚無の大洋《やみわだ》を旅しつづけねばならない。マリアとたった二人で。

いや、最初は二人ではなかった。――最初ぼくたちは、六人いた。だが、ある日――数週間前、突然そのうちの一人が、行方不明になった。ぼくたちは、大さわぎして、行方不明になった男をさがした。大きいといっても、宇宙船だ。居住空間のひろさといったら、たかが知れている。そのせまい宇宙船の、すべての部屋を、すべてのすみを、ものかげを、ぼくたちはくまなくさがした。――だが、その男の姿は見あたらなかった。

宇宙船の外へ出たのではないか、ということも、もちろん考えた。――しかし、宇宙服はそのままのこっていたし、二つあるエア・ロックつきのドアも、あけられた形跡はなかった。船外へ出るドアには、開閉記録装置がついていて、開閉回数が一眼《ひとめ》でわかるようになっている。——それはもちろん、開閉のたびに、いくらか船外へ放出されてしまう空気の量を記録するためである。

船内にもおらず、船外に出た形跡もない。——とすれば、彼はいったい、どこへいったのか？　この宇宙船の中で、彼は煙のようにとけてしまったのか？

その男が、まだ船内にいるかどうかを知ることのできる、唯一の手段である微質量計は、流星と衝突した時、こわれてしまっていた。

ぼくたち、第五次Ａ・Ｃ探険隊員の中に、恐怖がまきおころうとした時、二人目の男が消えた。ぼくらが動顚《どうてん》している時、もう一つ、おどろくべき事実が発見された。

「第二食料庫が……」

まっさおになったジグムントが報告に来た時、ぼくたちは消え失《う》せた二人の仲間が、そこで発見されたのかと思って、とび出そうとした。——だが、ジグムントはあえぐように、ドアの所でぼくたちをおしとどめた。

「まあ待ってください、隊長——チャンとノラのことじゃないんです。それよりもっと……信じられないことです」

「どうした？——早くいえ！」と、ジョーはいらいらしていた。「食料庫に何があったんだ？」

「なにもなかったんです……」ジグムントは、ふるえる声でいった。「第二食料庫には、なんだかわけのわからない機械が、ギッシリつまっていて、食料は一っかけらもないんです。第三、第四も同じです」

「第五と第六は？」

「まだ見ていませんが……おそらく……」

ぼくたちは後部の食料倉庫にかけつけた。

――ジグムントのいった通り、第二、第三、第四食料庫の中には、食料はなかった。おそれていた通り、第五、第六にも……。

「観測機械類だ……」とジョーは呆然《ぼうぜん》としてつぶやいた。「出発の時、チェックはしたんだろう？」

「火星基地整備員がやりました。――私自身も一応やったんですが……」

「出発前に、整備基地でつみかえられたんだ」とぼくはいった。「チェックを終って、封印してから、二十四時間の間に……」

「だが、何のために……」とジョーはいった。「この機械類は宇宙基地建設に必要なものであることはわかる。だが、ペイロードいっぱいなのに、食料のかわりに機械をつみこむとは、どういうことだ？」

「火星基地へ問いあわせますか？」と、ぼくはきいた。

「むろん、すぐ問いあわせる」ジョーはいった。「だが――おれたちは、もう太陽系から二兆キロ以上きてしまっている。返事がかえってくるまで、半年かかる……」

「そんなにもちませんよ」ジグムントは、悲鳴をあげるようにいった。「第一食料庫には、あと五十キロたらずの食料しかないんです。給食器の中にはいっているのをあわせても、七十キロありません……」

四人に七十キロ——人間一人、一年間に、乾重量で、約三百キロの食料がいる。——宇宙船の中での、生化学装置をつかっての食料再生産は、装置そのものの重量が非常に重くなり、変種ができやすく、管理がめんどうなので、今のところもちいられていない。組みあわせ食料をつみこんだ方が、乗務員にとってもはるかにいい、ということがわかったのだ。水は再生する。だが食料は……。

「基地でまちがえたんじゃないの？」とマリアはいった。「今度は冷凍睡眠装置《コールド・スリープ》をつかわないということを忘れて……」

「そんなバカな事はない」ジョーはたたきつけるようにいった。「そんな事は、はじめからわかっていたはずだ。第五次派遣隊は、これまでの、コールド・スリープの失敗を計算にいれて、計画されたんだから……」

第四次までは、交替勤務で冷凍睡眠装置をつかう方式がとられた。——だが、今までの冷凍睡眠技術では、長期にわたると、人間の脳が二度ともとの状態にかえらない、ということがわかり、かつ、起きている二名の乗務員が、みんな三年目には、あまりに長期にわたり単調な閉塞《へいそく》生活のため、発狂状態になったり、強度の分裂症を起したりして、そのための失敗がかさなったため、なるべく大勢の人間を起したままで、小さいながら一つの社会《ソサイアテイ》をつくらせ、相互にチェックしながら行った方がいい、という方針にかわった。

だが、そのためには、食料が……。

「四人で七十キロ……」とジョーはいった。「一人、十七・五キロ、一日五百グラムとして、三十五日間だ」

「緊急救難信号ですね」と、ぼくはいった。「そして、すぐコース変更してひきかえしましょう」

それにしても、まにあいはしなかった。

宇宙船は、すでに太陽系を出てから二年以上も旅をつづけて来ているのだ。——七十キロの食料で、どうなるものでもない。

ジョーは、そのまま航行をつづけさせた。

唯一つ、この奇妙な事態の解決の鍵《かぎ》になるかも知れない、と思われたコンピューターは、微質量計を故障させた隕石《いんせき》衝突の際、強い磁性をおびた破片が、記憶装置の一部にとびこんで、運悪く、一部の記憶を破壊してしまっていた。——コンピューターは、宇宙船の運航にはさしつかえなかったが、この件に関しては、何の解答もあたえてくれなかった。

どうしたらいいのか？

あの沈着なジョーにしても、何の解決も思いうかばなかったろう。——ぼくらは、表面は無理におちついていたが、深い、果てしない暗黒の穴の斜面を、毎分毎秒ごとにズルズルとおちこんで行くような恐怖感にとらわれ、他の事は何も考えられないようなありさまだった。

部屋を暗くして眠っている時、冷たい悪夢が、蝙蝠《こうもり》のように羽をひろげておそいかかり、汗びっしょりかいてはね起きるようになった。

どちらをむいても死ぬことは確実なのだ。——アルファ・ケンタウリまであと十年……太陽系へひきかえすとしてもあと二年……そして食料は、四人で一か月分！

一か月を一か月半にくいのばし、あとは水を飲み、そして——コースを変更したとして、あと二年たったら、四体の骸骨《がいこつ》をのせた宇宙船が、太陽系へつく。あるいはこのまま、虚無の大宇宙空間を、三千トンの棺桶《かんおけ》は、はるかかなたのアルファ・ケンタウリめがけてとびつづけ……。

「船内の有機物たとえば紙や木を分解して、食料にするわけに行きませんかね」と、ぼくはジョーにきいた。「繊維素《セルロース》は、加水分解すると、簡単に糖になります」

「だが、装置がない……」とジョーはいった。「工作室で、何とか組みたててみるか……」

それにしたところで、いったいどれだけもつだろう？

ぼくは、眠る度に、暗黒がおそいかかる夢を見、その恐怖からのがれるために、起きている時は体育室《ジム》へ行って、太陽灯にあたることにした。——ばかな事だと思うだろうが、サングラスをかけ、裸で、強い光線に肌をやいていると、少しは恐怖がまぎれたのである。

「紫外線は、体力を消耗するぞ」とジョーはいった。

だが、ぼくはやめなかった。

こうして、手のくだしようもないまま、一週間すぎた。——ジョーは、食料の配給を一日三百グラムにおとした。

「こんなことして、どうするんです?」とぼくはいった。「どうせ——死ぬんですよ」

「時間だよ」とジョーはいった。「時間さえあれば——なにか解決策が見つかるかも知れない」

「なぜ、コースをかえないんです?」ジグムントは、ヒステリックにさけんだ。「かえりましょう!——救難信号を出して、コースを太陽系にとり、エンジンを全開にしてつっぱしるんです。うまく行ったら、万が一にでも、冥王《めいおう》星基地あたりから発進する救急艇に助けられるかも知れない」

「それにしたところが……」とジョーはつぶやいた。「いいか——電波が、太陽系に到達するのに三か月かかる。それから救急艇を発進させるとして……会合《ランデブー》は、どうみたって最低一年後だ」

「それにしたって、このまま死体になって空間をとびつづけるなんていやだ!」ジグムントは悲鳴のように叫んだ。「骨だけでも地球に……太陽系にかえりたい!——もう一週間、むだにした。あと四週間だ！」

「ジグムントは気をつけた方がいいかも知れませんね」彼が立ち去ると、ぼくはジョーにいった。

「武器をもたせないようにしなけりゃ――だけど、彼のいうことも、もっともな気もします。どうしてコースを変更しないんです」

「うむ……」とジョーは、ためらいながらつぶやいた。「だけど――どうもおかしいんだ」

「なにが？」といって、つい口が歪《ゆが》んだ。「おかしい事だらけですよ。ノラ・リンゼイとチャン・シャンフーの消失、つみこんだはずの食料が機械に化けていたこと……」

「その二つの間に、何か関係があると思わないかね？　カツラ……」と、ジョーはいった。「私には、どうもそんな気がしてしかたがないんだ。――どちらも……最初から、しくまれたことだ、という感じが……」

「誰《だれ》がそんなことをしくんだんです？――おえら方ですか？」ぼくは愕然《がくぜん》とした。「じゃ、連中は――ぼくらを殺すつもりで……いや、誰かがこの航行を失敗させようという陰謀をくわだてて……」

「それは、一方の答えにしかならん。――食料のかわりに機械をつんだ、ということの答えにはなっても……じゃ消えた二人はどうなる？」

「わかりません」と、ぼくはいった。「じゃ、消えた人間と、消えた食料の間に、どんな関係があると思うんです？」

「わからん……」ジョーはこめかみにこぶしをあてた。「だが、一方が他方の鍵《かぎ》になるような気がするんだ」

その時、ジグムントの悲鳴がきこえた。——マリアがまっさおな顔をしてとんできた。

「ジョー、アキオ、来てよ！　ジグムントが……」

ぼくたちは、ジグムントの個室にいった——。

明りを消した中で、ジグムントはベッドのシーツをかきむしって泣き叫んでいた。

「ノラが——ノラがいた」彼はさけんだ。「今明りを消してうとうととして、はっと眼をあけたら、ノラが……消えたノラが、まっさおな顔をしておれの顔をのぞきこんでいた。眼と鼻の先だ……まっ黒な着物を着て、死人のようなおそろしい顔つきで……」

「幻覚だ」とぼくはあばれるジグムントをベッドにおさえつけながら、ジョーにいった。「だいぶこたえている」

「まて！」ジョーはいった。「そうじゃないかも知れない。マリア、誰かがこの部屋を出るのを見なかったか？」

「いいえ……」マリアは唇《くちびる》をふるわせて首をふった。「誰も出てこなかったわ」

「むこうをさがしてくれ、マリア……。おれはこっちをさがす。アキオ——ジグムントをしずめろ」

ジグムントはすぐぐったりとなった。——ジョーとマリアががっかりした顔で、かえってきた時、ジグムントは青い顔に汗をいっぱいうかべて、こんこんと眠っていた。

「誰もいない……」とジョーはいった。「眠ったのか？」

「具合が悪そうだ」とぼくは、ジグムントの手首をとりながらいった。「脈がよわい。――体が氷のようだ」

「すこし様子を見ましょう」とマリアが救急ポケットから注射器をとり出しながらいった。「その上で、薬を飲ませるわ。――いまは鎮静剤をうっときましょう」

「きてくれ、アキオ」とジョーは決心したようにいった。「宇宙船のコースをかえる……」

3

真空無重力の宇宙空間を、時速数十万キロという大変なスピードで走っている。三千トンもの宇宙船だ。――ぐるりとUターンさせるのに大変な時間がかかる。

しかし、とにかくぼくとジョーは、コンピューターにコースを百八十度かえる指令を出した。――コンピューターは、ただちに処理をはじめ、宇宙船の中では、カーブをはじめる時の遠心力によってかなりな重力が発生しはじめた。

二十四時間たった。

ジグムントはそのまま昏々《こんこん》と死んだように眠りつづけ、ぼくたちも、浅い居心地の悪い眠りをまどろんだ。——ぼくが起きて、服を着てると、ジョーも起き出してきて、大きく手をあげてのびをした。

だが、そのあげかけた手は、途中でとまってしまった。

「おかしい……」と彼は、顔をこわばらせていった。「気がつかないか？」

「なにが？」

「コース変更中の重力が感じられない」

ぼくたちは、上着も着ずにコンピューター室にかけこんだ。

コースは、もとにもどっていた。——ぼくたちが眠りにつくとすぐ、誰かがコースをもどしてしまったのだ。

「誰がやったんだ？」ジョーは叫んだ。「誰がコースをもとに……」

「ジグムントじゃないか？」とぼくはいった。「なぜ、彼が——奴《やつ》は、太陽系へかえりたがっていたんだ」

「とにかく、奴をよんできいてみよう」

「むだよ」と背後で声がした。

ふりかえるとマリアが、恐怖に青ざめた顔で、戸口にたっていた。

「彼からは、何もきけないわよ」マリアはしゃがれた声でいった。「ジグムントは消えたわ」

そして今度はジョーの番だった。

ジグムントの事があってから、ぼくら三人は、いつもいっしょにいて、眠る時は交替で一人が見張りに立つことにした。

見張りは二人の方がいい、というのが、ジョーの考えだったが、女性が一人はいっていたので、実質的には平均一・五人という形になった。マリアの見張りの時、彼女を一人だけで起しておくわけにはいかない。

ぼくたちは、もう一度コースを太陽系にとるよう指示をあたえたコンピューター室——せますぎて、寝るわけにいかなかった——のまむかいの、観測室の什器《じゅうき》をかたづけ、そこで寝ることにした。二つの部屋のドアをあけはなしにしておき、部屋からいつもコンピューター室を見とおせるようにしていた。——誰が、いったんセットしたコースを変えるか、それを見つけなければならない。

「コンピューターの故障で、ひとりでにもとへもどった、ということは考えられませんか？」

とぼくはいった。

「考えられん」とジョーは首をふった。「それよりも——消えた連中が、まだどこかにいるような気がするんだが、どう思う？」

ぼくも、そんな感じはした。——だが、宇宙船の中は、くまなくさがした。船艙《せんそう》も、機械室も……のこっている所といえば、はるか後部に隔離されている、光子エンジン室だけだが、そこへ行く通路は、ジョーが鍵《かぎ》をもっているし、放射線防御服《ぼうぎょふく》なしに、通路でくらせるとも思えない。

「積荷を全部しらべますか？」

「大変な手間だぞ、……それに、あんな中で、ふつうの人間がくらせると思うか？」

ぼくは、のこりの食料に注意していた。飲料水の消費量も……。もし消えた連中が、まだこの宇宙船のどこかで、生きているとすれば、水と食料は、どうしても必要だ。

「ということは……」ジョーは暗い顔つきでいった。「おれたちの生命が、すこしばかりのびたってことだな」

二十四時間見張っていても、コンピューター室に、人影はあらわれなかった。コース変更は順調にいっていた。——だが、ジョーの顔には、急速に憔悴《しょうすい》の色があらわれた。責任者としてはむりもない。ぼくは、ジョーの神経がいつまいるかと、そのことが気がかりだった。

ジョーの見張りの時、ぼくはジョーにゆり起された。

「シッ！」と彼はいった。「コンピューター室に、いま誰かいる……」

ぼくはとび起きて、レーザーガンをつかんだ。——いくつものランプが点滅するコンピューターが、二つの戸口ごしにみえた。だが人影らしいものはみえなかった。

「いま、たしかに黒いものの影が動いた……」ジョーはささやいた。「ふみこむんだ」

ぼくとジョーは、いっしょにコンピューター室にとびこんだ。

「出てこい！」ジョーは金切り声でさけんだ。

「誰だ！——そこにいるやつ出てこい！」

返事はなく、コンピューターの赤や茶や青や緑のランプが、うすくらがりで明滅するだけで、何の姿もみえなかった。ぼくは奥の方へ、さらに一歩ふみこんだ。

その時、ジョーが背後でわめいた。——レーザーガンの火花が走った。

「なにかいた！」ジョーは気がちがったように叫んだ。「ドアのかげから、外へとび出した。——追うんだ！」

ぼくたちは通路へとび出し、二手にわかれて走った。——だが、通路をどこまで行っても足音もせず、気配もなく、ぼくはすぐジョーの方にひきかえした。——角をまがると、通路のつきあたりの部屋から、ジョーがよろめき出てきて、ばったりたおれた。

「ジョー」ぼくは、叫んでかけよった。

ジョーはよろよろと立ち上った。

「ドアか何かで、頭をぶつけた……」ジョーはよわよわしくいった。

「誰かいましたか？」

ぼくはジョーに肩をかしながらいった。

「いや、——思いちがいだったらしい……」とジョーはいった。「少し休ませてくれ……頭をうって、しばらく気を失っていた。——気分がわるい」

ジョーの体は、氷みたいで、顔はまっさおだった。——ぼくはマリアをよんで、ジョーをねかせた。

「症状がおかしいわ」とマリアはいった。「本格的に診察してみましょう。――医薬品も、少しとってくるわ」

そういって、マリアは医務室へ行った。――行くとすぐ、電話がかかってきた。

「アキオ……」マリアの声は興奮していた。「ちょっときて――医務室の薬品倉庫が、あらされているみたい」

ぼくはすぐとんでいった。――手術室の隣りが、薬品倉庫になっていたが、いままでの二年間、そこをあけたことは一度もなかった。しかし、ふみこんでみると、これといった何の兆候もなかったにもかかわらず、誰かが何回か出入りしたらしい気配が、何となく感じられた。それに――床の上には、何かが持ち去られたような形跡が感じられた。乾燥血漿《けっしょう》の箱と、ビタミン剤の箱のつまれた間に不自然な空間がある。

「ここに、何かがあったんじゃないか？」と、ぼくはいった。「何があったんだ？」

「知らないわ――医薬品のチェックは、ノラがやったの」

「とにかく、あとでくわしくしらべてみよう」とぼくはいった。「まずジョーの手当てだ」が、ぼくとマリアがひきかえしてみると、わずか二、三分の間にジョーの姿は消えていた。

4

マリアとのはげしいセックスに、疲労困憊《こんぱい》して、ぼくたちは二人とも、裸のまま、しばらく眠ってしまったらしい。

眠りの中で、ぼくは、またもや何か思い、まがまがしいものの姿が、ぼくの背後からおおいかぶさるようにせまってくる夢を見た。さけぼうとしたが声が出ない。ぼくは口を大きくひらいてもがいた。——とたんに声が出た。しかしその声は女の声だった。すさまじい悲鳴に、ぼくはハッと目をさました。部屋の明りは消え、あけはなったドアのむこうに、コンピューターのランプが鬼火のように明滅しているのが見える。

「チャンが……」マリアはふたたび金切り声でさけんだ。「チャンがいたわ！　ほんとうよ、チャンがあなたの後ろから……」

ぼくはものもいわずに通路へとび出した。すっぱだかだったがレーザーガンだけはつかんでいた。——やみくもに突進すると、通路のむこうのはしに、たしかにチラリと何か、黒いものが消えるのを見たように思った。

「とまれ！」ぼくはさけんだ。「とまらないとうつぞ！」

通路をまがりざま、ぼくは引き金をしぼった。——光の線が、金属壁にあたって火花をちらした。だが、通路には、誰の姿もなかった。ぼくはなお走りつづけ、つきあたりでとまった。――第一から第四までの船艙《せんそう》と、第一から第六までの食料庫がずらりとならんでいる。ドアはすべてきっちりしまり、鍵《かぎ》がかかっている。

「出てこい!」ぼくはドアを一つ一つけりながらさけんだ。「誰だ。出てこい!」

その時、ぼくはハッと血の凍るような思いをした。――マリアを一人でのこしてきた。

無我夢中でひきかえすと、マリアはベッドのシーツをひっかぶっていた。

「マリア……」と、ぼくはかけよってシーツに手をかけた。「大丈夫か?」

マリアは青ざめた顔をあげた。――彼女はいつの間にか上下とも制服を着、ファスナーを上までぴっちりとめ、襟《えり》をたててふるえていた。

「さむいわ……」マリアはすっぱだかのぼくを、まぶしそうに見ながらいった。

「汗かいて、裸でねてたものだから、風邪《かぜ》をひいちゃったみたい……」

「たしかに誰かいた……」ぼくはズボンをはきながらいった。「チャンか誰かは判《わか》らない。だけど、かなりはっきりしてきた。消えた連中は、やはりこの船のどこかにいるんだ。――なぜ、連中がかくれたのかわからない。だけど、やはり、船艙のどこかがあやしい。徹底的にしらべてやる」

「あなた……」マリアは、大きく眼を見ひらいて、ぼくの裸の胸を見ていた。「その傷、どうしたの?」

ぼくは、ちょっと眼を下にやった。

「これ?――学生の時、ラグビーでつけた古い傷あとだ。これがどうかしたかい?」

「い、いえ……その傷じゃないの、そのとなりの……」

ぼくはやっと気がついた。——左胸の、大きな傷あとのよこに、小さなひっかき傷ができて、血が流れている。

「レーザーガンの照星か何かでひっかいたんだろう」とぼくは血を指先でおさえながらいった。

「大したことない、かすり傷だ」

「いいえ、だめよ！——そのままにしといちゃ」マリアは、びっくりするほど大きな声でいって、とびおきた。「じっとしてらっしゃい。いま、手あてしたげるから」

マリアは、ひどく顚倒《てんとう》したように、救急ポケットから薬品ガーゼとテープを出した。彼女はガーゼをいやに大きく折った。古い傷までかくれてしまうほどの大きさだ。

「どうしたんだ？」

ガーゼをはりつけようとしながら、まっさおになり、脂汗《あぶらあせ》をうかべふるえているマリアを見て、ぼくはちょっといぶかった。

「こんな傷ぐらいで何もそう……」

「いいえ、そうじゃないの……」マリアは唇をふるわせて、むりに笑った。「さっきの事、思い出すと、こわくて……」

マリアは眼をそむけるようにして、ぼくの胸の傷にガーゼをあてた。——彼女の短い金髪の下の、ふるえる頸《うなじ》を、ぼくは見るともなく見おろしていた。

その時、ぼくのうちに、ある種の衝撃が走った。

「マリア……」ぼくはシャツを着ながら、かすれた声でいった。「船艙をしらべるんだ。

――君もいっしょにきたまえ」

ぼくたちは、まず、六つの食料倉庫と、四つの船艙のドアを全部あけはなった。

「マリア、ずっとぼくといっしょにいるんだ」とぼくはマリアにささやいた。「はなれるんじゃないぞ」

そういって、ぼくは倉庫を一つ一つしらべてまわった。――何もあやしいものはない。ただ一つ、意外な事実を発見して、ぼくはちょっとショックをうけた。船艙のドアは、いったん外から鍵をかけてしまうと、外からは合鍵がないとあけられないが、内側からはエマージェンシイ・スイッチで、簡単にあく。中に閉じこめられないように配慮してあるのだが、もし船艙の中にかくれていれば、自由に出入りができるわけだ。一つ、二つと調査がすんで、最後の第四船艙のしらべを終ろうとした時、ぼくは船艙の積荷のかげに妙なものを見つけた。

「冷凍槽《そう》だ……」ぼくはライトをつきつけてつぶやいた。「今度はつかわないはずだのに……」

「さあ――まちがえてつみこんだのかしら？」マリアはいった。「それとも、何かの予備に……」

ぼくの動悸《どうき》は突然はやくなった。――冷凍槽は、タイムスイッチをはじめ必要な動力調整装置が全部くみこまれている。これさえあれば……そうだ、これを使えば、ぼくかマリアか、どちらか一人は、太陽系に生きたままかえれるかも知れない、たとえ廃人になっても生きたまま……。

だが、冷凍槽をしらべた時、ふたたび絶望がおそいかかってきた。冷凍槽は、鍵があいていたが、中の装置類は全部とりのぞかれ、ケースだけだった。ケースの中は、紫色のビロードで内張りされている。

「だめだ！」ぼくは、バタンとふたをして、冷凍槽をけとばした。「だけどなんだって、こんな役たたずのガラクタをつみこんだんだ。――どう思う？　マリア……」

そういってから、ぼくはゾッと襟《えり》もとの毛がそそけたつような気分を味わった。

そっとふりかえってみると、マリアの姿は消えていた。第四船艙の外へとび出し、くりかえし彼女の名をよんだが、声は宇宙船の中にむなしく反響するばかりだった。

5

こうして、ついにぼくは、この三千トンの宇宙船の中で、一人ぼっちになってしまった。

――だが、その時すでに、謎《なぞ》は半分とけかかっていたのだ。その半分だけは、ぼくはほとんど確信をもって真相をつきとめたつもりだった。ぼく以外の、消えた五人の仲間はどうなったかということは……だが、そのあとの半分は、依然として不可解なままだった。いったい、なぜそんなことになったのか？　そのことに何か意味があるのか、ということは……。

コースは、また何ものかによって、アルファ・ケンタウリの方へむけられていた。——ぼくは、もうそれをほうっておくことにした。そのかわり、ぼくは、強磁性隕石《いんせき》によってごちゃごちゃになっている、コンピューターの記録部分を、もう一度丹念《たんねん》にしらべてみた。雑音だらけの宇宙船に対する注意事項の中に、ぼくはやっと二つのききとりにくい言葉だけを再生することができた。

「だから、なにもおそれることは……」という言葉と、

「君たち第五次探険隊の七人の隊員は、協力して……」

という言葉だ。

その二つ目の言葉をきいた時、ぼくは、おや？　と思った。

七人の隊員？——第五次探険隊？

ぼくたちは、たしかに六人だった。そして第五次探険隊だ、——ぼくは何度もききかえしてみた。何度きいても、第五次探険隊の「七人」だ。すると、七人目の隊員とは？

冷凍槽だな……と、ぼくは思った。——あの、ケースだけの冷凍槽に、おそらく七人目の誰かが、ずっとかくれていた——きっとそうだ。だが、なぜ……。

宇宙船は何事もなかったように、予定の進路を、アルファ・ケンタウリにむかって航

行をつづけていた。——その森閑とした内部の部屋部屋、通路の隅《すみ》、装置の影の暗がりから、誰かがぼくを見つめているのが感じられた。いよいよ次は、最後に一人のこったぼくの番であり、その危険が、すぐ傍《そば》にせまっているのが、ひしひしと感じられた。

ちくしょう……と、ぼくは思った。——ほかの五人は、やられても、俺《おれ》だけはやられるものか！

ぼくは、消えた五人の持物をひっくりかえし、必死になってあるものをさがした。——ジグムントの持物の中に、それがあった。ぼくは、それをにぎりしめ、それからちょっと考えて、もう一度コースを太陽系にセットしなおし、それから居室のベッドに横になった。

明りは、わざと消しておいた。——だから、ドアの所に、暗い、幽鬼のような影があらわれた時、ぼくは、コンピューター室のほの明りの逆光の中で、そいつの顔を見ることができなかった。——その悪魔のような暗い影が、ぼくのベッドの傍にしのびより、ぼくの顔をのぞきこみ、顎《あご》までかぶったシーツを、そっとはがした時、ぼくはいきなり明りをつけてやった。

アッと、その黒い影は叫びをあげた。

「ガーゼはとってしまったよ、マリア……」とぼくは自分の裸の胸を指さしていった。「ほら、こいつのおかげで、ぼくは最後の最後までのこされたんだな」

レーザーガンでつけた傷は、ほとんどなおっていた。だが、その横にある古い傷——

マリアが新しい傷を手当てするふりをして、大きなガーゼでいっしょにおおってしまった傷が、マリアを立ちすくませているのだった。

大きな十字架型の傷が……。

「アキオ……アキオ……わけをきいてよ」

マリアは、声をふるわせていた。――その顔は死人のような色をして、眼はまっかに血走っていた。

「いやはや、あきれたもんだ。――科学技術の粋《すい》を集めた恒星宇宙船の中に、こんな連中が住みつくとは……」ぼくはマリアを見すえていった。「さあいえ――のこり四人の……いや五人の、吸血鬼どもはどこにいる?」

マリアの眼が、ギラリと光った。――そのことを、ぼくは、マリアがぼくの胸にガーゼをあててくれた時に気がついていた。上からのぞきこんだ彼女の襟足に、小さな二つの牙の跡を見つけたのだ。――だが、気がつきながらも、ぼくはそのとりあわせの奇妙さに、とてもすぐには、信ずる気になれなかった。

恒星宇宙船と吸血鬼!

超近代的な科学の粋と、前近代的な妖怪《ようかい》のとりあわせ……。

「さあ……」とぼくはいった。「いうんだ。連中はどこにいる」

マリアの眼が突然燐光《りんこう》をはなちはじめた。血のしたたるような赤い唇《くちびる》から、ニュッと鋭い二本の牙《きば》がのび出した。彼女は野獣のようにうなりながら、とびかかってきた。―

―ぼくは反射的に身をかわし、枕《まくら》の下から、あのジグムントの持物から見つけたもの―

―黄金燦然《さんぜん》たる十字架を、マリアの額《ひたい》におしつけた。

ギャアッー、とすさまじい悲鳴があがって、彼女の顔の上にめらめらっと十字架の白光が上がった。――彼女は顔半分をもえ上がらせながら、通路へとび出した。ぼくもあとをおった。恐ろしい叫びをあげながら逃げて行く彼女の背後から、ぼくは十字架を投げつけた。それが背中にあたると、彼女は最後のすさまじい悲鳴をあげ、白光につつまれた。その全身が、一塊の灰となってしまう迄《まで》に、三十秒もかからなかった。

ぼくは、十字架をひろいあげると、さらに先に進んだ。――第四船艙のドアが、半分あいていた。その中にはいると、奥の壁の一部にうっすらと線がはいっていた。

こんな所に、秘密の通路があったのかと、ぼくは舌うちする思いで、そのかくしドアをあけて奥へはいった。そこは、前部船体から、後部の光子エンジン室へ通ずる通路になっていた。――ぼくが十字架をかかげてはいって行くと、うす暗い通路の中には、大混乱がおこった。おそろしい叫び声、威嚇《いかく》、ぼくにとびついて腕をとらえ、背後からぼくの首に牙をたてて血を吸おうとするやつ――みんな、かつてのぼくの仲間の探険隊員だった。それが、今はこんなおぞましい妖怪になってしまっているのだ。ぼくは夢中になって、十字架をふりまわした。――悲鳴や絶叫とともに、青白い焔《ほのお》があちこちでめらめらと上がった。中で、一番手ごわかったやつは――これが元凶らしかったが、――黒い服に黒いマントをつけた、大時代なスタイルの吸血鬼で、こいつをやっつけるのに、ぼくは五分以上もかかった。

すべてがもえつき、妖怪たちが、一かたまりの灰になってしまうと、ぼくは肩で息をしながら、小さな灰の山の数をかぞえた。

四つ――マリアとともで、五つ……すると一人たりない。

ぼくは第四船艙からもとの通路へ出ようとした。――その時、コンピューター室の方からやってきたジョーと、ばったり顔をあわせた。床の上の、灰と化したマリア、ぼくの手の十字架を見て、彼は一瞬にして事態をさとったらしかった。

「まて！」と吸血鬼と化したジョーは叫んだ。

「まってくれ、アキオ……」

「ほかの仲間はみんなやっつけた」ぼくは十字架をかざして、じりじりとジョーにせまりながらいった。「のこってるのは君だけだ」

「みんなやっつけたって？」ジョーは絶望的な身ぶりで叫んだ。「おお！なんてことを！――君はなんてことをしたんだ！」

ぼくはかまわずすすんだ。――数メートルに近よると、彼は十字架の威力がたえがたいらしく、ギャッとさけんでにげ出した。ぼくはあとを追った。ぐるぐる宇宙船の中を追いまわし、ついに体育室《ジム》の中でやつを追いつめた。

「まて！」ジョーはあえぎながら、壁の一隅に背をつけ、手をのばしてぼくの接近をおしとどめた。「近よらないでくれ！　アキオ――そして、説明をきいてくれ」

「どんな説明があるんだ！」ぼくは十字架をかざしながらいった。「気の毒だが、君はもう、ぼくらの隊長じゃない。一個の妖怪にすぎん」

「まってくれ――」ジョーは必死の形相《ぎょうそう》で叫んだ。「あの大昔の妖怪――吸血鬼を、冷凍槽《そう》にいれて、この船につみこんだのは、当初からの予定の行動だったんだ」

「なに？」ぼくはギョッとした。「どうしてそんな……」

「第一次から第四次まで、みんな冷凍睡眠装置で失敗した。今度の方式も、往復二十四年も、生身の人間を、こんなせまい空間にとじこめて、精神面からも健康面からもうまく行くとは思えなかった。食料だって、充分につめない……」

「それで、吸血鬼をつみこんだ、というのか！」

「そう――吸血鬼は、不死身だからだ。十字架と、太陽光線にさえあわなければ……」

ぼくは呆然《ぼうぜん》とした。十字架がひとりでにさがっていった。

では、――これは今度の探険隊の計画の一部だったのか？　隊員にも知らさず、宇宙のある点まで達して、最初の倉庫の食料がなくなるころ、あの冷凍装置のタイムスイッチがはずれるとともに、秘密に発動されてくる、おどろくべき計画……。吸血鬼計画、あるいは妖怪化計画ともいうべき……。

「人間が吸血鬼になれば、闇《やみ》の中で眠ったまま食物もとらずに何千年でも生きられる。――起きるのは、本人の意志次第だ。起きて活動するには血液がいるが、それには乾燥血漿《けっしょう》をたくさんつみこんである。重量は、生きた人間が往復するに必要な食料よりはるかにすくなくていい」

「で——やつは、起き出して、次々にわれわれをおそい、首から血を吸って、吸われた人間を吸血鬼にかえた……」ぼくはしわがれた声でつぶやいた。「なんという——なんという、ひどい計画だ。……妖怪《ようかい》になってまで、恒星の世界に達したいというのか？」

「宇宙を見ろ、アキオ、——ほとんど夜ばかりだ。時間も、闇《やみ》も、虚無も、ほとんど無限だ。——宇宙は人間よりも、はるかに妖怪に適しているんだ……妖怪といっても、アキオ、それは他の星のものではない。やはり地球のものだ」

「それで、アルファ・ケンタウリに達したら？——むこうにも昼はあるぞ……」

「光線防護服を着る。——妖怪を、その死からまもるのは、人間をまもるより、もっとやさしい」

ぼくは頭が混乱してしまった。——とすると、ぼくが妖怪をやっつけたと思ったのは、新しい次元で編成された、第五次探険隊のメンバーのほとんどを殺したことになるのか？

「そうだ、アキオ——だが、できてしまったことはしようがない……」とジョーはいった。「あとはせめて、君とぼくで、A・Cに達するのだ。——君の血を吸わせてくれ、そして、君も不死になるのだ。でなければ、今のように、生身の人間のままでは、君は三か月以内に餓死しなければならない……」

ぼくは眩暈《めまい》と吐き気を感じて、ふらつく体をやっとささえて立っていた。

人間として餓死するか？　妖怪として生きのびるか？——だが、考えてみれば、人間は猿《さる》にとって、万能の妖怪にひとしい存在ではないか？　サイボーグは人間にとって、一種の化け物ではないか？

宇宙時代が、必然的に人間の妖怪化を要求しつつあるのか？——人間は妖怪となることによってのみ、太陽系をこえて未来に到達するのか？

「さあ、……」とジョーはいって、そろりと壁からはなれた。「大したことはない、すぐすむ——うしろをむいて、首を前にのばすんだ……」

ジョーが一歩ちかづいた。——ぼくは、本能的な嫌悪《けんお》感から、反射的に身をひこうとし、思わずよろけて、後ろのパネルに手をついた。

かすかな音とともに強烈な光線がかがやき、ジョーのすさまじい悲鳴がきこえた。——よろけた拍子に、ぼくは、太陽灯のスイッチをいれてしまい、その強い太陽光をもろにあびたジョーは、みるみるうちに、焔をあげてぼろぼろにくずれはじめた。

「ジョー！」ぼくは、あわててスイッチを切ってさけんだ。「待ってくれ、ジョー！——死なないでくれ、君に死なれたら……ぼくは、吸血鬼になることができない！」

だが、もうおそかった。

ジムの床の上には、一塊のほこりのような灰の塊りがあるだけだった。——換気口の風が、その灰をふきちらし、吸いこんでいった。——あとかたもなくくずれ去ってしまった体のあとにのこったネーム入りの制服をいつまでも呆然と見つめながら、ぼくは、今度こそ、さけることも、越えることもできない「人間の死」の壁が、宇宙船のすすみ行く、暗黒の彼方《かなた》から、はっきりと、そのおぞましい姿をあらわし、三千トンの棺桶《かんおけ》が、刻一刻とその壁にむかって近づいて行くのを感じとった。

白い部屋

何のかざりもない、まっ四角な、天井の高い部屋で、彼女は突然眼をさました。

まっ白なベッドの上で、白い、ゆるやかな着物を着てよこたわっている。

しばらくの間、彼女は、ぼんやりと天井を見つめていた。——おだやかな、灰色の光が、部屋の中にみちている。あたりはしずかで、何の物音もきこえない。

ここはどこかしら？

そう思ったとたんに、ふと、自分につれがいたことを思い出して、ハッと傍をさぐる。

誰もいない。

首をまげなくても、眼のすみで感じられる。隣の枕の、かすかなへこみ、髪油の匂い、シーツの上におちている数本のぬけ毛——。

突然、顔が赤らみ、動悸が早くなる。——といって、なに一つ、具体的な、はずかしい記憶があるわけではない。だが、はげしく、なつかしい思いがこみあげてきて、彼女は思わず、男の名をよぼうとする。

——だが、どうしても、その名が思い出せない。

男の顔、男の声、背の高さ、服装、——なに一つ思い出せないのだ。ただ、なつかしさだけが、はげしくこみあげてくる。

彼女は、起きあがった。——本能的に鏡をさがす。自分がどんな顔をしているのか、それを見れば、なにか思い出せそうな気がしたのだ。部屋の隅に、ポッンと洗面台があある。その前に立つが――鏡はない。とりはずされたのか、もともとないのか、とにかくあるべき所にない。

部屋の中を見まわす。――白い電話機をとりあげて、耳にあてる。

電話は切れている。――発信音もきこえない。

どうしたのかしら？――私は、なぜここにいるのか？　ここは、どこだろう？

白い、なんのかざりもないドアをあけてみる。――はるか遠くにまで、ずっとつづいている白と灰色の廊下、その部屋のドアを中心に、左右に、気が遠くなるほどむこうまでつづいている廊下――一番むこうでは、天井と床の平行線が一点にくっついている。

（なんて大きな建物なんだろう）と彼女は思う。（誰もいないのかしら？）

「誰かいませんか？」と彼女は叫んでみる。

声はわずかに反響しながら、ずっと遠くまで行って、吸われてしまう。――耳をすますが、こだまはかえってこない。

もう一度よんでみて、それから、ドアから体をのり出す。――同じような白いドアがズラリとならんでいる。その二つ三つをノックし、ノブをまわしてみるが、あかない。

心細さがはげしく胸をしめつける。

もう一度部屋にかえって、ベッドの上に、あおむけにひっくりかえる。――午前か午後かわからない。曇りの日のような、やわらかい灰色の光……。

（あなた……）彼女は名も思い出せない男の名をよんでみる。（あなた、どこにいるの？——早く来て！）

「また、あの女のことを思っているのか？」友人がグラスをなめながら問いかける。

「ああ……」男はじっと指の背をかむ。「おれは彼女を、あそこにたった一人でほうり出してきた。——さびしがっているだろう。俺の名を呼んでいるだろう」

「考えるのはよせ」友人は肩をたたく。「君は疲れてる。今夜、おれといっしょに、もう一度医者の所へ行くんだ」

どのくらいたったろうか？

何時間、何日間、いや、何週間？——すべては、まったくわからない。白い、何もない部屋、灰色の光、白いベッドの上の白い服を着た自分——彼女は、眼をとじ、眼をひらき、それからやにわに起き上って、窓ぎわに行く。

カーテンに手をかけて、あけようとして、彼女は、ふと恐怖にとらえられる。——この窓の外になにがあるのか？

思いきって、カーテンをひきあける。

高層ビルがいくつにもかさなった、灰色の街が、灰色の空の下にひろがっている。——ふつうの都会なので、なんとなく、ほっとする。だが——。

窓をあけて見おろしてみても、道には動くものは、なにも見えない。——車も人も、信号灯も、——文字を描いた看板やネオンもない。しんとした、死のような街、——キチンとしまった、うつろな、死者の眼のような、無数のガラス窓。彼女はおそろしくなって、窓をピシャリとしめる。

また、動悸が早くなる。——今度ははずかしさからでなく、恐怖からだ。

「あなた！」彼女は声に出して叫ぶ。「あなた、どこにいるの？　来て！」

「さあ、おちついて……」医師はいう。「興奮しないで——もう、彼女はいないのです」

「いや、いる！」彼は長椅子の上で叫ぶ。「彼女は、存在する！　ぼくが、存在させちまったんだ。それもひどい——ひどい所へ、おきざりにしてしまった。彼女はさびしがっている。ぼくを呼んでいる！——行ってやらなきゃ……」

「しずかに……」医師は看護婦に目くばせする。「らくにしなさい。あなたはなおりかけてます」

もはや、このおそろしい寂寥《せきりょう》には、たえられない。——彼女は、寂寥からのがれようと、半狂乱にちかい状態になっていた。カーテンをひきちぎり、枕をぶつけ……。そしてついに、窓をあけ、部屋の中の空間にむかって叫ぶ。

「あなた！　あなた！　早く来て……来てくれないと、私、自殺しちゃうわよ！」

「行かせてくれ！」彼はベッドの上で身をよじって叫んだ。「行かないと、彼女は死んじまう。窓からとびおりる！　そんなひどいこと、ほっておけない！」

「しずかに……」医師は腕に注射針をさした。

ドアがはげしくあいて、汗みずくになった彼がとびこんでくる。――ひらいた窓、ひるがえるカーテン。

「ぼくだ！　来たよ」

長い長い悲鳴がのこっているような外の空間。

「死んだ……」彼は涙を流していった。「彼女は自殺した。ぼくの責任だ」

「いいや」医師は、満足したようにニッコリ笑う。「あなたはなおったのです。――あとは、ちょっとした療養でいいでしょう」

猫の首

一

朝刊と牛乳をとりに出た妻が、短い悲鳴をあげるのがきこえた。――つづいて、ドサッとたおれる音。

つっかけ用の下駄の鼻緒が、だいぶゆるんでいたから、足でもつらせたのかとも思ったが一瞬のち、その悲鳴がただごとでないという感じがしたので、彼は一足とびに、茶の間から玄関へとび出した。

外は朝もやが一面にかかっていた。そのもやの中から、朝早く出勤する人たちの姿が、影絵のようにうかび上っては足早に消えて行く。――まだしずまりかえっている家並みの間に、その足音がよくひびく。あちこちで雨戸をくる音、雀の鳴き声、駅を出て行く電車のひびき……妻は、門の内側の、コンクリートの上にたおれて、気を失っていた。彼は、はだけた寝巻の前をかきあわせ、妻の傍にかけよった。

「どうしたんだ？」彼は、妻の体を抱き起しながらいった。「目まいでもしたか？」

妻の顔は、蠟《ろう》のようにまっ白で、唇まで血の気が失せていた。――恐怖のため、顔面がひきつり、目蓋がピクピクふるえていた。

「あ、あ……」と、妻はかすれた声で、やっといった。「あれ……あれ見て！」

眼を閉じたまま、妻はぶるぶるふるえる手で、門の方を指さした。——その方向を見たとたん、顔から血がひいて行くのが感じられた。唇がこわばり、舌がシュッと音をたててのどの奥にひっついた。

低い門柱の上に、ちょこんと小さな物がのっていた。——掌でにぎれるくらいの、白と黒のふわふわした毛でおおわれた、かわいらしい仔猫の首だった。

ピンク色の鼻の下に、ピンク色の口がわずかにひらき、細かな歯の間から、もう変色しかけた舌がわずかにのぞいている。門柱の下に、首を切りはなされたいたいたしいほど小さな胴体が、黒ずんだ血だまりに半分ひたってころがっており、その傍に、この残酷な儀式をおこなった凶器が投げ出されていた。

どきどきするような鋭い刃に、血脂をこびりつかせた、大きなたちもの鋏《ばさみ》が……。

幼稚園にかよっている娘が、こっとん、こっとんと二階からおりてくる音がきこえてきた。——彼は、まだ、土気色の顔をして、唇をこわばらせている妻を、低い声で叱る。

「さあ……。しっかりして！」

妻は、うっ！　というような声をたてて、口をおさえると、トイレへかけこむ。水音……吐《と》瀉《しゃ》音……。

「パパ、お早う……」

四歳になる一人娘は、眼をこすりながら、眠そうな声でいう。

し、お寝坊したね」

「ああ、お早う」彼はつとめて明るい声でいい、にっこり笑ってみせる。「今朝はすこしゃべりながら、トイレの方が気になる。――妻がやっと出てきた。まっさおな顔に、むりなつくり笑いをうかべて娘に声をかけ、急いで台所へ行ってしまう。娘は、彼のあぐらに腰をおろすと、小さなあくびをして、つやつやしたお河童頭《かっぱ》を、彼の胸にもたせかけ、また眼をつぶってしまう。

「ほらほら、寝ちゃだめだよ」彼は、娘の黒い髪をなでながら、かるくゆすぶる。「早く、お顔を洗いなさい……」

ふいに、声がのどにつまりそうになる。――あの事を……。娘が、今朝の惨事を知ったら……冷たいものが胸のあたりにこみあげてくる。言いようもない恐怖と、はげしい怒りが同時におそってきて、眼の前がふとうす暗くなったように感じる。

「御飯ですよ……」

妻があたためた牛乳とトーストを運びながらいう。――泣いたあとのように、声も表情も、ぐったり疲れているみたいで生気がない。彼は、妻にはげしく眼くばせする。――娘に気づかれたら……。

娘が朝食を食べるのを、新聞ごしにそっとうかがいながら、彼は気が気ではなかった。まさか、気がつきはしまいが……。血はちゃんとあとかたなく洗い流したはずだが、まだ気がかりだ。あのにぶい、残忍な光をはなつ鋏の刃の事を思い出すと、またも虫唾が走り、胴震いがこみあげてきた。あんなもので……あんなかわいらしい首を……チョキ、チョキ、ンと……。

階段をのぼって行く、小さな足音に気がついて、妻と彼は、ハッと顔を見あわせる。

「智子！」

上ずった声で叫んで、腰を浮かす妻を、彼は手で制した。――妻は、いたたまれないように、天井を見上げていたが、とうとう階段の所へ行って、変にやさしいつくり声でいう。

「智子ちゃん……早くしないと、幼稚園おくれますよ」

しばらくして、小さい足音が、また階段をおりてくる。

「あのね、ママ――わんわんが一匹いなかったわ」

彼は新聞に伏せた顔をこわばらせる。――妻が変な空咳《からせき》をする。

「そう？――どこかに遊びに行ってるのよ、きっと……」

「迷子になったんじゃないかしら？」制服の上っ張りを着せてもらいながら、娘は小首をかしげていう。「さがしといてね、ママ」

「ええ……いいわよ」

「智子――」彼は、新聞に眼をすえたまま、できるだけさりげない調子でいった。「いつもいっているように、幼稚園で、お友だちや先生に、わんわんがいる事、いうんじゃないよ。――ちょうだいっていわれたり、とりにこられたりしたら困るからね」

「わかってるわよ」と、娘はませた口調でいう。「智子、いわないわよ。かわいいんだもン」

二

娘が出かけてしまうと、二人は気落ちしたように暗い顔になった。——彼は、テーブルのふちをぎゅっとにぎったまま、しばらく宙をにらんでいた。

「どうするの？」妻はかすれた声でいった。「いったいどうするつもり？」

妻はこわごわと台所の方に眼をやった。——土間の隅に、小さなボール箱がある。底の方に、もううっすらと、血がにじみかけている。

「どうするって……」彼は唇をかんで立ち上る。「始末しなきゃならない」

庭いじり用の汚れたズボンをひっぱり出してはきながら、彼は時計を見上げる。

「おい……」彼は、ちょっと考えながらいう。「会社へ電話しといてくれ。——今日は午後から出るって。理由は何でもいい」

台所の土間へ出て、箱をとりあげようとしてふと考え、新聞紙をもってきてその上からもう一度くるむ。

「あの鋏は、うちのものか？」

「ええ、そうよ」

「どこにおいてあったんだ?」

彼は、箱の横にある、大きな鍬を、そっと足の先でつついてみる。――刃にこびりついた血のまわりに、すでに赤い銹《さび》がうかびかけている。

「さあ……いつもは押入れの中にしまってあるんだけど……」

「じゃ、どうやって持ち出したんだ? おれたちの知らない間に……」

「わからないわ――」妻は凍りついたように立ちつくす。「じゃ……まさか……」

「いつ、この鍬をつかった?」

「ああ――思い出したわ……。おとつい納屋で小包をほどいたの。その時、忘れたのかも知れない」

「納屋は、いつも鍵をかけないのか?」

「かけるわよ。でも、かけ忘れることも、よくあるの」

これもいっしょに始末した方がいいだろう、と思って、彼は鍬をとりあげて、新聞に包みこんだ。――小さな肉片と、血まみれの毛がこびりついているのを、眼をそらせて見ないようにする。

朝露にぬれた庭へ出て、彼はちょっとあたりを見まわす。――そう、あれがいい。ようやく二十センチほどにのびたさつきの若木だ。まずシャベルで、その木をほりおこし、それから、まわりを見まわして、庭の隅の方に深い穴を掘って行く。

自宅の庭に埋めるのは、まずいかも知れないな、と、彼はしたたる汗を手の甲でふきながら、ふと思った。——といって、捨てに行くのは、かえって危険かも知れない。第一、どこに捨てにいったらいいのだ？　どっちにしても、捨てるなら、夜、遠くまで行かなければならないだろう。だが、夜までこれを家の中においておく勇気はない。

考え考え掘っているうちに、穴はずいぶん深くなってしまった。彼は汗をぬぐい、息をつき、新聞紙の包みをとりあげる。——仔猫の死体をもう一度見たい、といううずうずした衝動がこみあげる。もう一度見れば、怒りがこみあげてきて、しめつけられるような恐怖をおいはらってくれるのではないだろうか？——だが、その勇気は、やはりない。新聞紙の包みを見おろしていると、その中に包まれている仔猫の姿が、もう一度思い出されてくる。小さな……うまれてから、まだ一ヵ月とちょっとしかたっていない、ほんにいたいけな生き物だった。ついこないだようやく眼がはっきりひらき、よたよたコトコトとかけまわるようになった所だ。いっしょにうまれた兄妹たちと、ころころもつれあい、ニャアニャア鳴いて母猫の乳房に吸いつき、——体に不釣合いに大きな、ピンク色にすきとおった耳と、鈴をはったような、つぶらなグレーの眼と、よちよち歩きの赤ん坊のくせに、なまいきにピンとはった、ほそい、白いひげと……ふわふわの毛につつまれ、ほそい、小さなしっぽをピンとはって、……見ただけで、胸がいたくなるような、あの幼生特有の愛くるしさにあふれ……。

なぜだ？　畜生！……、彼は眼の前が暗くなるような怒りにおそわれ、思わず眼をつぶった。——こんな……こんなかわいらしい生物を……それもうまれてまだ、一ヵ月余しか陽の光をあおいでいない赤ん坊なのに……こんな罪もない無邪気な生物を、こんなむごたらしい目にあわせるなんて——鋏で首をちょんぎって殺すとは！

「今日はお休みですか？」

垣根ごしに声をかけられて、彼はあやうく包みをおとしそうになる。——隣の、詮索好きな主婦だった。

「ええ、まあ……」彼は、汗がまた全身にふき出すのを感じながら、やっと答える。

「ああ、どうも——いい天気ですな」

「さつきの移植ですの？」

「そう——そうです……」

彼はあわててシャベルをとり、もう充分深い穴を、また掘りかかる。

「その新聞包み、何ですの？——肥料か何かですか？」

「ええ——そうです。肥料ですよ」

「何を肥料におやりになるんですの？　教えていただきたいわ」

彼は、のどにグッとかたいものがつかえるのを感じた。——どうすればいいのか？

この無邪気そうな顔をした、その癖、隣人のどんな些細な不審も見のがさない、貪婪《どんらん》な好奇心の持ち主である有閑婦人を……。お前も……と、彼はザクリと土の中にシャベルをうちこみながら、自暴自棄な気持で考える……お前もいっしょに埋めてやろうか？

どうだ、ばあさん……。

その時、幸いに隣家の門の方で御用聞きの声がする。

「ちょっと失礼……」

主婦は垣のむこうからきえた。——彼は、おかしいほどあわてて新聞包みを穴におとしこむと、無我夢中で土をかける。半分ほどうめて、やっと気がつく。——あやうく木を植えるのを忘れる所だった。

土をかけ、ふみかため、いったん室内にひっこんで、また気がつき、もう一度庭へ出て、小さなホースで植えかえたさつきの根もとに水をやる。——隣家の主婦はまだ出てこない。今なら出て来ても平気だ。肥料は何をおつかいですの？——ごくふつうのものです。油粕ですよ。それにちょっと秘訣がありましてね。何ですの？ チオ硫酸ナトリウムを、ほんのちょっとくわえるんです。これが秘伝です。チオ……何ですって？ むずかしい名前ね。早くいえば、ハイポですよ。写真屋へ行けばわけてくれます……。

「あなた……」

妻が室内から土気色の顔をつき出してよぶ。——声は低いが、ただならぬ調子だ。

「あなた、ちょっと……」

彼は水をとめて、中にはいる。玄関に人が来ていた。——警官だ。

「この先の交番のものですが……」と、中年の警官は、無表情にいう。

「何の御用でしょう？」

「実は、今朝、届けた人がありまして……」

「何をです？」

「今朝早く、お宅の門柱に、仔猫の首がのっているのを見かけた、というんですが……」

　妻の体が、傍でギュッと硬くなるのが感じられる。それをさとられまいとして、彼はわざと素頓狂な声をあげる。

「仔猫の首ですって？――何ですか、それは？　気味の悪い……」

「あなただって、それがどんな事かご存知でしょうな」警官は、ぶすっとした顔でいう。

「本当にそんな事はなかったですか？」

「ありませんよ。――門の所に、血の跡でものこっていましたか？」

「いや――それは、いま見たんですが……」

　警官は、じろじろと家の中を見まわす。

「どっちにしろ、いやがらせでしょう。誰です、そんな事をとどけたやつは……」

「いや――それならいいんですが……」警官は、急に表情をかえ、あたりを見まわしてひそひそ声になっていう。「とにかく気をつけてくださいよ。このごろは、特にうるさいらしいんです」

「そういう話ですね」彼は眉をしかめる。「いったい、その……警察はわれわれを守ってくれないんですか？」

「こればかりは、われわれにもどうにもなりませんな」警官は、やっと人間らしい表情になって、ハンカチを出し、額をぬぐった。「注意していただくより、しかたがありません。何しろ、大した事じゃないんですから、ちょっと自制していただければね。――でも、人間ってしかたのないものですな。あれほどやかましくいっているのに、まだ、禁令をおかして、あんなつまらないもののために、命をおとしたりする連中がたえないんですから……」

じゃ、というように、警官はノッブに手をかけた。だが、ドアをあけようとして、またちょっと鋭い眼でふりかえった。

「まさか――お宅で、猫を飼っているわけじゃないでしょうな？」

「とんでもない！」と妻は叫んだ。「猫なんて……犬なら……」

彼は、妻の手をかげでぐいとひいた。

「馬鹿な事いっちゃ困ります」彼は強くいった。「そんな大それたことを――なんなら、家の中をしらべてください」

「いや、冗談です」警官は手をふった。「こんなちゃんとした生活をしておられて、そんな危険をおかされるとも思いません」

三

警官がかえると、彼はいそいで服を着かえた。

「どうするの？」妻は、まっさおになって、彼の腕をゆさぶった。「まさかこんな時に、会社へ行くんじゃないでしょうね」

「もう一度社へ電話してくれ」彼はネクタイをむすびながら、切迫した声でいった。

「今日は休むって……」

「どうするの？　ねえ、どうするのよ」妻は、彼の体をゆさぶった。「いつかは、こんな事になると思っていたわ。——あなたが悪いのよ。子供に甘くて……」

「うるさい！」と、彼はどなった。

「捨ててくるんでしょう？——いまさらおそいかも知れないけど、でも、私たちの安全を考えたら、そうするよりしかたがないわね」

「捨てはせんぞ」と、彼は眼をギラギラさせていった。「捨てたら——あの連中が、どんな目にあうと思う？　そんな事、できるものか。まだ時間はある……」

「あなたったら！」妻は悲鳴に似た声で叫んだ。「どうするつもりなの？　たかが、猫くらいで……きちがい沙汰だわ！」

「だまってろ！　おれに考えがある」

「あなた——智子や私が、どうなってもいいの？」妻はヒステリー寸前の状態だった。「こんなになっても、まだ……あの畜生どもをかばうつもり？——猫なんかのために、人間が犠牲になっても……」

妻の頰がピシッとなった。

「猫、猫というのをやめろ！」と、彼は低い、押し殺した声でいった。「誰かにきかれたらどうする？――やつらだって、きいてるかも知れんぞ」

妻は両頬をおさえて、口をつぐんだ。――やつらという言葉にすっかりおびえてしまったみたいだった。

たよりない当てだったが、当てがないわけでもなかった。前々から、噂にはささやかれていた、ある「ルート」について、つい二、三日前、ある事を耳にはさんだのだ。ほんとうかどうかわからない。だが、今は、藁《わら》をもつかみたい気分だ。やってみるよりしかたがない。

彼は二階にかけ上った。一人娘の部屋の本棚をさがす。まだ幼稚園だから、むずかしい本は読めない。しかし、彼自身が好きでもあり、また娘が大きくなったら読むようにと思って、名作童話の、やや高学年向きのものがいろいろそろえてある。――その中から、ルイス・キャロルの「不思議の国のアリス」と、シャルル・ペロオの童話集をやっとさがし出す。どちらも幸い、新書判ぐらいの大きさで、ポケットにいれられる。話にきいた所では、できればもう一冊あった方がいい、という事だった。だが、ホフマンの「カーテル・ムルの人生観」は、友人にやってしまったし、漱石全集は大きすぎて、人眼につきやすい。

二冊の本を、一冊ずつポケットにいれると、彼は二階の納戸の戸をあけてみる。――ほの暗い納戸の奥に、もう一つ戸があり、それをあけると、ふだんめったに使わないものをつっこんだ、まっ暗な物置だ。――胸のむかつきそうな獣の排泄物の臭気がプンとする。暗やみでごそごそはいずる音……。

「ゴロニャーン！」

電燈をつけると、母猫が、とがめるように鳴いた。ミャー、ミャー、と甲高い声でなきながら、チビ猫どもが眼をしょぼつかせ、よたよたはい出してこようとする。

「だめだよ」彼は、チビどもを奥へおしもどす。「なまじ仏心を出して、ちょっと外へ出してやったら、あんな事になっちまった。――バカ猫め。自分の子供が、どこか迷子になったのも気がつかなかったのか……」

しかったって、わかるはずはない。母猫は、のどをはげしくグルグルいわせながら、眼を細め、彼の指先の愛撫をたのしむように、低く、満足そうに、ゴロニャーン、ゴロニャーンと鳴きつづける。ミイミイピイピイいうチビ猫どもは、物置の中をまわっては、母猫の乳首に吸いつく。

「ほんとに、五匹もうみやがって……」彼は、母猫ののどをくすぐりながら、ふいに涙ぐみそうになる。「知らないのか？――お前の子供の一匹が、今朝、やられちまったんだぞ。やつらは、とうとう目をつけたんだ。もうここには、あまり長くいられないぞ」

猫たちがいなくなったら、娘がどんなにか悲しむだろう、と思うと、胸がいたんだ。とてもかわいがっていたのだ。――かわりに、それこそ犬か……それとも兎でも飼ってやろうか？

娘は、小さいから、じきそれで気がまぎれるだろう。だが、――本当の猫好きは、彼自身の方だった、という事を、今さらながら彼は思い知らされた。だからこそ、禁令が出てからも、ずるずると優柔不断に雌猫を飼いつづけ、ある晩、おそらくやつらに追いかけられた一匹の、やせおとろえた雄猫が逃げこんでくると、それもかばい、とうとう雌猫がはらみ――そして、雄猫の方は、ある日、近所の河原で、ずたずたにひきさかれて死んでいた。

そのころまでは、まだ、たかをくくっていたのだ。禁令をやぶっていたために、一家がおそわれて全滅した、とか、ひどい目にあわされた、とかいう噂が、次第にあちこちできかれるようになってからも、なお彼は、どことなくたかをくくっていた。それは、いってみれば、無免許運転を続けているような、あるいは戦時中、軍や経済警察の眼をかすめて、食料の闇買いをつづけているような、そんな程度の気分だった。

ほんとうに危険を感じはじめたのは、連中が見せしめのために、違反者のいた町内を襲撃し、荒れまくったというニュースをきいてからだった。――密告者が、あちこちに出はじめた、という話や、連中の手先になって、あちこちかぎまわっている密偵の、特別組織ができているともきいた。警察も、「市民の安全のため」という名目で、とりしまりを強化しはじめた。そのころから、さすがの彼も、何かまわりからしめつけられるような不安を感じはじめた。妻も、同じような不安を感じ、どうする気か、と彼にせまったが、彼女自身も、自分が直接始末をするほどの気はなかった。

こうして、優柔不断のまま、ずるずる日をすごしているうちに、雌猫がついにお産をした。

あの勝手気ままな所のある動物を、屋内から一歩も出さないで飼うことは、一匹でさえ大変な苦労である。それが、五匹も一ぺんにふえ、さらにその五匹が大きくなっていったら……。

何とかしなければ、――と、彼は心の底で思いつづけてはいた。――今のうち、何とか「始末」のつけ方を考えておかないと……。

そう思いながらも、幼い娘の喜びぶりにひきずられ、日に日に愛くるしくなって行く仔猫たちの姿にほだされ、なおずるずると日にちがたっていった。何とかしないと、そのうち、大変な事になるかも知れない、と思いながら……、そして、ついに……。

「待ってろ――」彼は仔猫の一匹をとらえ、いやがるのにそのピンクのしめった鼻に、自分の鼻をこすりつけながらつぶやいた。「何とかしてやる。――何とかなるはずだ。むざむざ、連中にわたすものか」

階下へおりて行くと、幼稚園から娘がかえってきた。――どういうわけか、若い保母もいっしょだった。

「まあまあ、どうも……」と、妻は半日でげっそりやつれた顔に、愛想笑いをうかべて、保母を出むかえた。「智子ちゃん、今日は先生におくってもらったの？　いいわね」

「智子ちゃんの、小さいわんわんがいなくなったんだそうですね」まだ娘々した保母は、笑いながらいった。「今日、幼稚園で、その事ばかり心配してましたわ」

「まあ……」といったきり、妻は絶句した。顔色が見る見るかわり、混乱し、自制心を失いかけた視線が、すがりつくように彼を見る。

「ああ、気にしてましたか?」彼は、わざと豪快に笑う。「なあに、そこらへんをうろついてるんでしょう。そのうちかえってきますよ。——先生、おかえりになるんですか? 車でお送りしましょう」

娘の頬っぺたに、大きな音をたててキスをし、不自然なほどはしゃいだ声で笑って見せながら、彼は保母をドアの外へ押し出す。

「あの……」若い保母は、ためらうように彼の顔を見る。「ちょっと気になったことがあるんですけど……」

「何でしょうか?」彼は、相かわらずつくり笑いをうかべてふりかえる。

「ええ——あの……智子ちゃんのわんわんは、ニャアニャアニャア鳴くんだって……智子ちゃん、そういってたんですけど……まさか、お宅で——」

空にむかって、大仰にプッと吹き出して見せながら、彼は腹の中でまっさおになっていた。

「子供は、妙な事をいいますな。仔犬がキュンキュンなくのを、そうきいちゃったんでしょうな」

車庫の鍵をあけながら、彼はまた一段と危険がせまりつつあるのを感じた。——子供の口を封じようとしても、そんなもの長くはつづかない。その事をもっと早く悟るべきだった。

　車庫のドアを開こうとした時、ふと、誰かの視線を感じて、彼はふりむいた。――五、六メートルはなれた所に、近所の主婦が三、四人かたまって、何かたった今までひそひそ話していたような雰囲気だった。今、彼女らは、話をやめてじっと彼の方を見ていた。そのために、今までやっていたひそひそ話の話題が、彼、もしくは彼の家庭の事だった事が、あからさまにわかってしまう。

「お出かけですか？」さっき庭をのぞいていた、詮索好きの主婦が愛想笑いをうかべて、ずうずうしく話しかける。「さっき、肥料の事、お聞きするのを忘れたわ」

「かえって来たら、教えましょう」彼は、我知らずかたい声でいう。「急ぎますので……」

「あのう――さっき、お巡りさんがお宅にこられましたわね」と、隣の主婦は好奇心むき出しで首をのばす。「何でしたの？」

「別に……」ドアをわざと荒々しくあけながら、彼は顔をそむける。「大した事じゃありません」

「でも、あの――首……」

　と、もう一人の若い主婦がいいかけ、別の一人に、シッ！　と袖をひかれる。

　きこえないふりをして、車をひき出しながら、彼の心はますますこわばり、じっとりと冷たい汗が、腹のあたりににじみ出す。——もう一刻も猶予はしていられない。

「先生、どうぞ……」

ドアをあける時、主婦たちが、またひそひそと顔をよせて語りあうのが見えた。——ほんと?……ほんとだったら、大変よ! この町内全部に、迷惑がかかるわ。——でも、まあ、いけずうずうしい。みんなの迷惑も考えないで、よく今までそんな……。私、見たのよ。だって、日曜でもないのに、会社をやすんで、庭木のうつしかえなんて……ふだんは奥さんがやるのよ。あれ、きっと、埋めてたんだわ。そう——首を……。急がねばならんぞ! と、彼は汗をかきながら考える。「危ない!」

横にすわった保母が悲鳴をあげる。——急ブレーキで、やっと通りの横から出てきた、乳母車をはねるのを免れた。

「あの……私、おろしていただきますわ」保母がまっさおになっていう。「歩きます」

「どうぞ……」彼は激しく肩で息をつきながらうめくようにいう。「その方がいい……」

四

漠然と教えられた地区に、愛玩動物《ペット》の店は三軒あった。——二軒は何の反応もなく、三軒目をさがすのに、彼は焦りと緊張でヘトヘトになった。

やっとさがしあてた三軒目は、客がいっぱいだった。小犬、金魚、カンガルー、小鳥が所せましとならぶ間をかきわけて、彼はやっと主人らしい男の姿に近づく。しゃがれ声で悪態をついているオウムの前で、肥った婦人と話しこんでいる禿げた男の横のカウンターへ、彼はさりげなく二冊の本をおく。ページが自然とひらいた格好で……。「アリス」の方は、あの「笑い猫《チエシャ・キャット》」の挿絵ののっているページ、ペロオの童話集の方は、「長靴をはいた猫」の題字の出ているページがひらかれている。主人は、チラとそれを見て、しばらく知らん顔で婦人と話している。ようやく話が終って、揉み手をして婦人をおくると、彼の方をむいて、愛想笑いをうかべた。

「はい、電気鰻《うなぎ》でございますね。――奥においております」

その眼は笑っていない。迷惑そうな、とげとげしい色をうかべている。――店の奥にはいると、唇もとの笑いも消え、暗い眼つきになって首をふった。

「だめです……」と、主人はぶっきら棒にいった。「もう、あのルートはだめです。この間おそわれたんです。やばくて――とてもやってられない。たかがペットぐらいで、重傷なんかさせられちゃ、間尺があいません」

「こんな店の主人とも思えんいい方だな」ききめがあるかどうかわからないが、彼は一万円札をひっぱり出す。一枚……二枚……たかが猫のために……三枚！「仔猫がうまれちまったんだ。五匹――一匹は今朝、鋏で首をちょん切られた。ルートがだめなら……行先はどこだ？　おれが自分で連れて行く」

「首を？」主人はまっさおになって、口をパクパクさせた。「そ、その首が、門柱の上にのせられていませんでしたか？　家の中をむけて……」

「よく知ってるな」

「あなた――妻子がいるんでしょう？　猫なんかほっといて、いっしょにすぐ逃げなさい。悪い事はいわない。そいつは……そいつは、やつらの警告です。疑いがかかった、というよりは、もう少し強い――家にいちゃいけません。今晩か明日の晩、おそってきます。すくなくとも、今夜は、さぐりに来ます。――家なんか、あきらめちまいなさい。おそわれて……殺された連中もいるんです。ひょっとしたら、もうつけられているかも知れない」

彼はもう五千円ぬき出して、札にかさねた。これで持ちあわせ全部だ。それも会社の金だった。

「四丁目の、骨董屋へ行きなさい」主人はおずおずと札をとりながら眼をそむけてつぶやいた。「一軒しかないから、すぐわかります。主人は婆さんです。そこでたのんでだめだったら――あきらめるんですな」

五

家にかえった時、もう日はとっぷりと暮れていた。彼の家は、門燈もつけずまっ暗で、鍵がかかっている。――出先から電話して、とりあえず妻子を実家に避難させた。まさかと思うが、万一ということもある。

鍵をあけようとして、彼は何となく、近所の雰囲気が異様なのに気がついた。まだ宵の口なのに、この一郭の家は、すべてぴったり雨戸をとざし、中には門燈さえ消している家もある。――どの家もかたく殻を閉じ、息をひそめているみたいだ。

ゴソッ！　という音が、植えこみの方でした。――彼は、ぎょっとして暗がりに眼をこらす。ガサッ、ガサッ、と、灌木の葉をゆすって何かが動いている。彼は戸口にほうり出されてあった小箒をにぎりしめ、全身をこわばらせて、音のする方にちかづく。フッフッという息遣いが、つい鼻先の暗やみからきこえる。

ギャーッ！

と、すごい声をあげて、そいつはいきなり彼の方にむかって突進してきた。得物《えもの》をふりあげるひまもなく、そいつは彼の脇にぶつかり、傍をすりぬけ、塀をおどりこえ、みぞの中を走って姿を消す。仔牛ほどもありそうな、まっ黒な、毛むくじゃらの獣だ。彼はライターをつけてみた。大きな足あとが、しめった土に点々とついている。――急がなければ……やつらは、もうさぐりに来た。

電燈を一つだけつけて、彼は二階へかけあがった。仔猫どもは、母猫の腹の所にいっせいに首をつっこみ、うとうとしたり、時折チュッチュッと乳首をすったりしている。

「ゴロニャーン！」と母猫がとがめるように鳴く。

「さあ、急ぐんだ」彼はボール箱に母猫と仔猫を手荒く押しこみ、ひもをかける。「しばらくの辛抱だ。あばれるんじゃないぞ」

親子五匹となれば、相当に重い。箱をかかえて、階段をおりかけると、ガチャン！　と、家のどこかでガラスのわれる音がした。用心のため、電燈を消し、そろそろとドアをあける。――闇の中から、ビュッと石がとんできて、ドスンとドアにあたる。

「猫の首！」と、暗い道のむこう側で誰かが叫ぶ。

「行っちまえ！　どこかへ行っちまえ！――行かなきゃたたき出すぞ！」

彼は車にとびこみ、いそいでエンジンをかける。――人間ども……恐怖にかられた人間たちが、やつらの側にたって、同じ仲間を攻撃しようとしている。

「さあ……しずかにしろ！」後ろの席のボール箱の中で、ニャアニャアギャアギャアわめき出した猫どもをどなりつけ、彼は乱暴に車をひき出す。「うるさい奴らだ。助けてやろうというのに、ちょっとの辛抱もできんのか！」

道路の上に、二、三人の人影がいた。立ちふさがろうとするのを、思い切ってつっこんで行き、追いちらしながら突破する。――背後でわめく声がきこえ、車の屋根に、石がガン！　と音をたてる。そんな事はかまっていられない。時間があまりないのだ。

「船が――八時半に出ます」と、暗い顔つきをした、骨董屋の老婆はうつむいたままいった。

「これが最後の船になるでしょう、ええ……南の方の……連中のこられない島で――猫ちゃんたちは安全にくらしています。猫好きの人たちが、家をすててまでうつりすんで世話しています」

　それから老婆は、さびしそうに笑った。

「もっと若かったら、私も行きたいんですけど……」

　車を、最短距離をとって、なおかつ検問などにひっかからないようなコースをえらんで走らせながら、彼はいつしか汗みずくになっていた。

　人気《ひとけ》のない海岸に出ると、彼はスピードをおとし、目じるしに注意しながら車を走らせた。——目じるしの岬と岩はすぐ見つかった。が、——その間の汀《なぎさ》にいるはずの、ランチの姿はなかった。急坂をさかおとしにくだり、しめった砂の上を、注意しながら走らせて、波打際にいってみた。暗い水面に、かすかにモーターの音がひびき、明りを消したランチが遠ざかって行く。

「オーイ！」と、彼はボートにむかって叫んだ。「かえってくれ。これらをつんで行ってくれ」

　車にひきかえし、ライトを点滅させ、クラクションをやたらに鳴らす。——潮風にふかれながら、泣き出したいような気持で、沖をながめていると、沖でランチがとまり、小さなエンジン付きボートがひきかえしてきた。

「さあ、おわかれだ……」と、彼は後部座席からボール箱をとり出し、そっと蓋の隅をあけた。「元気でな——チビどもも、行儀よくするんだぞ」

　猫どもには、そんなシチュエーションは何もわからない。親猫が外へはい出そうと、蓋と箱の隙間から鼻面を強引につき出す。中ではチビ猫どもが、ニャアニャアピイピイさわいでいる。――それを見ると、苦笑といっしょに、鼻頭がツンと痛くなった。

助けてやろうと、こんなに苦労してやっても……一家の生活が破壊されかけるほどの犠牲をはらっても、こいつらにはそんな事は何もわからないだろう。暗いせまい所に押しこめられ、ゆさぶられつづけ、ただ恐怖を感じているだけだろう。感謝するどころか、いまは飼主をはじめ、人間に対する警戒心でいっぱいだ。

「おーい！」波打際の六、七十メートルも手前でとまってしまったボートに、彼は声をかけた。「どうしたんだ、早く来てくれ！」

「だめだ……」沖から恐怖にみちた声がかえってくる。「後ろを見てみろ。やつらもう来たぞ」

ギョッとしてふりかえると、背後の崖の上にもくもくと黒い影がいくつも動いている。どれも犬ほどの大きさがあり、中には熊ほどのやつがある。――やつらは網をはりめぐらした。ものかげからさぐり、あとをつけ、伝令をとばし、そして今……。

「来てくれ！」彼はズボンのまま、水の中に二、三歩ふみこみながら上ずった声でさけんだ。「まだ間にあう。早く……」

「だめだ。――やつら、泳げるんだ」

彼はボール箱をささげたまま、もう一度ふりかえった。――やつらの先頭は、もう崖をおりきった。

「お前だけでも泳いでこい。猫はうっちゃって……。でないと、お前も制裁されるぞ」

ボートの男は、エンジンの回転をたかめながらどなる。――彼はなお箱をささえたまま進む。波は、もう胸のあたりまできた。そして、やつらの先頭は、もうとめてある車の所まできた。

「ボートをまわせ！」と彼は叫ぶ。「スピードをあげて、おれの前をカーブさせろ。スピードをいっぱいにすれば、やつらもおいつけない」

水は首まできた。時折、足がふわっと底からはなれる。頭上にニャアニャアバリバリさわぎたてる猫どもの箱を高くさし上げ、彼はボートの接近をまった。暗がりと、岸辺からせまるものの恐怖に、ボートの男は目測をあやまり、彼の場所から数メートルはなれた所でカーブを切ってしまう。彼は頭上の腕を力いっぱいふって、箱を投げた。――ドサッと、うまくボートの中に箱がおちる音がきこえた。

「行っちまえ！」彼は塩からい水をのみながら、のどをからしてどなる。「いいから、本船までつっ走れ！　逃げるんだ！」

いうまでもなく、恐怖にかられたボートの男は、フルスピードで沖へむかって遠ざかりつつあった。――あばよ、バカ猫ども……と、彼は水の中で半分泳ぎながら、つぶやく。ほんとに、世話をかけやがって……達者でな。

波打際には、やつらがずらりとならんで、水から上ってくる彼を待ちうけていた。十何匹かは、二手にわかれて水の中にはいり、彼を逃がさないようにとりかこんでいる。

――むろん、彼はも早逃げはしない。胸のあたりまでの深さの所に立ちながら、じっとやつらのおそってくるのを待ちうけていた。

なぜなんだと、彼は、赤くギラギラ燃える、無数の邪悪な眼――獲物を逃がされた憎悪に燃える眼にむかってつぶやいた。――ほうっといてやれ、もう勝負はついたじゃないか、猫たちは、もうお前たちに危害をくわえる事はできない。食物は人間たちからもらい、お前たちをおそおうにも、お前たちの勢力は圧倒的になってしまった。この上なお、根絶やしにしてしまう必要がどこにある？――たしかに、かつてお前たちの仲間は、猫たちにさんざん駆りたてられ、殺されたろう。その憎しみはわかるが、もとはといえば、猫だって生きるためだったのだ。お前たちは生きのび、ふえ、今や圧倒的な力を獲得した。なおこの上まで、最後の一匹まで、猫を殺す必要があるだろうか？――猫にだって、やはり生きる権利がある……。

だめだ！――と赤くギラギラ燃える眼は、いっせいに叫んだようだった。――今こそ、おれたちは復讐してやるんだ。長らくおいたてられ、子供を殺され、あいつらの足音にもおびえて、びくびくくらしていた先祖同胞の、徹底的なしかえしをしてやるのだ。根絶やしにする必要はないって？――人間だってやったじゃないか。あちこちの地域の狼を、憎しみにかられ、連中がもう、人間の武器の力の前に、危害をくわえられなくなった時に、人間ははじめて安心して彼らを憎み、しらみつぶしに駆りたて、絶滅させたではないか？――人間同士の闘いでも、完全に武装解除された何十万という人間を、無抵抗のままみな殺しにしたじゃないか？——おれたちもやるんだ。そして、おれたち種族の、「聖なる血の復讐」を邪魔するやつも、同じ目にあわせてやる……。

勝手にしろ！——と、彼は最後の侮蔑をこめて、やつらのじりじりせまってくる眼を見かえした。やつら——巨大化し、おそろしい数にふえ、しかも知能まで獲得し、いつの間にか人間の手におえなくなりはじめ、ついに地球上で、人類につぐ大勢力となって、人類の生活を圧迫しはじめ、人類との間に、いくつもの「条約」を——つい最近まで「万物の霊長」として大文明をほこっていた人類にとっては、屈辱的な「条約」を締結するにまでいたった、新種のねずみどもにむかって……。

殺したきゃ殺すがいい！　馬鹿な人間と思うだろう。今となってはお前たちより、はるかに知能も低い、おれたちの種族とは、本来何の関係もなく、助けてやったって何の感謝もされない、あのまるい無愛想な眼をした、手前勝手な動物をすくうために、いのちをおとすような人間を……。だが、お前たちには、まだこういった「高貴な愚行」にいのちまで投げ出す事はできまい。ざまあ見ろ！　これができるかぎり、そしてお前たちにこの「高貴な愚行」ができないかぎり、人間は、たとえ貴様たちにみんな食い殺されても、依然として地球上における「万物の霊長」の栄誉をたもちつづけるだろう。

眼前にちかよって、赤い二つの眼にむかって、彼は思いっきり、唾をはきかけた。——ギャーッという声が四方におこり、それがきっかけになって、巨大なねずみどもは、波うちぎわから、水の中から、いっせいにおそいかかった。齧歯《げっし》類特有の、あの大きくするどい二枚の門歯が、かみそりのように彼の服をきりさき、のどをきりさいた。ガリガリ、バリバリと骨のかみくだかれる音がした。バシャバシャとしぶきをあげ、むらがりおそう巨大な陸のピラニアの情け容赦ない歯の間で、彼の体はたちまちズタズタにかみさかれ、一体の白骨になり、その白骨さえバラバラになって、暗い水の下に沈んでいった。

黒いクレジット・カード

1

キャッシュレス時代だの、個人信用時代だのといっても、かけ出しの中小企業の独身安サラリーマンにはまず縁がないようなものだ。銀行が当座をひらいてくれるわけではなし、二つ返事で金を貸してくれるわけでもない。せいぜい数千円から数万円までのサラ金——サラリーマン金融を利用するぐらいだが、それよりもむしろ、昔なつかしい質屋ののれんをくぐる方が、よほど生活にぴったりくる感じである。それでなくても、服や電化製品の月賦、飲み屋のつけ、麻雀《マージャン》の清算などに追いまわされ、この程度のレベルの「信用」なら、なまじない方が金もたまるし、気も楽になるだろうと慨嘆したいくらいのものである。

夏冬二回のボーナスの時、

「ええ畜生！　ただの一度でいいから、全額、思いっきり使ってみてえなあ！」

と、清算書をにらみながらうなっているのは、大てい独身もので、これが世帯持ち、子持ちともなれば、もらったためにかえってまっさおになり、唇《くちびる》をひきつらせているのがいる。——女房の過剰期待に対して、何や彼やの天引き、前借の清算などがあまりに多くなり、出口に待ちかまえる月賦屋、バーの集金などを、どんな事があっても突破しなければと血路をひらくきりこみ隊のごとく悲愴《ひそう》な決意をしているのであろう。

こんな状態だから、クレジット・カードの制度が、かなり普及し出している事は知っていても、そんなものはまだ、自分の生活には縁がないものだ、と、高村《たかむら》は思っていた。

——日本ではまだ数百万枚にすぎないが、アメリカは二億七、八千万枚も発行されて、大変な普及ぶりであり、都会地では、誰《だれ》も彼も、一ダースぐらいのカードをもち歩いている。アメリカと日本では、個人金融、個人信用の歴史において、大きなちがいはあれ、いずれ日本もそれにちかい所まで行くんじゃないか、といった話を、小耳にはさんだり、何かで読んだりしても、所詮《しょせん》、貯金が万円台と千円台の間を上下しており、月末の一週間を、千円札一枚で、いかにサラリーマンの体面をたもちつつくらすか、といった事に心を砕いているような生活では、クレジット会社の方で「信用《クレジット》」してくれないのは眼に見えていた。

だから、彼は、クレジット・カードなどというものは、むこう十年ぐらい、自分とは関係のない、まあいわば「月の石」みたいなものだと思っていた。——その日の朝、安アパートを出た所で、そのカードを偶然ひろうまでは……。

電車がこむのがつらいので、週に三日ぐらいは、うんと早く出勤する。月末ちかくなると、それが週五日になる。会社のあるビルの喫茶店でモーニング・サービスをはじめ、そこへ行けばつけで朝飯が食えるからで、つまり月末になると、トースターはあれどパンや卵を買う金もつらくなるからだ——。で、その日の朝も、べら棒に早く安アパートを出た。

遠距離通勤者の影もまだちらほらで、新聞配達が、ようやく手ぶらでかえりかけている時刻だった。

朝もやの中で、昨夜の安ウイスキーのかすかな残りを吐き出すように深呼吸を一つし、さて一歩をふみ出したその靴先《くつさき》に、それがちょっとあたって路上をすべり、おや、と思うのと、ひろい上げるのとがほとんど同時だった。――子供の時から、よく道に落ちているおかしなものをついひろってしまう癖があり、母親をずいぶんはずかしがらせたものだが、大きくなってもまだちょいちょいその癖がとび出す。

例のせかせかした「出勤歩調」で歩きながら、ひろい上げたカードを一眼見て、クレジット・カードだ、という事がすぐわかった。第一、美しい、だがいやに古風な書体で、CREDIT CARDと書いてあったから、わからない方がどうかしている。形式は例によって、共通サイズのプラスチック板に裏からナンバーがうち出しになっている。かわっているのはデザインで、まっ黒な中に金と、くらい赤で意匠がうき上がっているのが、コンピューターエイジ、キャッシュレス時代の尖端《せんたん》を行くものとしては、ひどく風変わりな感じだった。――裏をひっくりかえすと、こちらはしずんだ水色に黒で、注意書らしいものと、「SLMクレジット・ビューロー」という文字が見えた。SとLとMは花文字で、やっと判読できた。

誰《だれ》かがおとして行ったんだな、こんな大事なものを、迂闊《うかつ》な事だ、と思いながら、彼は読むともなしに、その注意書を読んでいた。――「百貨店、ホテル、レストラン、バー、娯楽場、その他ＳＬＭチェーンで使用できます。銀行で現金をひき出せます」というのと、「このカードは、署名人本人以外は使えません。他人に譲渡、貸与したり、質入れする事はできません」と書いてある。もう一度表をひっくりかえした時、彼の足はぴたりととまった。

表の署名欄に、名前が書き入れてなかったのである。

2

その日の午前中は、なんだか気分がおちつかなかった。――背広の胸ポケットにいれておいた、あの黒いクレジット・カードが、妙に胸を圧迫するような感じがした。執務中、そっとひき出してながめながら、何だか大変なものをひろったような気がして、心臓がどきどきした。

何しろ、無署名のクレジット・カードだ。

この種類のカードは、便利ではあるが、それだけに、もしおとしたりしたら、厄介《やっかい》な事になるという事はきいていた。――紛失をとどけ出て、その通知が、全国にちらばったチェーンに行きわたるまでに、ひろった人間にどんどんつかわれてしまったら、どうしようもない、というのだ。

たしかついこの間も、落とした人が、一週間か十日の間に、ひろったやつに二百四十万円もつかわれてしまい、しかもつかった奴《やつ》はわからなかった、という事件があったように記憶する。——とすれば、もし、彼が今のうちにこれをつかって、いろんなものを買ったり、のみくいしたりすれば——おまけにこのカードは、無署名なのだ、おとし主は、よほどうっかりした人間なのだろう。今どき、あわてふためいている事だろう。だが、待てよ——と、彼はぼんやり考えた。——このカードの署名欄に、まだ本人の名前がはいっていない、という事は……。

昼休みの前に、彼は庶務の女の子をおがみたおして、五百円かりた。——魂胆があっての事だった。昼食の時、彼は次長が立つのを待って、何くわぬ顔であとをつけていった。次長はやり手という評判であり、会社の収入以外に、個人的に株式をやってけっこう小金をもうけているらしく、遊びも派手だ。その次長が、いつか、部長や課長たちに、クレジット・カードを見せて、声高に便利だとか何とか話しているのをおぼえていた。

次長はとりまき連と一緒に、ビルのむかいの、かなり高級なレストランにはいった。——蝶《ちょう》タイのボーイが腕に白布をかけて注文をききにくるような店だ。次長たちがテーブルにつくと、彼はすばしこくたちまわって、次長と背中あわせになるテーブルに、強引に相席《あい》でわりこんだ。——次長と視線があって、すかさず目礼すると、向こうは、ほほうというような顔をした。

「高村くん、君は昼飯にこんな店にくるのかね？」

と次長はきいた。

「きのう競馬でちょっとあてましてね」と彼はうす笑いをうかべた。「月給前で、このところ栄養不足ですから……」

「きのうは、競馬があったかな？」

とギャンブルきちがいの課長がいい出したのにはひやっとしたが、次長が何か大声でいい、みんなが笑ったので、うまい具合に話題がそれた。

栄養をつける、といいながら、四百円のカレーしか注文できず、彼は腋《わき》の下にじっとり冷や汗をかいていた。食後のコーヒーは我慢しなければならなかった。――大急ぎで食事をかきこんでしまうと、彼は背後の一座の方に、半分体をひらくようにして、じっと話を持ち出す機会を待った。バーの話、女の話、ゴルフの話、景気の話と、次長たちの話題がめぐって行くのをききながら、なわとびのなわにはいるように、間合いをはかっていた。もう一度バーの話にもどって、一しきり哄笑《こうしょう》が起こり、またひいた所で、彼は思いきってわりこんだ。

「つかぬことをうかがいますが、高級バーなんかには、クレジット・カードが使えますか？」

次長はびっくりしたようにふりかえった。

「女のいるバーなんかは、あまり使えんようだね。ホテルのバーなら別だが……」と次長は、楊枝《ようじ》で歯をせせりながらいった。「ゴルフのカントリー・クラブなどでも、使える所があるよ。――君は持っているのかね？」

とんでもない、というように、彼は手をあげてみせた。

「いとこが、今度クレジット・カードの会社にはいりましてね。これこそキャッシュレス時代の尖兵《せんぺい》だって、あまりいばるもんですから……」

「日本もいずれそうなるよ。——だが、今の所はまだまだ、個人信用関係がもう一つだからね」と次長は見さげるようにいった。「入会するに際しては、一応銀行預金や、信用関係を調査されるんだ」

「いったいどんなものですか？」と、彼はできるだけ無邪気な好奇心を表情にあらわすようにつとめながらいった。「定期券みたいなものですか？」

「君は見た事がないのかね？」次長は呆《あき》れた、というような顔でいって、内ポケットに手をいれた。「そうかも知れんな。君たちの年齢では、まだ縁がないだろう」

「へえ！——それがそうですか」と、彼は体をのり出すようにして眼をかがやかした。

「そんなものですか……」

「そんなものとは何だ。これでなかなか大変なものなんだぞ。これ一枚あれば、高級レストランもホテルも、百貨店の高級品売場の買物も、全部つけで買えるんだ」

「エアラインもいけるそうですね」と課長が媚《こ》びるようにいった。「ダイナースやバンク・アメリカードは、海外どこでも使えるんでしょう？」

「日本人の場合は円決済だから制限があるがね」と次長はいった。

「おとしたりしたら大変ですな」と課長次席がいった。

「ああ――届け出てから十日たてば、以後のトラブルは発行会社の方が責任もってくれるが、十日の間につかわれたら、これはこちらに支払い責任がかかってくる。――ほら、この間も事件があったろう？」

「ちょっと拝見できますか？」と、彼はさりげなく手をのばした。「ふーん、こんなカードでねえ……」

「おいおい、かえしてくれよ」と、次長は冗談めかしていった。「この店でも使えるが、自分の昼飯代は自分で払えよ」

課長や課長次席が大声で笑った所で、一同席をたち、高村はあわててカードを次長にかえした。

3

そのわずかの間に、彼は次長のカードの形式を見ておいた。表に「クレジット・カード」と英語で大きくつづり、三桁《けた》‐四桁‐四桁の組数字が凸型に浮き出ている所は、彼のひろったものと同じだ。――それから、何か特殊な紙をはりつけたような所に、次長の自筆のサインがあり、その下に、片仮名の次長の名と、有効期限の文字が、やはりプラスチック板にうき出ている。――次長がレジでそのカードをわたした所をみていると、伝票の下にそのカードをおき、ロールのような器械でガチャンとやると、カードの表面にとび出した文字が、伝票にうつるようになっていた。

するとこのカードはやっぱりこのままではつかえないかな、と、彼はややがっかりしながら、今朝ひろった黒いクレジット・カードをとり出してながめてみた。サインがしてないだけでなく、サインの下にある片仮名の浮き出し文字がない。有効期限は一応一年後の十二月末とうち出されてあるが……だが、まてよ、と、裏をひっくりかえしてみながら、彼はもう一度考えなおした。

裏に書いてある注意書が、次長のそれとはちがっていた。――彼のには、使える場所と、他人に譲渡、貸与できないとだけ書いてあったが、次長のカードは、使える場所は書いてなくて、そのかわりにたしかこんな文句があった。

「このカードは本人以外は使用できませんから、拾得された方は下記へご連絡くださるようおねがいします。薄謝を呈します」

そして下に、発行会社の住所と電話番号と取りあつかい銀行の名前……。

してみると、形式は、かならずしもどのカードも同じというわけではなさそうだ。ひょっとすると、彼のカードは、番号だけでいいのかも知れない。

それに署名欄の体裁が、次長のカードとはちがっていた。次長のは、ふつうのインクで自署してあっただけだが、彼のカードの署名欄には、こんな注意書きがあった。

「1)署名の前に、唾液《だえき》で、欄の上にぬった特殊な糊《のり》をはがしてください。2)署名は必ず赤インクでやってください」

ずいぶんかわった注意書だ——と、彼はぼんやり思った。——ひょっとすると、これは何か新形式なのかも知れない。署名欄に、特殊な薬品か何かがぬってあって、赤インクで書くと、それがチェックの際、転写されるのかも知れないな……。

様式が不備で、つかえなくてももともとだ、と思って、彼はオフィスへかえってから、注意書通り唾液で署名欄をこすった。糊をはがせとあったが、別にべたつかず、唾液は署名欄の所にすうっと吸われて行くみたいだった——赤インクで字を書く時、彼は万一つかう時をかんがえて、「岡田安彦《おかだやすひこ》」と出たらめなサインをした。それから何となくばかばかしくなって、デスクの抽《ひ》き出しにほうりこんだ。……名前がうち出しになっていない所をみると、きっと使えない、あるいは誰《だれ》かに登録する前のカードにちがいない。誰かが申し込みをし、審査が通ったら、それからその人間の名を、片仮名で押し出し、本人がサインするのだろう。その押し出しがなかったら、結局無効なのにちがいない。

そう思って、彼はそのカードの事をすっかり忘れて、忙しい午後を働き、そのまま帰宅してしまった。

——翌朝、出勤して、何の気なしに抽き出しをあけた時、またそのカードが眼についた。二つに折って、すててしまおうかとつまみ上げた時、彼はおどろいて、小さな叫びをあげた。

オカダ・ヤスヒコ

と、署名欄の下に、文字がうき出していたからだ。

へえ！――と、彼はそのうきあがった文字を指先でなでながら、つくづく感嘆した――どういうしかけになっているのか知らないが、ふしぎなもんだな。

彼はプラスチック板の間に、何かしかけがあるのかと思って、ためつすがめつしてみた。だがカードそのものは、何の変哲もないプラスチックの一枚板だった。――現代社会は、毎日毎日、人々の身辺に魔法のようなふしぎなものを出現させる。現に彼の持っている定期は、「無人改札口用」だった。定期の裏側には、録音テープの幅のひろいもののような磁気シートがはりつけてあって、そこに表にスタンプされてある、有効期限と、使用区間、彼のコードナンバーなどが、磁気信号で記録されてある。彼ののる駅は、駅員がいて、表の文字を見せなければならないが、おりる駅は無人改札口になっていて、通路の入口の手すりの所にあるスロットに定期券をいれると、スロットの中の機械がわずか一秒たらずで、裏の磁気信号をよみとり、出口の所の返却口へ定期をさしだす。もし、期限が切れておらず、区間も正しければ、そのまま定期をつまんで通ればいいが、期限が切れていたり、ちがう区間だと出口の所に、ガチャンとバーがとび出して通れない、というわけだ。

彼の会社は、IC製品もあつかっていたが、一度IC（集積回路）の現物を見た時、本当にマッチ棒の頭より小さい薄片の中に、トランジスター何十個分もの機能がつまっているときいて、呆然《ぼうぜん》とした。しかも、LSIという技術をつかえば、それよりもっとたくさんの機能がいれられるというのだ――。

取り引き先きの会社の研究所で、「ホログラフ」という装置を見せられた時のおどろきは、それよりもっと大きかった。一見、こまかい渦《うず》まきのような模様がはいっただけのガラス乾板に、レーザー光線をあてると、その乾板のむこう側に、コーヒーカップの立体像がみごとにうかび上がってきたのだ。眼の位置をかえると、カップの横の方も見えてくる。おまけにその乾板を、金槌《かなづち》で粉々にわっても、その小さなかけらの一片にレーザー光線をあてれば、ちゃんともともとの通りのコーヒーカップの立体像があらわれる。

――まるで魔法以上だ、と、彼はつくづく思った。

その不思議さからみれば、署名しただけで、その下にカナ文字がうき上がってくるプラスチック板など大した事はないような気がした。――これは、きっと新しい方式を使ったクレジット・カードにちがいない。

そう思ったとたん、また心臓の動悸《どうき》が早まった。――ひょっとすると、これは使えるぞ。次長はたしか発行会社が責任をとるのは、おとしてから十日以後だと言っていた。もし、誰かがあのカードをおとしたのがきのうだとすると、あと九日以内に使ってしまわなければならない。

全身に、汗がじっとりとにじみ出た。罪の意識よりも、これを使って、一種の犯罪をおかすスリルの方が、彼を昂奮《こうふん》させ、動悸を早めさせたのだ。

上役が居そうな昼休みをさけ、勤務が終わってから、彼はむかいのレストランにはいって行った。――顔が赤くなり、耳がガンガン鳴るのを感じながら、彼はレジの中年女

にそのカードを見せて、

「これ、ここで使えますか？」

とかすれた声できいた。——女は彼の顔を見ようともせず、ちらとカードを一瞥《いちべつ》しただけで、

「はい、どうぞ」

といった。

思いきり高い、ステーキでも食ってやれ、と思いながら、彼はどうしても度胸がなくて、スープとチキンカツとビールを注文した。——せっかくの料理は、のどに通らない感じだった。二千円たらずの勘定をそのカードではらう時、彼はまた全身にどっと汗が出るのを感じた。カードの文字が伝票に転写されて、カードがかえされると、それをにぎって彼はとぶように外へ出た。汗が眼にはいって、息が切れそうだった。

うまくいった！——という叫びと、しまった！——という叫びが頭の中で交錯した。こんな会社の近くで使ったら、あとでしらべられたらばれるおそれがある。もっと遠くでつかうんだ。会社からも、アパートからも……とうとうおれは犯罪をおかした、という意識が、いつまでも動悸をおさめなかった。——かまうものか。名前はでたらめだ。岡田安彦なんて人物は、同名の人はいるだろうが、このクレジット・カードの本当の持ち主としては存在しない。迷惑がかかるのはSLMクレジット・ビューローだろうが、どうせ大会社だろうし、おれが使った分など、欠損として、税金をやすくするのに役立

つんだから、かえって会社にプラスになるかも知れないんだ。まかりまちがっても、役員賞与をほんのわずかへらせばいいんだろう……。

4

二度目、三度目あたりが、一番抵抗があった。二度目に高級既製服を買ったあと、数万円という金額がすっかりおそろしくなり、これでカードをすてようかと思った。——だが、前からほしいと思っていた高級腕時計を、ついふらふらと買ってしまってからは、毒くらわば皿《さら》まで、という心境になった。

危いと思ったが、そのクレジット・カードで、現金もひき出せると書いてあるのを見て、サングラスをかけて銀行へ行った。——小さな支店をえらび、いつでも逃げ出せるように、戸口にちかい所に立って、ポケットにつっこんだ手に、汗をにぎりしめながら、そわそわしていた。

「岡田さま……」と係の娘が、愛想笑いをしながら声をかけた。「いくらお入り用でございますか？　用紙に御記入ください」

「あ、あの……いくらまで貸してもらえますか？」

彼はかすれた声できいた。

「ふつうですと、二万円まででございますが、このクレジット・カードは、特別に十万円まで御用だてできます」

「それじゃ、あの……十万円にしてください」

彼は用紙に金額を書きこむのに、三度も書きそこねた。――手の切れるような一万円札を十枚ポケットにねじこむと、彼は走るな、と自分にいいきかせながら、表通りを一散に走り、タクシーをとめてとびのった。――そうだ……と彼はあえぎながら思った。現金がいい。現金なら、品物のようにかさばらないし、とどけてもらう必要もないから……いや、まて、銀行の方が足がつきやすいかな？　どっちにしたらいいんだろう？

次の一週間の間に、彼は別々の銀行の、異なる支店から、次々に約百万円の現金をひき出した。次長のカードには、銀行が指定してあったような気がしたが、そのカードは、どこの銀行でもひき出せるらしく、いきなりとびこんでも、ことわられた事は一度もなかった。――彼は、会社の近くの豪勢なホテルに三日ばかりとまって、高い酒や料理を飲み食いし、現金をさらに五十万ばかりひき出して、高級マンションの一室をかりると、きちがいのように買物をはじめた。ステレオ、カメラ、高級家具、高級電化製品、衣服、装身具、旅行用具類、といったものが、そのマンションにはこびこまれては、あるものは転売され、質入れされ、あるものは彼の安アパートにはこびこまれた。――クレジット・カードで、エアラインの切符も買える、という事を次長からきいていた彼は、航空会社の支店に顔を出した。

「あの……このカードで、外国行きの航空券も買えますか？」

「はい、このクレジット・カードなら……」と係員はうなずいた。「ふつうは国内線だけですが、これなら大丈夫です」

「これは、外国でも使えるんでしょうか？」

「ええ、もともとこのクレジット会社は、外国に本社がありますから……」

「どこですか？」

「さあ…ヨーロッパだったように記憶しますが……」

彼は、とにかく日付けをオープンにしてヨーロッパまでの往復航空券を本名の高村《たかむら》名義で、現金で買った。——旅券は申請してから、二週間くらいかかるという事だったが、いずれにしても、旅行の準備だけはしておくことにした。航空券を現金で買ったのは、旅券の名前と、航空券の名前がちがっていてはまずいのではないか、と思ったからである。——外国でもつかえるとしたら、このカード一枚もっていれば大名旅行だ。国内では通知がまわっても、海外にまで、無効通知がまわるのは、まだ時間がかかるだろう。と、彼は漠然《ばくぜん》と思っていた。もし具合が悪ければ、チケットを払いもどせばいい。

一週間そこそこの間に、彼がそのクレジット・カードを利用して買い物をしたり、現金でひき出したりした額は、二百五十万円以上になった。——そのうち、まだ百万以上が現金で手もとにのこっていた。気分がおちつかず、会社での仕事はおろそかになりがちだったが、上司や同僚から、様子が変だと思われたりしないように、必死になって平静にふるまった。だが、退社時刻になると、早く街へ出て、カードをつかいたくて、うずうずしてくるのだった。

彼の気分はまったく複雑だった。——右の内ポケットにいれてある二十万あまりの現金と、百万ちかい普通預金通帳の事を思うと、恍惚《こうこつ》となり、なんだか自分が、どっしりおちついた「大人物」になったような気がした。現金というものが、こんなに人間の気分に余裕をもたせ、おちつかせるものだとは知らなかった。もう、月給日まであと何日かとか、これだけの金で、どうやって月末まで、酒やカツ丼《どん》の誘惑にうちかってくらすか、とのどをからからにして考えたり、ボーナスまでの長い長い歳月を、囚人がはるか未来の釈放の日を思いうかべるように、血走った憧憬《どうけい》と焦りでもって想い描くこともない。タクシーのメーターや、食堂のメニューの数字を、生唾《なまつば》をのみこみながら、にらみつける事もない。そういった事に対して、彼は悠々としていられるのであり、そして悠々としていられる事が、どんなに人間に安らぎと快い幸福を感じさせるものか、つぶさに理解した。

しかし、左の内ポケットにはいっているカードの事を思い出すと、にわかに全身がカッと熱くなり、動悸が早まり、カードが心臓の上にやけつくように感じられた。——盗んだ金の事を「ホットマネー」とよぶのは、実にうまいいい方だと彼は思った。各チェーンに、このナンバーのカードが無効である通知がまわるまでに、大急ぎでつかってしまわなくてはならない。いや、もう使っては危いかも知れない。早く焼きすてて、証拠を湮滅《いんめつ》した方がいいかも知れない。——ちょうど、麻雀《マージャン》のラストで負けがこんでいて、満貫の手ができかかりながら、満貫ならへこみだが、ハネ満なら逆転トップという時に、危険なドラ牌《パイ》をにぎっているような気分だった。今のうち早くすてて、リーチをかけた方がいいかも知れない。しかし、もし何かをつもってきてその危険牌がくっつけば、確実にハネる。場がどんどん進行するのを見ながら、今すてるべきか、もう少し持つべきか、へたに持ちすぎたら、にぎって死ななければならない、と思って、焦りながら場の進行をながめているような心境だった。

　その上、自分がやってしまった「犯罪」の事を思うと、全身の血の気がひいた。夜中に、突然刑事とクレジット会社の男がドアをノックして、ふみこんでくる夢を見て、汗びっしょりでとび起きた。――自分が、もうとりかえしのつかない事をしてしまったと思うと、新聞社会面や、週刊誌に、自分の写真入りで「誘惑に負けた若いサラリーマン――キャッシュレス時代の犯罪」といった見出しの記事が、でかでかと出る所が想像され、それを国もとの老母や親戚《しんせき》が見る事を思うと全身に悪寒《おかん》が走った。――夜中に蒲団《ふとん》の上に起き上がり、顔をおおって、ああ、おれは何という事をしてしまったんだ、と、声を出してつぶやく事もあった。

5

黒いカードをひろってから十日はまたたく間にすぎ、彼はぴたりとカードを使うのをやめた。——その間、彼が使った金額は、三百万円に達していた。百、六、七十万の現金をかかえ、彼はびくびくしながら、世間の様子に耳をすましていた。きっと今ごろは、あのナンバーの被害者に支払いがまわって、大さわぎになっているだろうと思うと、いたたまれない気持ちだった。毎朝毎晩、彼は新聞の社会面をすみからすみまで読んだ。

だが、一週間たち、二週間たっても、何の兆候もあらわれなかった。

そのうち、彼は思いがけない事をやってしまった。——一ぱいのんで、街をふらついているうちにちょっとしゃれたコートを見つけ、ふらりとはいってそれを買いもとめ、いざ支払う段になって、キャッシュで払うつもりが、つい例のクレジット・カードを出してしまったのである。

あっ！——と思った時はおそかった。レジはそのカードを手にとって、片手が伝票に代金をうちはじめた。彼の全身に、どっと汗がふき出した。そのまま逃げ出そうとしたが、レジが彼の様子を感じて、不審そうに顔を見つめたので、足がすくんでしまった。

「あ、あの……」彼はカラカラになったのどでやっといった。「そ、そのカード、まだつかえますか？」

「あら、期限切れまでは、まだ大分ございますわ」レジはそういってにこりと笑い、ガチャンとプレスをした。「どうもありがとうございました。またどうぞ……」

じゃ、このカードはまだつかえるのか……と、彼はコートの箱をかかえて歩きながら、半信半疑でそのまっ黒なプラスチック・カードをながめた。——このナンバーのクレジット・カードの「紛失無効」の通知は、まだチェーンに行きわたっていないのだろうか。二、三日考えた末、彼はもう一度だけ冒険をやってみた。そのカードでもって、銀行から現金をひき出してみたのである。銀行は、こういう情報には敏感だ。必ず通知がまわっているだろう。これでもし窓口で、「ちょっとお待ちください」といって、上役に相談に行くような気配だったら、すぐさま逃げ出せばいい。

だが、窓口の娘は、そのカードを見てにっこりして、こういっただけだった。

「現金でございますか？　いかほどにいたしましょう？」

新たな十万円をポケットにいれて、彼はますます不可解な気持ちになった。——ひょっとすると、紛失とどけもまだまだ出ていないのではないだろうか？

彼は慎重に考えた末、カードにのっている「SLMクレジット・ビューロー」という所に電話をしてみた。

「はい……」と、妙にねちねちした男の声が電話口に出た。「SLMクレジット・カードでございます……」

「こちら××××ですが……」と、彼は一度買い物をした店の名をいった。「お宅の会員で468－7710－0104のナンバーのカードをおもちの方ですが、実はさきほど当店で買い物をなさった時、まちがった品物をおわたししてしまいましたので、お宅にとりかえに上がろうと思うんですが……」

「会員の方のお名前は？」

「岡田安彦さんです」

そういってしまうと、急に動悸が早まり出した。――これではっきりする。岡田安彦なんて名前は、そのナンバーで登録されていないにきまっている。彼が勝手に考えた偽名だからだ。この電話で、会社は、発行ナンバーと使用者の名があわない事に気がつき、すぐ無効手つづきをとるだろう。一か月ちかい夢のような生活は終わりをつげるが、かえってその方が大丈夫か大丈夫かと思いながら、誘惑にまけて危険をおかしつづけるよりさっぱりする。

「ちょっとお待ちください」といって相手はひっこんで、またすぐ出てきた。

「ええ、たしかに468－7710－0104の岡田安彦さま、当方の会員にいらっしゃいます」

「えッ⁉」彼は電話口で思わず耳をうたぐった。

「ほ、ほんとうですか？　ほんとうに、岡田安彦って人は、このカードの持ち主ですか？」

「あなた、何いってるんです。岡田さまは、わが社の有力なおとくいですよ。そんな、うたぐるような事をいってもらっちゃ困るな」

と、相手は怒ったようにいった。

「で、でも……その方は、どんな方でしょうか？」

「どんな方でも、そちらの知った事じゃないでしょう。まだ若い方だけど、銀行の方もちゃんとしておられるし、当方の大切なお客ですよ。——あんた、どう思ってんの？　わが社が、会員の方の事で、ただの一度でも、販売店の方に迷惑をかけた事がありますか？　うちのお客さまに、けちをつける気かね？」

「い、いえ。そんな……」と、彼はしどろもどろでいった。「すみません。その方の御住所を……」

電話をきると、彼はしばらく呆然《ぼうぜん》とたちつくしていた。まったくわけがわからなくなってしまった。——「岡田安彦」は、彼が勝手に考えた名前である。だのに、SLM社では、ちゃんとそのナンバーに、その名前が登録してあるというのだ。しかも先方の話では、岡田安彦という人物は、実在しているらしいのだ。

これは偶然の一致だろうか？——それとも、彼が何か、テレパシイのようなもので、本当の持ち主の名を、無意識に感じとっていたのだろうか？

彼は電話できいた住所へ出かけて行った。——とにかく、その名の人物が実在するという事を、この眼でたしかめたい気持ちだった。家はすぐに見つかった。新築の、モダーンな家で、白大理石のプレートに、「岡田安彦」と書いた表札がかかっていた。——彼がぼんやりと立ちすくんでいると、隣家から出てきた老人が、近よってたずねた。

「SLMの方ですか？」

どういうつもりか、反射的に彼はあのカードをとり出していた。それをひと目見ると老人は、

「ああ、岡田さんですか。お待ちしていました」といってポケットから鍵《かぎ》を出して彼にわたした。「SLMの方からたのまれて、中を一応住めるようにしておきましたが、お気に召しますかね」

そういうと老人は行ってしまった。——彼は何かにひかれるように、ふらふらと、鍵をあけて中にはいっていった。中は洒落《しやれ》たインテリアに豪華な調度でしつらえられ、何もかも新しかった。応接間のマントルピースの上に、これもまたあたらしい岡田安彦名義の銀行通帳がのっていた。ふるえる手でひろげてみると、一か月前、ちょうど彼があのカードをひろった日に五百万円口座にふりこまれており、以後、彼がクレジット・カードで品物を買ったり、現金をひき出したりした分が、きちんとひかれてあった。——だが、二、三日前にふたたび五百万円がふりこまれていた。傍にあった「岡田」の印鑑をとりあげながら、彼は次第にガタガタふるえ出し、ついにわけのわからない叫び声をあげて、外へとび出していった。

だが、結局彼はその家に住む事になった。その後、二度三度その家の様子を見に来て、「岡田安彦」という人物が一向にあらわれる気配がなかったからである。彼は一日、二日その家にとまり、だんだん長くその家にとまるようになり、ついに図々しくなって、安アパートからその家へひっこしてしまった。

岡田という人物があらわれたらあらわれた時の事だ、と彼は思った。——何よりも、快適なゆったりとした生活というものは一度はじめると、もうもとのみじめったらしい生活にはかえれそうもなかった。預金通帳には、どこからか毎月きちんと五百万円ずつはらいこまれ、クレジット・カードをつかった生活は、かぎりなく優雅だった。彼は会社をやめてしまい、海外旅行にも行き、車も買い、さまざまのスポーツもはじめた。

もう高村四郎ではなく、岡田安彦として生活しながら、彼は結局岡田という人物は、実在したのだが、死んだか、行方不明になったのだ、と考えるようになった。

富豪のかわりものの一人息子か何かで、親は死に、財産管理者から毎月金をもらい、気ままにくらしているうちに事故か何かで……。


生活にゆとりができると、ふるまいにもおのずと優雅さが出てきて、彼にはガールフレンドが次々にできた。そのうちの一人と、とうとう結婚する事になった。

一戸だちの家に道具類がすべてそろい、家政婦がいて、独身で、大きな収入があるとなると、相手ができないのがふしぎだ。アバンチュールから婚約にすすみ、その夜、有頂天になってかえってきて、部屋のスイッチをつけると――

応接間に黒い服を着た男が一人すわっていた。

彼はひと目みるなり、その男が何であるかわかり、まっさおになった。――すべての事が了解され、彼はよろめいてやっと壁に体をささえた。

「ＳＬＭクレジット・サービスです。毎度ごひいきありがとうございます」

黒い口ひげをはやした男はニッと笑った。

「あなたのカードは今日で期限が切れました。岡田さん。継続なさってくださって結構ですが、その前に一応御清算ねがいたいのです。……四千万たらずです」

「ぼ、ぼくは……」

彼は最後ののぞみをこめてカードをテーブルに投げ出しながら叫んだ。

「岡田安彦といって……」

「名前など、どうでもいいんだ。高村四郎といってもいいんです」

男は黒いカードをつまみ上げながらいった。

「肝心なのはあなたの血液型で――これは新しい分類法のくみあわせをつかうと、指紋と同じくらいの値うちがありますからね。ここにしみている、あなたの唾液でちゃんとあなたのものだと証明できますよ。それとサインを赤で書くという事ですね。昔は、血をつかってサインしてもらったものですが……」

「清算などできない事はわかってるんだろう……」彼はわなわなとふるえながらいった。

「じゃ、どうするんだ？　今すぐ連れて行くのか？」

「さてよわりましたな……」

男はひげをひねり上げながら、カードをパチンとはじいた。――黒いカードの金文字と赤いしるしが、ボッと炎をたてて燃え上がった。電燈がふっと消えると、床の絨毯《じゅうたん》の下が、ぼうっと赤くなり、ごうごうという音がきこえてきた。

「このままで、もう一年のばせない事はありませんがね。われわれの方も、コンピューターを導入していまして、手続きがむずかしくなっているんです。——そうだ、こうしましょう。あなた、ちかぢか結婚なさいますね。奥さんも加入させてくだされば、あなたの分をもう十年、延長してもよござんす……」

「それは……あの……」

「おうまれになるお子さんも加入させると約束してくだされば、一生お待ちしましょう。——ええ、ここに御署名ください。唾液でこすって、……そう……私のペンをおつかいください。赤インクがはいっています。——結構です」

彼が催眠術をかけられたように署名しおわると、灯《ひ》はまた明るくなり、男は立ち上がった。

「このごろは、われわれの仕事もむずかしくなりましてね。いろいろサービスを考えなくては、契約していただく方がむずかしくなりました。これでわれわれの方も、一生懸命近代化をはかっております」

男は、はいってきた窓から出ようとしながら、ふりかえってニヤリと笑った。

「何もそんな深刻な顔をなさらなくても、あなたたち、御自分の魂なんてものは、生きているうちは大して気にもなさらないでしょう。でも、私たちの方では大変値うちがありまして——ま、有無《うむ》相通じて、仲よくやりましょうや。——あ、それから、もしお知り合いで、これという方がいましたら、どうぞわれわれの方に御紹介ねがいます。——

サタン・ルシファ・アンド・メフィストフェレス・クレジットビューローは、いつでもよろこんでサービスを提供します……」

空飛ぶ窓

1

灰色の空から、また粉雪がちらつき出したので、母親は裏口の戸をあけて、雪におおわれた野面《のづら》の方をながめた。

野も山も、一面の白銀に埋もれて、あちこちの枯木の林だけが、うそ寒そうにしょぼしょぼと黒い線を刷いている。——その中を、道からかき上げられた汚れた雪が、道なりにうねった灰色の土堤を形づくりながら、遠く、県道わきの食料品店の、雪を頂いた屋根の方へのびている。

小学校三年の女の子のかえりが、いつもより三、四十分もおそい。

空から灰色のほこりのように舞いおりてくる雪をすかして、見おぼえのある、赤いフードつきのオーバーが、道のずっとむこうにぽつりとうかぶのを見て、母親はほっとした気持になり、家の中にもどって、早目の夕餉《ゆうげ》の支度にかかった。

前日から、泊りがけで五十キロほどはなれた小都市に用事に出かけた夫が、その日の夕方かえってくる。——日暮れ前に帰る、と電話で言っていたから、酒肴《しゅこう》の支度をしておかなくてはならない。

かえってくる娘のために、電気炬燵《こたつ》のスイッチをいれ、石油ストーブの火を強くすると、母親は台所で、鍋物につかう野菜の支度にかかった。

「ただいま……」

と玄関の戸があく音がして、娘の声がきこえた。

「おかえり……」

母親は台所から返事をする。

「おそかったね。――火鉢の鍋に、甘酒があるよ。おあがり」

うん……と、娘は答えたようだった。――とんとん、と小さな雪靴を土間でふんで雪をおとす音と、ぱたぱたと雪をはらう音がして、娘は茶の間に上りこんだようだった。

水道の水の冷たさが、ゴム手袋を通して指先にしみるのを感じながら、母親は野菜を洗い上げ、葉をはずした。――笊《ざる》にとって水切り台におくと、母親はちょっと茶の間の方に耳をすませた。

いつもならかえるとすぐつけるテレビもつけず、娘は甘酒をすすっているらしい。

母親は、水仕事をつづけながら声をかけた。

「今日は少しおそかったね……」

「うん……」と、娘は、とほん、とした声でこたえた。

「学校で何かあったの？」

「ううん……」

「のこってあそんでたのかい？」

「じゃ、どうしたの？　この寒いのに、道草でも食ってたのかい？」

娘は答えない。

母親は、冷蔵庫から出して溶かしておいた魚をさばきつづけた。——一通りすむと、ゴム手袋をはずして、ちょっと手の甲で、額にかかる髪をあげた。

「道草なんか食っちゃだめよ——学校で先生に言われなかったかい？　どこで、何をしてたの？」

あいかわらず、答えはない。

娘の様子が、何だか変だ、とふと感じた母親は、茶の間のほうをのぞいて見る気になった。——この寒さに、道草なんか食って、冷えこんでしまったのかも知れない。熱でも出しているのではあるまいか？　ほんとうに小さい子供ってしかたがない。

「母ちゃん……あのね……」

茶の間で一服しようと、流しの前をはなれかけた時、娘がぽつりと言った。

「え？」

「学校のかえりにね……変なもの見た……」

「何を？」

「まど……」

母親は、茶の間にはいって行って、炬燵に膝をつっこんだ。

「ほう、水が冷たい……」

蒲団の中で、かじかんだ指をこすりあわせながら、母親は口をすぼめて息をはいた。

――それから、古い火鉢にかかっているアルミの鍋から、杓子《しゃくし》で甘酒をすくって湯呑みにそそぎ、ふうふう吹きながら二口三口すすった。

娘はむかいにすわって、甘酒のはいった湯呑みを前においたまま、何やら、ぽけっ、としている。――やっぱり少し、様子がおかしい。

母親は、炬燵のこちら側から、ついと手をのばして、娘のお河童《かっぱ》の前髪をかきあげ、額に手をあてる。

別に熱はない。

少しひびのきれたまるい頬っぺたが、部屋の中の暖気で、りんごのようにまっ赤になっている。が、眼つきが何となくうつろだ。――なにかショックをうけたのか、遠くを見ているように、焦点があっていない。

「何を、どこで見たんだよ」

「あのね、学校と尾張屋さんとの、ちょうどまん中ぐらいの所の原っぱ……」

「そこで、何を見たの？」

「だから言ったでしょ。――窓があったの」

「窓？――」母親は、眉をしかめた。

「どこの家《うち》の窓？」

「家なんてないの。原っぱだから……」

「家がないのに、どうして窓があるんだよ」

「だからさぁ、変だって言ったでしょ。——原っぱの所、通ってたら、窓だけあったの」

「何言ってるんだかよくわからないね」母親は笑い出した。「どうして、家のない原っぱに窓があるのよ。——ああ、わかった。雪の上に、窓枠か何かおちてたの？」

「ううん、そうじゃないったら！——原っぱの中の、このくらいの高さの所にね、窓だけあったの」

「お前、どうかしてるんじゃないかい？——家がないのに……」

「家はないの。母ちゃんだって知ってるでしょ。——あの原っぱン所にね、窓だけ浮いてたの……」

「ばかばかしい！　どうして窓が、原っぱの上に浮いているのよ」

「だから、変なもの見たって言ったでしょ！」娘はいらだたしそうにお河童頭をふりたてていきいき声で言った。

「ほんとよ。ほんとに浮いてたの。だから、とも子、あんまりふしぎなんで……」

「この寒いのに、ぼやっと見てたのかい？」母親は、甘酒をもう一ぱいついで、飲む。

「まぁ、原っぱの上に窓がうかいてる、なんて……。きっと誰かがいたずらしたんだよ」

「でもね。——その窓が半分あいていて、そのむこうに青空が見えたの……」

「いやだよ、この子は……。そんな夢みたいな事ってあるもんかね。あまり寒いんで、頭がぽーっとして……」

「そんな事ないったら！」

娘がまた疳《かん》をたてかけた時、表でエンジンの音がちかづいて来て、タイヤが雪に軋《きし》み、すべる音がした。

「あ、父ちゃんだ！」

母親は炬燵からとび出した。

ギヤをバックに入れ、凍っていた雪をざらざら鳴らし、車をさしかけだけの車庫につっこむのに苦労している様子だったが、やがてエンジンの音がしずかになると、パタンとドアがしまる音がきこえ、雪をふむ足音が表玄関へちかづいて来た。

「降りようによっちゃ、明日ァ雪おろしだな……」

と、表で大声でいう声がした。

「おかえんなさい！」

母親は玄関へとんでいった。

「ほい……」

玄関から体を入れながら、毛皮の襟つきの防寒コートに着ぶくれた父親は、手にぶらさげた、大きな塩鰤《しおぶり》をさし出した。

「卸《おろし》市場まで行ってみたが、何でも彼でも高くなってるんでぶったまげた。――今夜は鍋か？」

「ええ、そうよ」と母親ははしゃいだ声でいった。「あんた、お風呂にはいる？――ちょうどわいたころよ」

「ああ、はいる。はいるけど、その前に、ちいと足をぬくめんと……」

そういいながら父親は茶の間にはいって来た。――火鉢の上の鍋の蓋をとって、

「甘酒か……」と蓋をしかけたが、思いなおしたように杓子と湯呑みをとり上げた。

傍をふりかえって、今さら気づいたように、

「お、お嬢さん。ばかにおとなしいな」

といって、大きな手でお河童頭をおさえた。

「おかえんなさい……」

と小娘は、ふてくされたように、小さな声でいう。

「どうしたんだ？　また母ちゃんに叱られたか？」

「そうじゃないの……」母親は、父親のぬいだコートや、少しぬれた靴下をしまいながら次の間からいう。「この子、学校のかえりに道草くって、三十分もおくれてさ。――それで、原っぱの所で、変なものに見とれてたっていうんで……」

「ふうん、そうか。――道草なんか食っちゃいかんぞ」甘酒をがぶりとのみこんで、父親は娘の小さなお河童頭をなでる。「先生や母ちゃんの言う事、きかなきゃいかんぞ」

娘は、抗議するように頭をふって、父親の手をはずした。――父親の方は頓着《とんちゃく》もせず、

甘酒をのみほすと、さあて、といって立ち上った。まもなく、湯殿の方から、にぎやかな水音と、あちち、あついあつい！　あついぞ！　と大仰《おおぎょう》にさけぶ声がきこえて来た。

食事の時もだまりがちで、終るとぷいと自分の机のある部屋へ行ってしまった娘を見て、さすがに父親は不審そうな顔をして、どうしたんだ、というように眼顔で妻にたずねた。

母親は、笑いながら、事情を話した。

最初のうちは、妙な顔をしていた父親も、窓が雪の野原に浮いていた、ときいて、笑い出した。

「子供ってのは、妙な事をいい出すもんだな」父親は、熱燗《あつかん》と味噌仕立ての鍋もので、赤くてらてらとほてり出した湯上りの顔をほころばせながらいった。

「だけんど、あまりさからうのはよせ。とも子にしてみたら、ほんとうに見たのかも知れん」

「浮いている窓を？」

「ああ——もちろん、幻覚って奴だわさ。子供が一人で、しばれる日に雪の野原なんか歩いていると、寒さで頭がぼうっとして来て、そういう妙な幻を見たりなんかする。おれも小学校二年の時——そりゃお前、今より、学校も家もずっと寒かったし、寒さもきびしいみたいだったな——学校から雪ン中をかえってくる途中、カウボーイとインディアンを見た事がある」

「カウボーイって……西部劇の?」

「ああ——、雪の原ン中をな、馬にのったカウボーイを、馬にのったインディアンが、ホ、ホ、ホ、ホといいながらおっかけてるのを見た。ちゃんと馬の蹄《ひづめ》が、雪をはねるのも見えたもんだ。おれ、びっくりしちまって、しばらく眼をこすって、雪ン中でぼんやりしてたっけ」

「きっと、映画のせいよ。その前に西部劇でも見たんでしょ」

「ああ、そりゃわかってるさ——。だけんどな、おれが学校のかえり道、雪の原で、カウボーイとインディアンのおっかけっこを見た、というのも本当のことなんだ。あんまり寒いとな、子供ってもんは、なんだか酔っぱらったみたいになっちまうもんだ。ほれ、おとなでもよ、凍死しかけてる時には、眠るようないい気持になって、花が咲いたり、蝶々がとんだりする幻を見るっていうじゃないか。ロシアの、ほら、ツル……なんとかって作家が書いてたが、雪の野を、長靴だけが歩いて行き、その足あとが点々とのびて行くってのがあったが……あんな幻をみるんだな」

「でも……」母親は煮つまった鍋をさらいながらつぶやいた。「今日は、そんなに、しばれるってほど寒かなかったけどねえ」

2

翌日は雪もやんで、ぬけるような快晴だった。

午前中、町へ出かけていた父親は、かえって来てから、今年三度目の雪おろしにとりかかった。――雪が例年よりずっと多くて、この分では、春までにもう二度ぐらいやらなければならないかも知れない。

四分の三ほどおろして、ちょっと屋根の上で一服していると、やかましい音をたてながら、小型の除雪車が、雪を道わきに押しのけながら県道の方からやって来た。

「おうい……」父親は屋根の上からどなった。

「ごくろうさんじゃなあ。――一服していかんかぁい」

「ああ、この先の権藤ン家までかかにゃならんでなあ……」除雪車の男は手をふってこたえた。「夕方までかかりそうだで、かえりにでもよるわぁ……」

「今年ゃ、よう降るのう……」父親は、立ち上って、新しい雪の一塊を屋根からかきとり、どさっ、と下におとすと、また声をかけた。「新町の方じゃ、中学の体育館がゆがんじまったってなぁ」

「ああ、今臨時のつっかい棒してらぁ、この分じゃ、だいぶおそうまで降るぞ！」

除雪車の男は、ちょうど家の横までくると、ちょっとギヤをぬいて、屋根の上を見あげた。

「ああ、そういえば、あんたン所の娘のう……」

父親は雪かきの手をとめて見おろした。

「とも子がどうかしたかい？」

「いや、別にどうもせんがのう……」男は、煙草をくわえ、あちこちのポケットをさぐりながらいった。「さっき県道をトレーラーにつまれて通って来たら、持念寺にはいって行く道の横の原っぱで、一人でぽかんとつったってたぞ」

父親は急な傾斜の屋根の上に足をふんばり、腰をのばして県道の方をながめた。風のない青空から、さんさんと太陽がふりそそぎ、空気は冷たかったが、遠い野面《のづら》も山も、キラキラと銀にかがやいて、パルプ工場の煙突から吐き出される白い蒸気が、動かない雲の団塊になって、枯れた林と岡の間にかかっている。

「はあて……」と父親も煙草を吸いつけながら首をふった。「きのうもそんな事をいっていたが……」

「マッチをやってくれんかのう」と除雪車の男はいった。

「ほいよ……」父親はマッチを投げおろした。

「ええよ。もっていてくれ」

煙草を吸いつけると、男はまた除雪車のギヤをいれ、がりがりごうごうと雪をかきながら遠ざかって行った。

父親はなお、煙草を吸いながら、屋根の上につったって、県道の方に眼をこらしつづけた。――まもなく県道に出る角の食料品店の所に、赤い、小さな頭巾《ずきん》がぽつんと見えると、何となくほっとしたように、短くなった煙草をすて、のこった雪をかきおとしはじめた。

雪をすっかりおとして屋根からおり、戸口の前におちた雪をわきにつみ上げている所へ、やっと娘がかえって来た。

「おかえり……」父親は、プラスチックの雪かきシャベルを、ぐっさり雪につきさし、汗をぬぐった。「こら、とも子――また、あの野っ原で道草食ったろう。除雪のおじちゃんが見とったぞ」

娘は何も答えず、手にもっていた草色の、まりつきの手まりぐらいの大きさのものを父親にさし出した。

父親は、びっくりして、そのまるいものをうけとった。――かたい、大きな、木の実だった。

「なんだ、こりゃ……」父親は、ずっしり重いその木の実を、と見、こう見しながらつぶやいた。「どうしたんだ？」

「とって来た……」と娘はぽつんといった。

「どこで？」と父親はきいた。

「あの窓のむこうで……」と娘は、オーバーのポケットをさぐりながらいった。

「今日も、あの原っぱを通りかかったら、きのうと同じ窓があったの。それで――窓のむこうへ行ったら、それがあったの……」

「え？　なに？」父親は思わず鼻の頭にしわを寄せた。

「なんだって?」

「窓のむこう、あつかったよ」娘はポケットから、小さい、うす紅色のものや白いものをちゃらちゃら音をたててとり出して、手袋の上にのせてさし出した。

「これもひろったの……」

県道からはいって来た小型車が、家の前でとまった。

「源さんよ、局へよったら、お前ン所に小包みが来てたで、とって来てやったでよ」と、胡麻《ごま》塩《しお》頭の老人が、乱杭歯《らんぐいば》をむき出して笑いながらおりて来て、小包を手わたした。

「お……」と老人は、父親の手にした木の実を見て、眼を見はった。「ええもん持ってるの。どれ……」

そういって老人は、父親の手から木の実をとり、ふしくれだった手の中でひっくりかえし、耳のそばでふって音をきいた。

「ああ、こりゃきっと汁がはいってるだ。源さん、鉈《なた》もってこいや」

「なんだね、そりゃ?」

父親は戸口から体をいれて、下駄箱わきから鉈をとり上げながらきいた。

「椰子《やし》の実だ。見た事ねえか?——だども、青いのは珍しい。誰か親戚でも、ハワイかグアムに行って来ただかね?」

椰子の実?——と父親はあっけにとられたようにそのかたい木の実を見つめた。

「戦争で南方行ってた時にはさ、こいつのおかげでずいぶん助かったもんだ。――ほれ……ほれ……」老人は、器用に椰子の実のとがった方の端を、ちょうど杭《くい》の先端を削り出すように、鉈でもって、さくり、さくりときりとり、白い新鮮な堅皮が、ふとめの鉛筆の先のようにとがると、その頂点をちょんと切りおとした。

「ほーれ、あったあった……」と老人はうれしそうに実の中をのぞいて笑った。

「これなら甘いっぺ。どら……」

老人は唇をつけないように、とがった尖端から器用にあけた口中に透明な液体をおとしこんだ。

「あ、うめえ。――ほれ、お前もやってみろ。嬢ちゃん。のむか？」

娘がおずおずと口をつけ、父親も一口のんだ。――ちょっと青くさい、しかし清冽《せいれつ》な甘さをもった砂糖水のような液体が口中にひろがった。

「ほう！――ええ貝もおみやげにもらって。どれ、ちょいとじちゃんに見せてくれろ」

老人は、娘の手袋の中から貝の一つ二つをとり上げた。

「おや、こりゃめずらしい貝じゃ……」小さな、奇妙な形に細長い、とげとげのいっぱい出た巻貝をとり上げて、老人は眼にちかづけた。「こりゃホネガイいうてな、南の海にしかない貝じゃ。ええもんもらったのう。誰が南方へ行って来たんじゃ？　親戚の兄ちゃんか姉ちゃんが、なんとかパックで行って来たんか？――じちゃんも、もう一回、南の島へ行ってみたいもんじゃのう。さ、それじゃ……」

「あの……」

父親は、あわてたように、老人をよびとめようとした。が、老人が、何か？というようにふりかえると、急にあいまいな表情になった。

「誰が行ったか知らんが、一つ、このごろの南の島の話きかせてもらえんかのう――」

小型車にのりこみながら、老人はいった。「いや、なつかしいでのう。――それじゃまた……」

老人が、小型車のスノータイヤを雪にあぶなっかしくすべらせて行ってしまうと、父と娘は、妙に気まずい表情でむきあったまま、とりのこされた。

父親は両手に、緑と白の、みずみずしい熱帯の色を凝《こ》らせた椰子の実――まだ甘い汁を、半分ものこした木の実をかかえ、娘は赤い毛糸の手袋の上に、ホネガイやコヤスガイの殻をのせて……。

「母ちゃんは？」

娘は眼をふせながらきいた。

「隣町のおばさんの所にいった……」

と父親はこたえた。

父親の眼は、娘の赤い手袋にいっぱいついている、白い、細かな砂を見つめていた。

海辺の砂だ。――そして、海はここから百五十キロもはなれている……。

「お前……」と父親はいいかけて、二、三度咳ばらいした。「……ほんとに、その……

窓のむこうから、これひろって来たのか？」

　娘はこっくりうなずいた。

「その……原っぱにういている、〝窓〟のむこうへはいったのか？」

「うん……」娘はそろそろと、貝をにぎった手を後へかくした。「〝窓〟がね……今日は低い所にとまってたの……」

「それで？」

「戸があいて、むこうに……とてもきれいな景色が見えたもんだから……」

「どんな所だった？」

「白い砂がずっとつづいてて……とても大きな、きれいな、青い池があって……細長いまがった木がはえてたの。それで……」

「むこうへ行ってみた？」

　娘はうなずいた。

「すごくあついんで……すぐかえって来たけど……」

「来な！」父親は腕をのばして娘の手をぐっとつかむと、車のおいてある方へひっぱった。「その〝窓〟ってのは、どこにあるんだ。父ちゃんも行って見っから……」

「もうないよ……」娘は泣きそうな顔であとずさりしながらひっぱられた。「もう、どこかへとんで行っちまったよ」

〝窓が〟？……「とんで行っちまった」だと？……、父親は、娘を車の助手席に押し込み、冷えたエンジンをだましだましスタートさせながら、上《うわ》の空《そら》で考えた。……ヘッ！……子供なんて、何を言ってるんだか……。「空飛ぶ円盤」ってなきいた事もあるけど、「空飛ぶ窓」なんて、初耳だ。

3

雪のもり上りをのりこえるのに、何度か車をスリップさせながら、父親は車を村道にひっぱり出し、県道へむかってハンドルを切った。——車はロウギヤでのろのろ進み、時にずるっとすべって、左右に首をふった。

「さぁ、父ちゃんに教えるんだぞ」父親は県道に出ると、ギヤをセカンドにいれてスピードをあげながら娘にいった。

「その〝窓〟があるのは、どこらへんだ？」

「あそこ……」と娘は指さした。「あの原っぱに、きのうもおりて来たの……」

県道が山裾にそってゆるやかにカーブしたむこう側に減反休耕の田がかなりひろくひろがっていて、そのむこうの丘の麓《ふもと》に、持念寺とよぶ小さな寺がある。——娘は、県道からその寺の方向にはいって行くうねうねと曲る小道の入口のちかくをさした。

夏は村の草刈場になるひらたい野原である。

父親は、小道の入口をちょっとはいった所で車をとめ、外へ出た。

「さぁ……」父親はあたりを見まわして娘にきいた。「〝窓〟はどこだ？」

「もうないってば……」娘は寒そうに体をちぢめながら首をふった。「とも子がもどって来たら、パタンとしまって、どこかへとんでっちまった……」

「とんで行ったって、お前……」父親は少し雲の出はじめた青空を見わたしながら、口の中でぶつぶつ言った。

「〝窓〟なんてものは……とぶもんじゃないんだ。――いったいどこらへんにあったんだ？」

娘は雪の原のまん中へんを指さした。山裾をまわって来た風の吹きつけるちょうどまん正面にあたる上、ちょっと小高くなっているので、その原につもった雪は、吹きとばされてはしまり、波の紋様を一面にきざんだ固い根雪になっている。――その上に、きのう降った雪がうっすらとつもり、そこに点々と小さな雪靴のあとが、中央部へむかってつき、そこからまた道へひきかえしていた。

それが娘の足あとである事はまちがいなかった。

父親と娘は、かたくしまった雪の上に浅い足あとをのこしながら、前につけられた小さな足あとをたどって、原のまん中あたりまで行った。――先行する足あとは、そのあたりでとまり、雪がふみあらされていた。

「ここに……」父親は妙な気持におそわれながらまわりを見まわした。「その……

〝窓〟があったのか？」

ふと――雪の上に二つ三つちらばる、うす紅色の小さいものを見つけて、父親は体をかがめた。

小さな貝殻と……それに小さな、ひからびた星型のヒトデの死骸が、凍《い》てついた雪の上におちていた。そのあたりの雪に、よく見れば、細かい海浜の砂がちらばり、雪の中にめりこみかけている……。貝殻に、ややかたむいた午後の陽ざしがあたり、つやつやしい肉色の肌にすべって、そこから小さな「夏」がのぞいているようだった。

父親はしばらくぼんやりと、ひろいあげた貝殻を見つめていた。

「あ！」と空のあちこちを見まわしていた娘が叫んだ。

「あそこにいる！」

え！――と父親は娘のさしている方角を見上げた。

虎刈りの頭のように、不規則にしょぼしょぼと茶色の枯木をまといつかせた白雪の山の頂きの方角に、白い雲がいくつもむれ、午後の陽ざしをあびて光っていた。

「どこだ？」

「ほれ、あそこ……」

指さす方角に、やっと灰色がかった白点がぽつりとうかぶのが見えた。――視力一・五の眼をじっと細めてその点を見つめていた父親は、それが四角い形をしてななめにかしいでいる事を発見した。

「なんだ……」と彼はつぶやいた。「ありゃあ凧《たこ》じゃないか。——誰かが凧をあげてんだよ」

「凧じゃないよ」と娘はいいはった。

「〝窓〟よ。——凧なら、風と反対の方にかたむくはずないもン」

いわれて見ればその通りだった。——が、父親には、どうしても凧のように思えた。

彼はなお眼を細め、下にぶらさがっているはずの尾をさがそうとつとめた。

「あ……」と娘はいった。「おりてくる……」

「ほら、やっぱり凧だ」と父親はいった。「誰かがたぐってる。あ——おちた」

下へむかってさがり出した白点は、突然ひらっ、と空中でかえると、木の葉のように、くるり、ひらり、と回転しながら、風に吹きながされるように原の方にちかづいて来た。——しまいには実際の凧がおちるスピードよりずっと早く、ジェット機の急降下のようなはやさで、雪原に立っている親子の上にとんで来て、頭上を大きく旋回するようにまわり、二人の立っている場所から二十メートルほど離れた所へすうっとおりて来て、地上一メートルほどの所にぴたりととまった。

「ね……」と娘はいった。「〝窓〟でしょ？」

父親は驚愕のあまり、ぽかんと口を開け、顔をこわばらせたまま、二歩、三歩とその〝窓〟にむかってちかよって行った。——三メートルほどはなれた所で、彼はでくのぼうのようにこちこちになって立ちどまった。驚きと衝撃と、一種の恐怖が彼の脚を釘づけにしてしまった。

それはたしかに――どう見ても、娘のいっていたように「窓」にちがいなかった。――色あせた木製の窓枠と、ぴったり閉じられた、ほこりだらけでむこうも見えなくなっているガラス窓、観音開きのそれに黒ずんだ真鍮《しんちゅう》製らしい鍵がついている。よく見れば、どこかおかしい所があるのだが、ちょっと見ただけでは、何の変哲もない、古い木造洋風建築にいくらでもついているような、高さ一メートル、幅五十センチほどのふつうの窓だった。

その窓が、まるで獲物をねらう鷲《わし》のように、はるか高空から反転し、急降下して一直線に雪の野原に舞いおりて来て、地上一メートルほどの所にぴたりととまり、宙に浮いているのだ。

父親には、それが、意志を持った奇怪な生物のように感じられた。――が、いくら見ても、それは窓にすぎなかった。

と――突然、その〝窓〟の鍵がまわり、二枚のガラス戸が、観音開きにむこうへ、ぱっとひらいた。

父親はびくっとして、思わずはねのきかけた。が、娘は驚く様子もなく、父親の袖《そで》をとらえた。

「大丈夫よ――ほら、砂浜が見えるわ」

たしかに、開いた窓のむこうに、長い砂浜が見えた。――父親は息をのみ、眼をこすって、窓のむこうをのぞきこんだ。

夏の強い日ざしに灼《や》けた白砂の浜が、ゆるくうねって、はるかむこうまでつづいていた。――トルコ玉のような色をしたおだやかな海が、曲汀《きょくてい》にそい、低い波が白いレースのようにその汀《みぎわ》を洗っている。濃藍色の水平線には、ぎらぎら輝く積乱雲がもり上り、岸辺から海へむかって優雅な曲線を描いてのびる椰子の木の梢で、濃緑の葉が海から吹く風にざわざわとゆれている。

父親は、〝窓〟から吹きつける、あたたかいしめった風に、はっきりと潮の香りをかいだ。

「ね……」娘は恐れげもなく、〝窓〟にちかよって、窓枠に手をかけ、む␣こ␣う␣側に体をつき出した。「ほら、貝がいっぱいあるわ。蟹《かに》もいる……」

「待て！」父親はあわてて、娘の体を〝窓〟からひきはなした。「何だか知らんが……むやみに近よっちゃいかん！」

娘と一緒に、五、六歩後にさがると、父親はもう一度まじまじとその開かれた〝窓〟を見た。

それは奇妙な光景だった。――ガスが出て来て、うすい灰色に閉ざされ出した一面の雪景色が、そこだけ縦一メートル横五十センチの大きさに四角く切りとられ、その四角い枠のむこうに、椰子と白砂と、珊瑚礁《さんごしょう》の海と積乱雲が、ぎらつく直射日光に照らされた熱帯の空間が、奥深くつづいているのだ。

父親は、娘の肩を抱いたまま、そろそろと〝窓〟の横の方にまわって見た。

横にまわると、〝窓〟は窓枠の厚みだけの、黒っぽく細長い線になった。——ただ、むこうへひろがった二枚のガラス扉だけが、反対側につき出ている。

熱帯の海が見える反対側にまわると、扉はこちらへむかってひらかれており、そっちの側からのぞくと、窓のむこうにまっ暗な空間が見えた。

凍てつくような星々が、またたきもせずぎらぎら光り、その中に一きわ大きく、青と白のまだらな模様に光る円盤がうかんでいる。

「あれ、なに？」と娘はその円盤をさした。

「地球だ……」父親は娘の肩をおさえながら、ふるえる声でいった。「ほれ、アポロの写真で見たろうが……」

空をおおう薄い灰色のヴェールのむこう側で、日が傾きかけていた。

その夕方ちかい冬景色の中で、そこだけが——その宙にういた〝窓〟に四角く切りとられた空間のむこうだけが、すでに夜であり、その夜は、明ける事のない宇宙の暗黒であり、その寒さは、最低気温零下二十度をこえる、この土地の冬の寒さよりはるかにきびしい、絶対零度にちかい酷寒《こくかん》だった。

もし……もし、反対側からでなく、こっちの側から、あの開かれた窓のむこうへとびこんだら、いったいどうなるのか、と思うと、父親の体はどうしようもない胴ぶるいにおそわれた。

星々がわびしく光る暗い宇宙には、あまり興味ないのか、娘は肩をおさえた父親の手をぱっとふりはらって、反対側へとんで行った。

窓の外の、凍りつくような宇宙空間を、なおも魅入られたようにふるえながら見つめていた父親は、やっと、がたっと窓枠の鳴る音にはっとわれにかえって、娘の姿をさがした。

「とも子！」と父親は、反対側にまわりながらどなった。「これ！　どこ行った。ばかなまねしちゃなんねえぞ！」

4

反対側にまわると、そちらからは、さっきと同じ、熱帯の島の砂浜が見えた。――その砂浜のずっとむこうに、赤いオーバーに着ぶくれた娘が、波うちぎわにしゃがみこんで、何かをひろっているのが見えた。

「こら！　とも子！」父親は窓枠に手をかけ、むっとあつい、塩分をふくんだ空気の中に半分顔をつっこんでどなった。

「だめだぞ。早くもどってこい！」

「大丈夫よ、父ちゃん……」娘は窓のむこう、三、四十メートルもはなれた所でふりかえってにこにこ笑った。

「来てごらん。面白いよ」

あついのか、オーバーをぬぎすて、手袋もはずすのを見て、父親はもう一度どなろうと身がまえた。

「あんたーぁ……」

と、その時、背後で遠くからよぶ声がした。

ふりかえると、妻が、フード付きマントに長靴姿で、雪原をちかづいてくるのが見えた。

「そんな所で何してるの？」母親は、白い息を吐きながら言った。「市場の清吉っつぁんの車にのせてもらって、そこまで来たら、うちの車がとまってたもんで……。あら、なに？　これ……」

「〝窓〟だ！」父親は、のどをぜいぜい言わせて、窓の向うを指さした。「さっき、三熊山の上にうかんでた。そいつが空をとんでここへ来やがった……」

「いったい何の事？」母親は、まだ事態がよくのみこめないらしく、きょろきょろ、窓とそのむこうの景色を見まわした。「あれ！　これいったいどうなってんの？——あ、あれ、とも子じゃない？」

父親は、はっとして窓のむこうをふりかえった。

オーバーも、手袋も、セーターさえぬぎすてた娘は、ちょこちょこ走って、波打ち際《ぎわ》を、もう七、八十メートルちかくむこうへ行ってしまい、珍しい景色に夢中になったように、まだむこうへと走って行く。

「こら、ばか！」父親は不安にかられてどなった。「もどってこい、とも子！」声と一緒に、無我夢中で、父親は窓枠から中へ身をおどらせた。——ぐわっ、と強烈な直射日光が、顔をひっぱたき、しめっぽい、熱い空気がむうっと体を包んだ。雪靴で、熱く灼けた白砂をふんで娘の方に走りながら、父は全身にたちまち汗がふき出すのを感じ、帽子をとり、毛皮の襟のついたコートをぬいだ。

波のまるい舌は走る父親の足もとをたえまなく洗い、耳には潮騒《しおさい》と、風の音と、椰子の梢《こずえ》がざわざわ鳴る音がきこえていた。

こりゃ、夢じゃねえ……汗まみれになって走りながら、父親は頰を思いきりひねってみた。——ここは……熱帯の島だ。まちがいねえ、たしかな事だ……。

ずっとむこうまで行った娘は、急にくるりとこちらをむくと、手をふりまわしながら走ってかえって来た。

「亀だよう、父ちゃん！」甲ン高い興奮した声で、娘は叫んでいた。「すっごくでっかい亀が、浜にあがって来ているよう……」

娘がかえってくるので少しほっとして、父親は、走る速度をゆるめた。——とたんに汗がどっと滝のようにふき出し、額や顔につたわってながれ、眼にしみた。

「ちょっと、あんた……。これ、いったい……どうなってんの？」

背後で母親の、頓狂な声がきこえた。——ふりかえると、背後三十メートルの所、入江をつくって海へのびる椰子におおわれた岬《みさき》を背景に、あの窓がぽっかり浮かび、母親はその窓から半身のり出して、まわりを見まわしていた。その背後には……むろん、あの雪におおわれた山国の景色がひろがっている。

「父ちゃん、行ってみようよ。こーんな大きな亀がさ……」娘は父親の手をつかんでひっぱった。——ひっぱられながら父親は、眼のすみで、母親が窓枠をまたいで、おずおずと灼けた砂浜に足をおろすのを見ていた。

「ちょいと、父ちゃん……」母親はちかよって来ながら、上ずった声でいった。「これ、いったいどうなっちゃってるの?」

「おれにわかるもんかい……」父親は汗を手の甲でぬぐいながら、しゃがれた声でいった。「どうなってるんだが知らねえが……あの窓のむこっ側は、持念寺へ行く途中の野っ原だ。それで、こっち側は……ここだ。こういうわけだ……」

「わあ、あつい……」母親はフードをはずし、コートをぬぎ、まわりを見まわした。

「でもまあ、きれいな所ねえ。——まぁ、あの海の色!……あの沖《おき》の白いもの、何かしら?」

「さぁ、きっと……珊瑚礁ってもんじゃねえか?」父親は眉をしかめ、強い日ざしに手をかざしながらつぶやいた。

「珊瑚礁!——椰子の木もいっぱいあるし……じゃ、ここは熱帯かしら、父ちゃん……」

「そう……だろうな……」と父親は、眼をしょぼしょぼさせた。「どう言うわけか知らねえが……そうらしいな……」

「父ちゃん！――じゃ、ここは、ひょっとしたら、ハワイかグアムじゃないかしら……」母親は声をはずませていった。

「すごいじゃないか！――私、一度来て見たかったんだ……。まあ、あんな窓通りぬけただけで、ひょいとグアムやハワイにこられるなんて……ほんとにすごいじゃないか！」

その時、親子三人の背後で、軽い、パタンという音がした。

三人は、はっとしたように一せいにふりかえった。

＊　＊　＊

「さぁて……」駐在は弱ったように、鬢《びん》をぼりぼりかいて、本署から来た巡査部長の方をちらと見た。「どだい、何が何だかわかんねえな……」

「とにかく、親子三人、きのうの夕方ここにいた事はたしかなんだね」と巡査部長は、まわりの人たちに聞いた。

「わしゃあ、親父と娘だけです」と、尾張屋の店主がいった。「持念寺へ般若湯《はんにゃとう》とどけにいってしゃべりこんで、かえる時、源さんと娘らしいのが、この原っぱン中でもそもそしてるのを見て……まぁ、あんな所で何やってんだ、と思ったですが……」

「二人だけですか？」と刑事がきいた。

「ほかに何も？」

「さぁ――何だか、二人で凧を上げようとしてるみてえでしたが……」

「凧？」と、刑事はききかえした。「娘と二人で？」

「結局三人いっしょにいたのを見たのは誰ですか……」と巡査部長はきいた。

「私だけですかね」清吉という市場の仲買人がまわりを見まわしてつぶやいた。

「源さんの女房を隣り町からのっけて来ると、あそこんとこで、うちの車があるからとめてくれって……おりた時、むこうを見たら、源さんと娘らしい大きいのと小さいのが見えたみたいです。が、なンしろ遠くってはっきりしなかったんで……娘はちょろちょろ走りまわってたみたいですが……」

「わしゃあ、源さんと嫁さんの二人だけいるのは見ました……」除雪人夫の一人はいった。

「やっぱ、なんか青い凧みたいなもの、二人で持ってましたが……」

「おら、嫁さんしか見ねえぞ……」もう一人がいった。

「おめえと一緒だったのに……」

「最初は二人いたんだって……」と最初の除雪人夫は強調した。

「おかしいこんだな……」駐在は首をかしげた。「なんのつもりか。車をこんな所におきっぱなし、家はあけっぱなし、煮かけの豆はこがしっぱなし、——家ン中のものは、なんも持ち出さんで……おまけに嫁さん、あんな野原のまン中に、買物かごおきっぱなしで、親子三人、いったいどこへ行ったか……」

「両方の親もとへも、親戚へも、知り合いン所へも、どこへも行っとらんとな……」尾張屋は清吉にささやいた。

「変な蒸発じゃ。源さん、きょうは会社の連中と猟に行く約束しとったというし」

「何かわかったか？」巡査部長は、野原をしらべている刑事たちの一人が、ちかづいてくるのをふりかえってきいた。

「いや……何も……」刑事は首をふった。「足あとは、やっぱり子供のが、あの場所まで一往復半、男と女のおとなのものが、それぞれ一組ずつ、あの地点へ行っただけで、かえったあとはありません……」

「とすると、最初子供があそこまで行ってかえって来て、その次親子三人が一緒にあの雪のつんだ野原のまん中まで行って……それから宙に消えたってわけか？」

「こら、ほんとの〝蒸発〟じゃな」駐在が感に堪《た》えたようにつぶやいた。

まわりの連中はちょっと笑いかけ、巡査部長にじろりとにらまれて、首をすくめた。

「それから……あのあたりの雪の間をしらべたら、こんなものがおちていましたが……」

刑事はハンカチをひらいた。

「なんだ?」巡査部長は眉をしかめた。

「貝か?」

「はあ……それに砂がすこし、海の砂らしいですが……」

「ちょっと……」昔、南方に行っていた事のある留じいが、とげのはえた赤っぽい貝を見て手をのばした。「ああ……こりゃミサカエショウジョウガイ、つうやつだ。南洋の海にしかおらんやつじゃ、こっちのトラフザラってのも、やっぱり南方のもんだ」

「留さん、くわしいな……」と誰かがいった。

「そういや、きのうの昼、源さん所によったら、源さんなんと青い椰子の実を持っとった――娘っ子は、あったかい所にしかおらん、ホネガイなんか持ってたがな」

「それと、この失踪《しっそう》事件と、何か関係があると思いますか?」と巡査部長はきいた。

「さぁ……何かようわからんが……」

「ま、一応、署まで持って行け……」と巡査部長は雪がさかんに舞いはじめた日暮れ空を見上げて言った。「それから、一通り調べたら、ひきあげよう。ま、殺されたり、一家心中したんでなかったら、いずれ出てくるだろう……」

「どうかのう……」黒い塊りになって、県道の方へ動きはじめた人々の中で、誰かがつぶやくのがきこえた。

「昔から、ここいらで、何度か神かくしがあったが、出て来たためしはすくねえだ……」

その日の宵《よい》から夜中へかけて三十センチちかい大雪が降り、夜半になって雪がやむと、おそろしい寒気がやって来て、真夜中すぎ、気温は零下二十五度にまでさがった。

二十センチをこすと出動する、県の除雪班の一組は、県道を機械除雪しながら、あまりの寒気にたえかねて、小休止して暖をとった。新築校舎にうつって、解体された古い木造の中学校舎の廃材がつんであるあたりで機械をとめ、三、四人が廃材を五、六本ひっぱり出して焚火をはじめ、ウイスキーのポケット瓶をまわした。

焚火が威勢よく燃え上ってしばらくすると、廃材をつんである方で、ばたっ、と大きな音がした。

「なんだ？」

一人が立って、音のした方を見に行ったが、まもなく古ぼけた窓枠をもってかえって来た。

「どうした？　犬か？」

「いやぁ……」と見に行った男はつまらなそうにいった。「こいつがつんである所からおちたらしい」

「そいつも燃しちまえ……」と誰かがいった。「もっと燃そうや。こうしばれちゃ、たまんねえ……」

窓枠をもった男は、棒きれで灰色の汚れきったガラスをたたきわり、窓枠をもえさかる火の中にほうりこんだ。――炎はたちまち乾いた古材にまつわりつき、火の粉は一瞬、一層勢いよく凍てついた夜空へふき上げた。

「なんだ？」焚火のむこう側でウィスキーをのんでいた男が眼をむいた。「今、なんだか火の中に見えたぞ！」

「ンだ……」と隣にいた男が言った。

「なんだか海があって……浜があって人間が三人いたみてえだ」

「おめえら、もう酔っぱらってんのか？　その酒もこっちで飲んでやっからまわせ」こちら側にいた男がからかうように言った。

「だけど、こっちからも何か見えたみたいだぞ……」その男の隣りにいた男が眼をこすった。「何か……青い、まるいもんが……」

男たちは考えても見なかったろう――その窓枠は、かつて古い木造校舎の、中学三年の教室にはまっていた。寒気きびしく、雪深く、暗く長い北国の冬の日、その教室で社会科の授業をうけていた少女の一人が、退屈な授業に倦《う》んで、その灰色の汚れ切った窓ガラスをながめ、そのむこうに、常夏《とこなつ》の熱帯の島々の、珊瑚礁にかこまれたトルコ玉色の海を、かがやく白砂に影おとす椰子の葉のそよぎを、熱いぎらつく太陽のイメージを、強い憧《あこが》れをこめて思い描いた事を……。また同じ教室で、物理の授業をうけていた少年が、一方では天体の話にかぎりなく夢想《むそう》を刺激されつつ、他方では数式の列に飽《あ》いて、同じ汚れたガラスの上に、果てしなく広がる宇宙の暗黒と、そこに輝くまたたかぬ星々を、絶対零度にちかい真空の空間にうかぶ青い地球の姿を、恍惚《こうこつ》と思いうかべた事を…

…。

そのころこのあたりでは、機械除雪の設備もなく、カラーテレビもなく、古い校舎は寒く、家々の暖房も発達せず、冬ははるかに寒く、重苦しく、退屈で辛いものだった。――その冬の重圧に押しひしがれそうになりながら、若く熱い夢想はかえってはげしくほとばしり、外も見えないほど汚れた灰色のガラスに、つよくつよく焼きつけられた。その透明性を失った古い窓こそ、彼らの若い生命の夢が、一刻冬の重さから脱け出して、見知らぬ常夏の地へ、はるかな未知の宇宙空間へと奔出《ほんしゅつ》していく「門」だったのである……。が、除雪作業員たちは、そんな事を知るよしもなく、暖をとり、酒であたたまると、のこった炎にたっぷりと雪をぶちかけ、除雪機械にのって、またごうごうがりがりと、凍りはじめた雪を削り出すのだった。

牛の首

「こわい話もずいぶんきいたけど……」とS氏は、急にあらたまった口調でいった。「やっぱり、一番すごいのは……」

「ああ、あれ?」とT氏が、妙な眼つきで、チラとS氏を見た。「〝牛の首〟の話」

「そう……」S氏は眼をそらしながらいった。「あれは、本当にすごいね」

「思い出させないでよ」とT氏も、変に沈んだ声でいった。「あればっかりは——すごいだけじゃなくて、なんだか後味が悪い」

「本当だ」T氏は話題をかえたいらしく、少しソワソワしながら、しきりに私の様子を気にしていた。「もう、あの話だけはよそう」

「どんな話です?」私は思わずひざをのり出した。

「どんな話って——あなた、知りませんか?」T氏は、上眼づかいにチラと私を見ながらつぶやいた。「これは、有名な話ですよ」

「残念ながら、きいたことがないんです」

私は胸をワクワクさせながら、首をふった。——私も怪談、恐怖談はきらいな方ではない。

「そうですか……」T氏はS氏と、顔を見あわせながらいった。「おききにならない方がいいんじゃないかな」

私は、うつむいたS氏が、首をたれ、なんとなく青ざめているのを見て、変な気もちになった。――S氏は、頸筋《くびすじ》から襟元《えりもと》にかけて、一面に鳥肌だっていた。T氏の額にも、いつのまにかうっすらと汗がにじんでいる。

「ぜひ、きかせてください」私はせがんだ。「そんな有名な話を知らないでいちゃ、外聞が悪い」

「しかしね……」T氏は、ごくりと唾をのみこんだ。「この話をきいたものには、必ずよくないことが起るといわれてるんです」

「ですが、あなた方もおききになったんでしょう？」私はいった。「きいてから、なにか――よくないことが起ったんですか？」

二人はまた顔を見あわせ、謎《なぞ》のような表情をした。

「もったいぶらずに話してくださいよ」私は懇願した。「悪いことが起ったって、かまいません。――どんな話ですか？」

「つまり……」S氏は決心したように、溜息をついて、眼をあげた。「――この話はですね……」

私はかたずをのんで、S氏の口もとを見つめた。――しかし、S氏は急におじけづいたように首をふった。

「いや、とても、いえないいな」

「じゃTさん、教えてくださいよ」

「それがなかなか――」T氏はうつむいたまま、低い声でつぶやいた。「いえないし―

——実をいうと、思い出すのもいやなんで……」

「まあ、今はやめときましょう」S氏はおしかぶせるようにいった。「誰かほかの人にきいてください。——私には、とても、話せそうにありません」

その後も私は〝牛の首〟の話が、気になりつづけた。——私は、怪談好きの友人や作家をたくさん知っていたので、折りにふれて、そういった人たちに〝牛の首〟という話を知っているか、とたずねつづけた。

きいて見てわかったことは、その話を知っているものが、意外に多いということだった。——とすると、かなり有名な話にちがいない。趣味で怪談を集めたこともある私が、どうして今まで知らなかったのだろう？

しかし、私のきいてまわった人たちに、共通していることは、彼らに、いざ肝心の話の内容をきこうとすると、彼らがいいあわせたように顔色をかえ、口をつぐんでうついてしまうのだった。

「よくできた話ですよ」ある人は、凍りつくような眼つきで私の眼をのぞきこみながらいった。

「あれは怪談として、最高によくできてますな」

それなのに、彼は、結局感嘆してみせただけで、話してくれなかった。

「ありゃすごい！」ある人は、ブルッと唇をふるわせていった。「とにかくあんな恐ろしい話はきいたことがない」

じらされてばかりいるので、私はとうとう躍起になった。――これぞと思う人間に、しつこく食いさがり、なんとか片鱗《へんりん》でもきき出そうとした。とうとうしまいに、私自身が、その怪談になったみたいだった。友人たちは、私の姿をみると、

「そら、また〝牛の首〟がきた」

といって逃げ出した。

それをきいた時は、自分の顔が牛の首になったか、とギョッとして、鏡をながめた。

しかし、ついにその話のもとをつきとめることができた。――ミステリーの老大家、O先生が、はじめてその話をつたえた、ということだった。――もとはといえば、中央アジアかどこかの話らしいということだった。

O先生の所へおしかけて、話をきかせてくれ、というと、先生の顔に、奇妙な恐怖と狼狽《ろうばい》が走った。

「そう……その話は、たしかに私が――」とO先生はいった。「サマルカンドで採集してきたものだが――とにかく、今日はこれから出かけなくちゃならんから、明日午後きたまえ」

そして翌日ついに、本家本元から、話がきけると思ってワクワクしながら、先生の家をたずねてみると――先生は留守で、急に用があって、外国へ旅行する。帰りはいつかわからない、という伝言だった。

あまりのことに、呆然として帰途についた時、私は突然血も凍るような戦慄《せんりつ》におそわ

れた。――今こそ、私には〝牛の首〟がどんな話かわかった。それは題名と、非常に恐ろしい話だということだけわかっていて、その内容は、誰も知らないのだ――みんないっていた。あんなものすごい話は、きいたことがない、と……。

題名とその恐ろしさだけがつたわっていて、誰もきいたことのない怪談――誰一人、どんな話か知らないのに、その恐怖だけが、まだ生きている怪談――私は、体が小きざみにふるえ出すのを感じた。

それからだいぶたったある日、若いTVディレクターが、局のロビーで、ふと私にきいた。

「〝牛の首〟という怪談があるそうですね――知ってますか?」

「ああ……」私は顔が青ざめるのを意識しながら、低くつぶやいた。「知ってるとも――あんな、恐ろしい話は、きいたことがない……」

ハイネックの女

1

「おや」夕暮の雑踏の中で、片岡はたちどまって声をかけた。「今、おかえりかね？」

「ああ……」吉田は細い目をまぶしそうにしばたたいて、片岡を見上げた。「ええ、あの——これからちょっと……」

「おデートですか？」

片岡はわざとらしく磊落《らいらく》な調子で言って、小柄な吉田の肩をぽんとたたいた。——むろん、中年男のすばやい視線は、吉田の背後に、顔をかくすようにした、若い娘の容貌やスタイルを、一瞬のうちに値ぶみしていた。

——こりゃあ、すこぶる付きの美人だ。彼の会社の同僚かな？　それにしても……。

「あのう……」吉田は、柄になく気どって咳《せき》ばらいしながら、背後の女性の方へ、半身に体をひらいた。「御紹介します。鹿浪《しかなみ》久美子さんです。こちらは片岡さん……」

「はじめまして……」と片岡は慇懃《いんぎん》に頭をさげた。「吉田君の隣の部屋にいます。——お二人そろって、お食事ですか？」

何なら……という、「押し」を底の方にかすかににおわせながらの挨拶だった。——若いアベックの邪魔をしよう、などという野暮なつもりはなかった。が、意識下のどこかに、ちんちくりんで、あまりにも垢《あか》ぬけない隣室の青年に対する、日ごろからのかすかな憐憫《れんびん》まじりの軽侮があり、それが、一緒にいる、なみはずれて美しく魅力的な女性に対して抱いてしまった強い関心とないまぜになって、つい強引さをちらつかせるような態度をとらせてしまったのだ。

「いえ……」

鹿浪という女性は、かすかに微笑をうかべて、吉田の方をふりかえった。

笑うと、夕闇の中が、ぱっと芙蓉《ふよう》の花が咲いたように明るくなる――そんな感じの娘だった。

色がぬけるほど白く、つややかなくせの無い髪を長く背にすべらせ、純白のハイネックのセーターに、茶のスエードのヴェストとスカート、それにおさだまりの黒のブーツといった、女子学生のような恰好《かっこう》をしているが、可憐な耳朶《みみたぶ》の小さな金のイヤリングと、胸もとの金鎖が、ふしぎにあでやかだった。

「ああ、ぼくたちはこれから……」吉田のうすく脂のういた色の黒い顔が、赤らんだように見えた。「ちょっとそこのフードセンターで買物をしてかえるんです。――食事はかえってしまいますので……」

「ほう……」と片岡は眼を見はった。「お二人さしむかいで？」

「ええ――彼女、とっても料理がうまいんです」

そう言うと、吉田は突然、蟹《かに》に似たひらべったい顔を、くしゃくしゃにして笑った。

昼のはしからよだれでもこぼれ出そうな、ゆるみっぱなしにゆるんだ笑顔だった。

じゃ、これで——と、二人で向うへ行きかけて、吉田は何か思い出したように、交叉点で立ちどまった片岡のもとへ小走りにかえって来て、ささやいた。

「片岡さん、しばらくお留守だったんで、ご挨拶がおくれましたけど……彼女、いま、ぼくの部屋にいるんです。——よろしくねがいます……」

「それはそれは……」と片岡は、挨拶のかえしようがないといった面持ちで、おざなりにつぶやいた。「君もいよいよ身をかためるわけかい？——それはおめでたい。何か……」

「いえ、その——まだ、結婚するってきめたわけじゃないんです」と吉田はちょっとばつが悪そうに咳ばらいした。「何しろ、彼女とは知りあって一週間しかたってないもんで……」

「おやおや……」わけ知りぶった笑いを浮かべようとしたが、それがどこか底の方で歪むのを、片岡は感じた。「君の許婚者《いいなずけ》か会社の同僚かと思ってたが——若い人はいいね。いつから君の所に？」

「四日ほど前からです」

じゃ、これで……と、吉田はそそくさと踵《きびす》をかえして、小走りに走り去った。

鹿浪久美子という、その若く、美しい女性は、十メートルほど先で、顔だけをこちらへむけて待っていた。彼女より五センチちかくも背の低い吉田が、いそいそと肩をならべて歩き出した時、女の方は、その白い顔を、片岡の方へむけて、小さく頭を下げた。片岡も、反射的に一揖《いちゆう》しかけたが、その時ふと、何か異様なものを感じて、動作が中途でとまってしまった。

顔だけふりむけて、こちらに黙礼した、女のしぐさに、どこか奇妙な不自然さがあるような気がしたのだ。

だが、何が異様なのか、どこがどう不自然だったのか、考えるひまもない内に、二人の姿は黄昏《たそがれ》の雑踏の中に消えてしまい、片岡もまた、信号がかわってどっと動き出した傍の群衆に押されて、歩き出していた。

2

——皮肉なものだな……。

と、片岡は部屋の鍵をさしこみながら、思った。

マンションと名づけてはいるが、実体は昔からある鉄筋アパートに毛がはえたようなもので、一ユニットの部屋数もすくなければ坪数も小さい。そのかわり買取り価格は千万円を切る。——そんなせせこましい七階建ての建物の四階へ、これもだいぶがたの来た定員六名のエレベーターで上って来て、深夜の人気のない廊下を自分の部屋のドアの前まで歩いてくると、途中であたたかい料理のにおいにぶつかった。

うまそうに焦げた、にんにくとバターと玉葱《たまねぎ》の臭いと、それに肉を焼いた臭いだ。――それもさほど強烈でなく、ごくつつましやかにまとまっているのが、かえって家庭的なものを感じさせる。

その臭いが、彼の隣室、吉田の部屋のドアの下から漂ってくるのがわかった時、ふと自嘲的に、そんな思いが浮んで来た。

――一週間前、彼は、「家庭」を失い、いれかわりに、隣室の独身者の所に、「家庭的」な雰囲気が出現したのだ。

ドアをあけると、冷たい、どろりとした空気が流れ出した。その底に、すえたような臭いがよどんでいる。――かすかなかびくさいようなにおい、流しの隅か、すて忘れたごみ缶の中で、野菜屑か果物の皮が腐っている、甘ったるい胸のむかむかするようなにおい、壁や敷物にこびりついた煙草のやにのにおい、そして人間の汗と脂のにおい……そんなものが、汚れた皿にこびりついた脂肪の澱《おり》のように、一週間留守にした部屋に閉じこめられていた。

明りをつけ、キッチンの換気扇をまわし、エアコンの温度調節機を二十五度ぐらいにしてスイッチを入れる。――が、それでも、部屋全体の、寒々とした空気は急には追いはらえない。上着を椅子の上にほうり出し、ネクタイをゆるめて、キッチンへ行って酔いざましの水を飲んだ。いやにきちんとかたづいて、乾き切ったステンレスの流しの上には、うっすらとほこりがたまっていて、水音ばかりが妙にたかだかとひびく。

閉め切ってあったのに、部屋のテーブルや棚、家具の上には、一週間の留守の間に、うすいほこりがつもっていた。――指でなぜると、あるかなきかの筋がつき、指の腹《ひ》にざらりとした感触がつたわる。シャツをひきむしって、上着の上にほうり出し、抽き出しからセーターをひっぱり出してかぶると、彼は客間のソファにどっかり腰をおろした。テレビをつける気にもならなかった。

手をのばして、傍の椅子から上着をとり、ポケットをさぐったが、煙草の袋はもうからだった。――酔いで全身が重く、舌打ちしたい気持ちだったが、どうしようもなかった。煙草が吸いたければ、立って探さなければならない。声をかけて、動いてくれる「誰か」はもういない。

――買い置きがどこかにあった？

と、思うと、急に冷やりとした、暗い気持ちにおちいった。

別れる前は、すでに夫婦仲は冷え切っていたとはいえ、無ければ無いで、ぐったりしている彼にかわって、一階の自動販売機まで買いに行ってくれるぐらいの事は、別れた妻の恵子はしてくれた。親切や愛情というよりも、共同生活の惰性、乃至《ないし》はルールのようなものだった。――それに、恵子も煙草を吸ったから、一晩ぐらいはそれでしのぐ事もできたろう。

溜息をついて立ち上り、ちょっとあたりを見まわした。幸いな事に、ベッドサイドテーブルの上に、灰皿と一緒に、吸いかけの一箱を置いてあった事をすぐ思い出した。――

—恵子が出て行った晩、日ごろ彼女がいやがる寝煙草を、無修整の英語版プレイボーイを読みながら、充分にたのしんだのだった。思えば妻とわかれた「解放感」を味わったのは、その時だけだった。

寝室へ行って明りをつけると、ツインのベッドの一方が寝乱れたままであり、もう一方はベッドカバーをかけたまま、冷たく、とりすました感じで、それは寝巻きの裾をかたくあわせたまま、まっすぐ横たわり、露骨に拒否の表情をたたえて眼をつぶっている恵子の姿を思い出させた(何なら、そちらのベッド、持って行けよ——と、盛装し、白いトランクをさげて出て行こうとする恵子に、彼は言った。——ここのものは、何でも半分ずつわける約束だから……。——いいわよ、と、恵子は、冷ややかな表情で、皮肉をきかせて応じた。——これは権利放棄するわ。どうせ今夜からでも御入用なんでしょ……)。グラフ雑誌は、ベッドの横の床にだらし無くおちており、サイドテーブルの上には、吸い殻を五、六本もり上げた灰皿と使いすてのライター、それに半分ほどになった煙草の箱がおいてあった。

煙草をぬいてくわえると、髪の脂でどす黒く汚れた枕カバーの上に、二本ほどの抜け毛がおちているのに気がついた。——指をのばして一本つまんだが、すてる所が思いつかないまま、しばらくそれを見ていた。と、また何か、植物性の腐敗臭がにおって来た。視線をわずかに動かすだけで、その臭いのもとはとらえられた。寝室の洋服ダンスの上で、名も知らぬ花がしおれ、くさっているのだった。

片岡は、つまんだ抜け毛を汚れた灰皿にすてると、その灰皿を持って居間へかえった。――今、自分の「家」が、緩慢《かんまん》な壊死《えし》をはじめている事が、はっきり感じられた。といって、さし当ってどうする方法も無い。居間兼客間へかえると、彼は洋酒棚の中からブランディの壜《びん》を出してテーブルの上においた。それから火のついてない煙草をくわえたまま、台所へ行って、ほとんどからっぽの冷蔵庫をあけ、かちかちに凍りついた製氷皿をとり出した。とたんに、サーモスタットがはいってモーターがまわり出し、冷蔵庫の中が、びいん、と鳴りはじめた。その冷たい金属的な響きを聞いていると、部屋の中が、無人の侘《わび》しい工場になったような気がした。

酔いが折角醒《さ》めかけているのに、また飲むというのも芸の無い話だが、今、この部屋に巣くいはじめたおぞましい寂寥《せきりょう》を、一時的にも追いはらうためには、ほかにこれと言った手段は思いつかなかった。

で、彼は飲みはじめた。――飲むうちに、恵子が出て行ってから、まだ一週間しかたっていない事をあらためて思った。二度目の離婚で、今度は最初の結婚の半分の四年間しかつづかなかったが、離婚のあとのこたえ方は、最初よりはるかに大きいような気がする。考えてみれば、「年齢」というものを計算に入れていなかった。恵子は、悪妻というほどではなかったが、自立心のある、個性の強い女で、彼同様、結婚は二度目だった。最初はそれで意気投合したのだが、もう二年目には、決定的な衝突をし、あとの二年は、ただ同じ住所に住んでいるというだけ、最後の一年は、どちらが出て行くかで意地の張り合いみたいなものだった。二人はそれぞれ愛人をつくり、もうあとには、お互いの性格に対する嫌悪と、相手にできるだけ意地の悪い打撃をあたえたい、という憎しみしか残っていないと思われた。

にもかかわらず、別れてみると、二人の間には、まだそれ以外の何かがあったのだ。――憎みあっていても、その憎しみは、「生きる事の孤独」をおおいかくすだけの熱さがあった。恵子が出て行ったあと、当然あると期待した、叫びたくなるような解放感は、なぜか不発だった。一晩、自室で寝たあと、片岡は、ずっと年下の愛人と三泊の旅行に出かけ、かえって来てから、これは浮気の相手のバーのマダムの所に二日いつづけた。籍をおいている工業デザインスタジオのオフィスには、そのくらいの自由がきく立場だった。

だが、解放感に酔いしれる筈だった五日間の休暇は、どこか索莫《さくばく》としたものだった。妻に対する憎悪や復讐の感情が、愛人に対する情熱を裏づけているとは思ってもみなかったのだが、事実は、心の底にぽっかり穴が明き、そこから冷たい風が吹いてくるのが、温泉宿の夜半、彼の腕の中で眠っている若々しい裸体のあたたかさを反芻《はんすう》している最中でさえ、感じられたのだった。三日間の旅の間、突然片岡は、自分の「老い」を意識した。金と、世間ずれした脂っこい狡知《こうち》でもって、まだ世慣れない若い娘を一刻有頂天にさせている四十男の一種の醜怪さを……。三日間の旅のかえり、車中で突然その愛人が、国へかえって結婚しようかと思っている、と言い出した時も、彼はそれほど表面的なショックはうけなかった。ただ、すでにあいている胸の底の穴が、一層大きく押しひろげられるのを感じただけだった。バーのマダムとのただれた二日は、口なおしのつもりだったが、思いきって卑俗な性のいやらしさを、全身にべっとりとまといつかせただけだった。索莫とした思いは、つのりこそすれ寸毫《すんごう》もうすめられる事なく、その上、頭から爪先まで、すえた臭いを放つ垢の薄皮をまとったような疲労感が残った。

そして今、彼は「生活」というものがぬけ出て行ってしまった、蟬《せみ》のぬけがらのような、空虚な部屋にいた。——くたびれはて、深酔いをさました上で、またむりやり酔いをかきたてながら……。この上酔えば、心の底に荒涼とした風景が現れるはずだった。それはそれで、このもやもやとしたうつろな侘しさをふきはらってくれ、自分の中に、何か歯を食いしばるような痛みがよみがえってくるのではないか、とかすかに期待しながら……。

が、その期待は、それほど簡単には果されなかった。——頭の一部がしびれた以外、酔いもせずに、いたずらにグラスをかさねている彼の耳もとに、ふと女のすすり泣きがしのびこんできた。

一瞬、彼はソファの上で身をかたくして、耳をそばだてた。たしかめるまでもなく、例の時の声だった。声は隣室の壁を通してきこえて来た。——隣の部屋に、あの吉田という、ぱっとしない青年が入ってから一年余り、その間、ステレオの演歌やフォークが聞こえてくる事はあっても、こういう声が聞こえてくる事は、ただの一度もなかった。

——あの娘《こ》だ……、と、片岡はチューリップグラスを宙にささえながら思った。——夕方吉田と一緒にあった、あの色白で可憐そうな、白いハイネックのセーターを着た娘……ほほえむと、芙蓉の花が開いたようで、大きな睫毛《まつげ》の長いうるんだ眼に、どこか一抹の淋しさをたたえた娘……。

——ああ……と、細い、あえぐような声が壁ごしにはっきりと聞こえて来た。——典夫さん……だめ……。だめよ。

それから、吉田の切羽つまったような声がからみ、何かが触れあう音が小さく聞え、やがて嫋嫋《じようじよう》たるすすり泣きがはじまった。

突然、一時間ほど前、隣室の前を通った時に嗅いだ、あのいかにもあたたかでたのしげな、料理の臭いの記憶がよみがえって来た。——それは、隣室のすすり泣きに、強烈ななまなましさをそえ、彼は思わずごくりと唾をのみこんだ。

あの娘が……隣室で、あの料理をつくったのだ！——吉田青年と二人で、仲むつまじく食品を買いに行き、隣室のキッチンで野菜をいため、肉を焼き、二人のためのつつましげな夕食をととのえたのだ。若い二人の事だ。安いワインでも飲んだろうか。

そして今——おそらく可愛らしいサロンエプロンか何かで料理をつくり、あとかたづけをしたあの娘が、今、肌もあらわに、あの色の黒い、ずんぐりした吉田青年の腹の下で、もだえ、すすり泣き、あえぎながら吉田の名を呼んでいるのだ。

いつの間にか、口の中が熱く乾いていた。——さっきから、片岡の視線は、テーブルの上の、水を入れていたコップに吸いつけられていた。水は飲みほされていて、コップはからだった。そのコップを隣室との境いの壁にぴったりつけ、底に耳を当てたい衝動が、彼の全身を硬くしていた。が、妻に去られたばかりの四十男が、夜半、隣室の若いカップルの愛の行為を盗み聞きするため、コップを壁にあてて、息を殺し、耳をこすりつけている姿を想像すると、あまりの浅ましさに吐き気がしそうだった。

隣室のすすり泣きは、次第に高まり、やがて一きわ高く、ほとばしるように泣き叫ぶと、静かになった。——片岡は、いつの間にか、顎が動かなくなるほど歯を固くくいしばっていた。ついにコップを壁に押しあてはしなかったが、惨憺《さんたん》たる気分は変わらなかった。壁一重へだてて、こちら側には、空虚さと荒廃と生の凋落《ちょうらく》への冷え冷えとした傾斜があり、向う側には、若さと、家庭的なものと、燃えるような初々しいセックスの喜びと——そして恐らくは「愛」があった。

——たった一週間の間に、何という皮肉なコントラストがついてしまったんだ……。

と、片岡は、食いしばった歯の間に、無理矢理ブランディを流しこみながら思った。——今は苦笑するゆとりも無かった。彼の中には、隣室のカップル、就中《なかんずく》、同性の吉田に対するどす黒い嫉妬が、タールのように粘っていた。あの、垢ぬけない、田舎っぽい、どこからみてもぱっとしない、背の低い若僧が、なぜ、あんな、若い「いい女」を……と、思うと、どうしようもなくかっとするのだった。妻と別れた直後、若い愛人からも別離を宣告された事が、その時はそうでもなかったのに、今隣室から、まぎれもない

「若い性」のあえぎを聞くと、どうしようもなくみじめに感じられるのだった。——二十年前の彼だったら、部屋の隅へ行って、膝小僧をかかえ、すすり泣いたかも知れない。が、四十すぎれば、まさか泣く事もできず、それが一層堪えがたかった。

このままでは、重ねた酔いにコントロールがきかなくなって、次から次へと、みじめな記憶や、屈辱の思い出がうかんでくるかも知れない、と思った彼は、荒々しく立ち上って、しまっていたカーテンをひき、ベランダへ出るガラス戸をあけた。——それでなくても、部屋の温度は暑くなりすぎていた。四月の夜ふけの、冷たい夜気は、一瞬彼の内へとまきこみかけていた気分を救ってくれた。隣室は、もうひっそりとしずまりかえっていたが、片岡はそのまま、ブランディの壜とグラス、それに煙草とライターを持ってベランダへ出た。小さな丸テーブルと、アルミ枠にキャンバスをはった椅子二つで一ぱいの、せまいベランダで、煙草を吸いつけると、夜風が煙をすばやくはこんで行った。

そのまま彼は、一時間以上も、体が冷えるにまかせて、ブランディをなめながらベランダにいた。——眼下の通りには、もう車の通りもたえ、眼の前にならぶ明りを消したオフィスビルの間から、遠く港の灯が見えた。ベランダは隣の吉田の部屋のとつづいており、間に不透明なアクリルの仕切り板があったが、板と板との隙間《すきま》からうかがうと、吉田の部屋は、もうすっかり明りを消し、寝しずまった気配だった。

遠い汽笛の音に、気がつくと、口をあけたばかりのブランディの壜は、あらかた空になっていた。——頭はもうろうとし、肌は氷のようになっており、胸がむかむかした。

明日の朝は、ひどい事になるぞ、と思いながら、片岡はようやくよろめきながら立ち上った。部屋へはいろうとすると、隣室の窓の上の方で、がたっ、と、空気ぬきの小窓が開いたような音がした。ふらつきながら首をまわして見上げると、隣室の暗い庇《ひさし》の下から、何か黒い塊《かたま》りが、ばさばさっと羽音をたててとび出し、たちまち夜空の闇に消え去った。

――何だ、鳥か……。

と、睡魔に灰色のヴェールをかぶせられた頭の隅で、彼は考えた。

3

「片岡さん……」

と、男の声で言われて、何となくぎくっとした。――ふりかえると、派手なスポーツシャツ姿の吉田が、小さな眼をしょぼしょぼさせて笑っていた。

「やあ、どうも……」

と、口の中で言いながら、片岡は照れていた。土曜の午後、駅前のスーパーの食品売場で、知り合いの同性とあうのは、あまり恰好のいいものではなかった。

「買い出しですか?」

と吉田は屈託なげにきいた。――彼自身は、大きな籠に、肉や野菜、冷凍パックの魚、調味料といったものを一ぱい入れて、別に照れた風もなく、むしろ楽しそうだった。

「まあね……」

とつぶやきながら、片岡は傍のキャビアの壜詰めをとり上げた。――本当は、パンと米、それに漬け物にハムと卵を買おうと思っていたのだった。

「このごろ、片岡さん、ずっと自炊ですか？――奥さんは、旅行中？」

「わかれたんだ」と、片岡はキャビアのほかに、アンチョビーの缶詰めを棚からとり上げながら言った。「三週間ちょっと前にね……」

それは――というように、吉田は小さい眼を見開いた。

「そうだったんですか……」と、吉田はつぶやいた。「それじゃあのう――どうでしょう、これからぼくの所で、ご一緒に食事しませんか？　今日の午後、社の友人が二人来る予定になってたんですけど、急に来られなくなったんで、久美子もがっかりしてるんです」

「それはどうも……」と片岡は、棚に眼を走らせたままでいった。「そういえば、お宅の彼女、料理がうまいそうだね」

「ええ、とっても……」と、吉田は無邪気にうなずいた。「じゃ、来てくださいますか？――すぐ久美子に電話しときます」

そう言うと、吉田は短軀《たんく》をはずませるようにして、小走りにレジの方へ去った。

あんな、ままごとみたいなカップルが、おとなを食事に招待するなんて、小癪《こしやく》な、とも思ったが、腹の中では、別の強い興味が動いていた。――久美子という娘を、もう一度まぢかにしげしげと観察してみたい、と思ったのである。ロマノフ・キャビアの大壜と（このごろはスーパーでさえ、こんなものを売るようになったのか、と彼はいささか驚いた）アンチョビー、それにブルゴーニュの白のちょっといいやつを奮発して、それを手みやげに、片岡は吉田の招待をうける事にした。

「君の彼女も、やっぱりお勤めかね？」とマンションへかえる途中で、片岡はぼつぼつ探りを入れた。「会社はどこ？」

「それが――仕事はやっているらしいんですが、はっきり教えてくれないんです」と吉田は答えた。「何か調査みたいな事じゃないですか？　あちこちの図書館へ行ったり、資料館なんかにも行っているみたいですから……」

朝、吉田が出勤したあと、しばらくたって、久美子も外出支度で出かけるのを二、三度見た。――出先でさそいあわせるらしく、帰りは大てい二人一緒だった。

吉田との出あいは、深夜スナックという事だった。――偶然カウンターで隣りあわせにすわり、彼女の方から吉田に声をかけ、地方から出て来たばかりで、宿を探している、と言った。ふだんなら、口下手の吉田は、どぎまぎして、まともな受け答えもできない所だったが、その時はかなり飲んで、多少は気も大きくなっており、不思議に調子のいい口がきけた。何となく意気投合したようになって、吉田はもう一軒さそい、久美子もついて行き、出た時はもう真夜中をすぎていた。――そこまで持ちこんだのに、吉田の方には、とてもそれ以上の強引さはなかった。といって、その時刻、もはやラヴホテル以外、まともな宿が簡単に見つかるわけはない。

「よかったら、あなたの所へ泊めてくださる？」

と、彼女の方から言い出したのだという。

「で、その晩に？」

と、片岡は意外な思いできいた。

「ええ、まあ……」と吉田は顔を赤黒く染めた。「それでも、その晩ナイトぶりを発揮して、彼女を寝室の方に寝かし、ぼくは居間のソファ・ベッドに寝たんですけど……」

それぞれ横になってから、突然彼女の方が寝室から出て来て、そっと吉田の横にはいって来たのだ、という。

「なるほど。——すると、それ以来の習慣かね？　居間の方で、御両所がはげしい事をなさるのは……」と、片岡は一度訪れた事のある吉田の部屋の間取りを思い出して苦笑した。「おかげで、やもめぐらしの中年男は、毎夜大いに悩まされているが……」

「あ、そうだったんですか？　どうもすみません……」

と、吉田は、今度は別に顔も赤らめず、ちょっと首をすくめた。——そういう所に、片岡の世代に、どうもよくわからない感覚のずれがあるようだった。

「それ以来の習慣になっちまったみたいですが、——あのう、ふつう、結婚しても、夫婦は別々の部屋に寝るものなんですか？　彼女はどうしてもそうするっていうんです。

一度ぐらいは、朝まで一緒に寝たいとも思うんですが、彼女が一人でないと眠れないというんで……」

「同じ寝室に寝ていても、他人以上に冷たい夫婦もあるさ」と片岡は自嘲的に言った。

「やはり、結婚するの？――彼女の故郷《くに》はどこ？　親御さんは？」

「それも教えてくれないんです……」と吉田はちょっと口をとがらせた。「言葉に、かすかな訛《なま》りがあるみたいですけど――ぼくにはよくわかりません。彼女は、返事はもう少し待ってって言ってますが、ぼくはいずれ結婚するつもりです。別に誰にことわらなくてもいいんですから……」

そうだったな――と、片岡は思った。吉田の両親は早く死に、身よりと言えば、故郷《くに》もとに、孫たちに冷淡な、素封家の出の祖母がいるだけだった。ずっと年上の姉は、外国人と結婚して南米へ行ったきりで、吉田はかなりの遺産をもらい、その上祖母から毎月若干の仕送りがふりこまれる。三流の鉄鋼会社につとめていても、若くして一応マンションを買いとり、車も持って、そこそこの生活ができるのはそのためだ、と聞いた。

その上、結婚は法律上、「双方の合意」さえあれば、誰はばかる事もないのだし、吉田の立場からすれば、出世や世間体を気にする事はなかろう。「同棲時代」は若い人の風潮だし、故郷《くに》もとでなければ、うるさい口もあるまい……。

そういった、吉田のために有利すぎる条件が、なぜか片岡には面白くなかった。――その上、あんなにすばらしい娘が、まともに吉田に惚れているとしたらそんな事はあり得ない、と、考えたがるのは、かつてはいっぱしのプレイボーイを気どっていた中年男の「嫉妬」のせいだろうか？

それにしても、この組合せには、どこか不自然な所がある――と思いかけて、ふと片岡は首をひねった。――この「不自然」という言葉は、前に一度、どこかで思い浮かべた事があるような気がした。

「彼女はなぜ、仕事や経歴をかくしたがるのかね？」と片岡はつぶやいた。「君は、そういった事を、何も知らないでも、結婚するつもりかね？」

「そうです」と吉田は自信ありげにうなずいた。「いずれ教えてくれるって言ってましたが、……でも、ぼくは別にそんな事知らなくてもいいんです。ぼくは彼女を愛してますから……」

そりゃそうだろうさ――と、以前にくらべれば、垢ぬけないなりに、ずっと明るく晴れ晴れとして、自信にあふれ出した吉田の顔を横眼で見ながら、彼はいまいましくなった。――昨今、恋というものは、女だけでなく、男まで〝美しく〟するのだろうか？この男が、彼女を本気に愛するのはわかるが、いったい女の方は、果して……。

吉田の部屋のドアをあけると、すでにうまそうな、あたたかい料理のにおいが室内にあふれていた。

「いらっしゃいませ……」と、久美子が、あの清楚《せいそ》な、芙蓉の花のような微笑をうかべて出むかえた。「お待ちしておりました。――典夫さん、買物は？」

「はい、これ……」と吉田は紙の手提げ袋を久美子にわたした。「もうできてる？」

「もうちょっと——これも急いで支度してしまうから、ちょっと飲んでらしって……」

今日の彼女は、粗《あら》いマリン・ブルーのストライプのはいったブラウスを着ていた。——白い、首もとのきっちりあわさる大きな固いカラーと、同じような大きいカフスがついていた。

「これ、冷しといてください」と、片岡はワインをわたした。「フリーザーにつっこんで二、三十分でいいでしょう」

「じゃ、とりあえずビールにしますか」と吉田はいった。「こちらへどうぞ……」

はいってすぐ横のDKではなく、居間の方のカートの上に、もう酒肴《しゅこう》の支度がととのえてあった——ゴールデンウィークもちかづき、ビールのうまい季節になっていた。

壁際の大型のソファ・ベッドに腰をおろしながら、片岡は軽くクッションの上をたたき、ここでやるのか……と、ふと思った。——毎晩毎晩、ここで、若い二人がからみあい……。

「あ、ビールおいしい……」と吉田は、口もとの泡をぬぐいながら、子供じみた嘆声をあげた。「早く夏がこないかな。——海へ行って……彼女のセミヌードがみたいな……」

「すてきなプロポーションだろうな……」キッチンの方へ横眼をつかいながら片岡もつぶやいた。「服の上からだってわかる……。ぼくにも、ビキニ姿を拝まして頂きたいね」

「いいでしょうね——」と吉田はうっとりしたように眼を細めた。「ぼくだってまだ、まともに見た事ないんだから……」

「どうして？」ふときとがめて、片岡はたずねた。

「どうしてって――彼女、なかなか見せてくれないんですよ」と、吉田は鼻の下をこすりながらポテトチップをつまんだ。「はずかしがりなんでしょうね。――セックスも、いつも、明りをうんと暗くしてでなきゃ……」

「一緒に風呂にはいったりしないの？」

「風呂ですって？」吉田は驚いたようにききかえした。「夫婦って、そんな事もするんですか？」

ひょっとすると、こいつは、彼女にあうまで、童貞だったんじゃないかな――と、窓の外へ眼をやりながら片岡は思った。――きっと、トルコにだって、行った事がないんだろう。

いい天気で、風がさわやかなので、ベランダへ出るガラス戸はあけはなってあった。ビールのジョッキを手にしたまま、片岡は立ってベランダへ出た。――そのうち、ふと思い出して、背後へたずねた。

「君ンとこは、何か鳥を飼ってる？」

「いいえ、動物は何も飼ってませんよ」と吉田は答えた。「どうしてです？」

「別に……」

と、いいながらも、片岡は、ベランダの上へさし出ている短い庇《ひさし》の下をながめた。――

──鳥の巣らしいものは何もなかった。

あの夜以来、彼の方も、おそくかえると、時々何とはなしにベランダへ出て寝酒を飲む癖がついた。気候がよくなっていたし、室内の明りまで消して、夜風にふかれながら、港の冷たい水銀灯の明りをたよりに酒を飲んでいると、日本ではなしに、どこか遠い外国の地にいるような気がして来て、「生の孤独」が擬似的な「旅愁」にすりかわるような錯覚が起きるからだった。

そんな時、二度三度、隣室の軒下から、夜空へ向けて、梟《ふくろう》ほどの大きさのものがとびたつ気配を感じた。──一度、明け方三時近くまで飲みつづけた時など、逆に夜空の彼方から、はばたくものが近づいて来て、庇の下にぶつかり、そのままどこかへはいこんだように思った。もちろん、いつもかなり酔っぱらっていたから、姿はもちろん、気配さえ、それほど確かなものとは思えないが……。

ベランダへ立ったまま、彼はジョッキを乾すふりをして、部屋の窓の上の方を仔細《しさい》に眺めた。ベランダへ出るガラス戸の、反対側の端の窓──それはふつうの窓になっていて、片岡の部屋の配置から考えて、どうやら寝室の窓らしかったが──の上部の、空気ぬきの小窓が一つだけ、わずかに開いている。窓枠《まどわく》の上部が蝶番《ちょうつがい》で窓框《まどがまち》にとりつけられ、内側から下を押すと、クランクにささえられて下部が外へ向かって開く、というごくふつうの空気ぬきの小窓だったが、六つならんだ小窓の、のこり五つは、きっちりしまって、内側から掛け金がかかっている様子であり、その一番端の方だけが、わずかに開き、目をこらしてみると、下の窓框につもった埃《ほこり》が、何かにすれて、幅三十センチばかりとれている。

——やっぱり、あそこから、鳥か何かが出入りしたのか……と片岡はビールを乾しながら、ぼんやり考えた。——ひょっとすると、寝室の中の天井にでも巣をつくっていて、それを二人とも気がつかないのかな……。

「どうぞ——お待たせしました」

と久美子が声をかけた。

テーブルの上には、ムール貝の白ワイン蒸《む》しと、ロースト・ダックがならび、片岡のわたしたブルゴーニュの白も、アイスジャーにはいっていた。ほかにもう一つ、アルコールランプをのせたカートがはこびこまれ、肉と野菜が皿にのって傍におかれていた。

久美子の料理は、たしかにうまかった。片岡はひさしぶりに、ままごとめかしたものではあったが「家庭的」なものにふれたような気がして、甘酸《あまず》っぱい気持ちを味わった。

「君はたしかに血色がよくなったね」とワインを飲みながら、片岡はひやかすように言った。

「やっぱり独身時代とちがって、こんないい食事を、毎日食べてると——スタミナまでちがってくるだろう」

「会社でもそう言われます」と吉田はうれしそうに言った。「その上、このごろ自分でもおかしいぐらい、よく眠るんです。——以前は、寝つきが悪くて困ったんですが、このごろは、朝までぐっすり……久美子におこされるまで、夢も見ないで眠るんです」

そりゃそうだろう――と、片岡はちょっと白けた気持ちで、ワインを含んだ。――毎晩あれだけはげしくやっちゃ……おかげでその分、こちらが眠りそこねて往生だ。

たしかに、吉田は以前、音を低くしてたが、午前二時ぐらいまで、テレビの深夜番組を見たり、ステレオを聞いたりしていたが、このごろは、あの激しい「気配」のあと、十二時すぎると、ことりとも音がしなくなる。

久美子は、酒をついだり料理を切りわけたりしながら、終始口数すくなく、やや酔った片岡が、しきりに話をひき出そうとしたが、ほとんど無言でほほえむばかりだった。

――調査のお仕事をかねて、自分でも勉強してるんです……。何をって、いろんな事を……。

典夫さんとの結婚、まだはっきりきめていません。正直言って、ちょっと迷ってるんです。もちろん、典夫さんの事、大事に思ってますけど……。

その程度の事が、やっと聞き出せただけだった。

肉のフランベを眼の前で料理しおわると、久美子は、自分はいいから、といって、キッチンへ、デザートの準備にたった。――その後姿を見ながら、片岡はつぶやいた。

「久美子さん、ハイネックの服が好きだね」

「そういえばそうですね――」と吉田は肉をほおばりながら興味なさそうに言った。

「ここへうつってくる時、衣裳トランク二つ持って来ましたが、――そういえば、外で買う時も大ていそうですね」

外の廊下で、行きずりに顔をあわせる時もそうだった。――毛糸の手編みやジャージーのセーター、あるいはチャイナドレス風の詰め襟、いつも彼女はハイネックのものを身につけていた。

「これから夏へむかって、暑いだろうな……」と、片岡はつぶやいた。「頸筋か襟もとに、あざでもあるのかしら？」

「いや、そんなものはありませんよ」と吉田は怒ったように否定した。「寝る時は、彼女ネグリジェで――頸や襟もと見たけど、そんなもの無かった……」

片岡はだまって、書き物机の上の黒縁の眼鏡を見ていた。――吉田の視力を、彼はあまり信用していなかった。裸眼で〇・三と〇・二だという事を以前吉田の口から聞いた事があった。鼻筋がぺちゃんこで、頬骨のとび出した吉田は、外では眼鏡をかけなかったが……その程度の視力で、うす暗くした電灯の下では、それほどはっきり見てないにちがいない。

4

妙な事が起こったのは、それから二日ほどあとだった。

その夜は、彼の担当している、医療機械のデザインの仕事でおそくなって、十一時すぎにやっとスタジオを出た。——バーもそろそろひけ時なので、スタジオで軽く一杯ひっかけ、あとは家へかえって飲む事にした。

むしあつい晩だったが、家について、冷凍食品で軽い夜食をとり、さて飲みはじめると、雨が降りはじめた。

もう十二時をすぎていたので、隣室では、例の「儀式」がすんだと見え、壁のむこうはひっそりとしずまりかえっていた。

飲みはじめるとまもなく、雨は本降りになって来た。——今夜はベランダで飲むわけには行かないな、と思ったが、閉ざされた室内で、雨音を聞きながら一人酒を飲むのも気がめいる。二、三杯飲んでから、彼はベランダに出る戸をあけはなし、椅子を戸口に持って行った。

雨はどしゃ降りになっていた。——ベランダをたたく雨脚のしぶきが、屋内にもはねこんだが、いっそ爽快な感じで、片岡は室内の明りも消し、冷たい飛沫の感触をたのしみながら、外を眺めていた。——室内の明りを消すと、沛然《はいぜん》たる雨脚が、遠い港の水銀灯にかすかにうつって、古いフランス映画の一シーンのように感じられた。

そうやって、一時間ちかく飲んでいたろうか……。突然ベランダの外、隣室の窓のあたりで、がちっ、という音がひびいた。それははげしい雨の音にもうち消されないほどの大きな音だった。片岡は思わず椅子の上で身をかたくして、耳をすました。——一方の耳は、壁ごしに隣の部屋の様子をうかがい、もう一方の耳で、ベランダの外に注意を集中した。

隣室は、しんとしずまりかえっているようだった。――が、外の方では、さっきの大きな音につづいて、ずるっ……ずるっ……と何か重いものをひきずるような音が、雨の音にまじってきこえてくる。

片岡は、椅子から立ち上がると、ベランダへそっと、半身をつき出した。――たちまちはげしい雨が頭から肩をたたき、顔をつたう水滴のために、視野がくもった。

ずるっ……。

という、音はまたきこえた。――まちがいなく、隣の吉田の部屋の、ベランダか、窓のあたりだった。

もう彼は、雨の事など頭に無くなってしまった。ベランダへ出て、間の仕切板にとりつき、隣のベランダをのぞきこんだ。――最初のうちは、暗さと雨しぶきで何も見えなかった。彼は掌で何度も顔をこすって眼をこらした。そのうち、また、ずるっ……ずずっ……という、音がきこえ、何かが動いた。

今度こそ、彼は、その音の源をはっきりと見た。――隣室の明りが消えている上、雨がはげしくてよくわからなかったが、何か太いパイプのようなものが、隣のベランダの手すりから、斜め上方の、寝室の上の空気ぬき窓へむかって長々とのびていた。

――ホース……?

と、一瞬彼は思った。――まったくそれは、消防ホースのように見えた。両手で輪をつくったぐらいの太さで、遠い水銀灯の明りで、かすかに青白く光って、空気ぬきの窓から、ベランダの手すりをこえて、四階下の地上へ、長くたれさがっている。

　それにしても、なぜ、あんな太いホースが、空気ぬきの窓などにつっこんであるんだ？　こんな雨の夜中に……いや、あれは、ホースなんかじゃない！——と頭の隅で、もう一つの意識が強く叫んでいた。あれは……。

　太い、ホースのようなものは、雨にぬれて何やらびくびくと息づいているように見えた。——あれは……あれは、生きている！

　ずるずるっ……。

　と、その太く長いものは、下へむかって滑った。

——へび……。

　彼は、一瞬血の凍る思いでのどの奥で叫んだ。

——大蛇だ！

　太く長いものは、波うつようにのたうった。——つづいて、その先端が、小窓の中からぬけ出して、ゆらりと弓なりに弧《こ》を描いて、手すりの方へむかった。そのふくれた先端に、ぎらっ、と光る二つのものを見たとたん、彼はわけのわからない叫びをあげて、ベランダから室内へとびこんだ。ずっと下の方で、ずるずる、どさっ、という音が雨音にまじって聞えたような気がした。

　気がついた時は、彼は夢中になって隣室のドア・ブザーを押し、ドアをたたきつづけていた。

「吉田君！……吉田さん！……」と、彼は声を殺してよびつづけた。

「ちょっと開けてください！」

夫婦ともぐっすり寝こんでいるのか、なかなか返事はなかった。それでも執拗にブザーを押しつづけていると、まもなく、

「はい……」と、眠そうな久美子の声が聞こえた。「どなた？」

「隣の片岡です……」と彼は息をはずませながらいった。「夜おそく、すみません。でも、今ちょっと、お宅の外で変な事が！」

ドアがあいて、久美子がドアチェーンをかけたまま顔を出した。髪を上にあげ、うすいブルーのネグリジェの上に、カーディガンか何かをはおっていた。

「まあ、どうなさったんですの？」と久美子は、眉をひそめた。「そんなにおぬれになって……」

「それより……お宅で今、何か変な事がありませんでしたか？」と、片岡はにわかに寒気を感じて、がたがたふるえながらいった。「ああ、あの……吉田君は……」

「典夫さんは、ぐっすり眠っていますの。朝が早いものですから……。起しましょうか？」

「いや、いいです……」久美子の不審そうな顔を見て、にわかに気が萎《な》えるのを感じながら片岡は首をふった。「実はその――お宅の部屋の窓の方で、変な音がしたので、ち

ょっとベランダからのぞいてみたんですが……寝室の方の空気ぬきの窓から、何かはいりこんでいませんでしたか？」

「いいえ、別に……」と久美子はうす気味悪そうに首をふった。「寝室の方には、私が寝ておりますけど――何も変った事は……」

「じゃ、あの……寝室の空気ぬきの小窓、あいてないか、ちょっと見ていただけませんか？――余計な事かも知れませんが、このマンション全体の防犯とも関係しますから……」

　久美子は、いぶかしそうな顔つきで、ドアの傍をはなれた。――その時、彼は、何か、ぎくっ、とするものを見たような気がした。思わず眼をこらすと、久美子の髪をあげたうなじに、赤い、不思議な形のあざのようなものがあるのを見たのだと気がついた。

「久美子さん……」

　と、片岡は思わずドアの外から声をかけた。

「は？」

　と、久美子はむこうへ行きかけた姿勢で、こちらをふりむいた。

　その時、また、彼はあの「何か異様なもの」「不自然なもの」を感じたのだ。

「いや……いや、別にいいです……」

　彼はあわてて首をふった。――口の中が、なぜか一瞬のうちにからからになった。

　寝室の方へ行った久美子は、まもなくかえって来て、首をふった。

「しまっておりましたわ……」

「掛け金も？」

「さあ、そこまでは見ませんでしたが……でも、この雨ですから、あいていれば、降りこんで大変だと思います……」

片岡の視線が、ややはだかったネグリジェの襟元に吸いついているのに気がついたように、久美子は、早い動作でカーディガンの襟をかきあわせた。――片岡もはっとして、視線をおとし、その視線は、またそこに釘づけになった。

――久美子の足はびしょびしょにぬれていた。よく見ると、脛《すね》の方までぬれているようだった。

「そうですか……」片岡は、何か必死に考えつめているような口調で、かすれた声でいった。「そりゃよかった。でも、もし何かあったら……すぐ、ぼくの方へ知らせてください。……このごろ物騒ですから……どうも、おさわがせしました……」

「いいえ、――わざわざ御親切に……」と久美子は、やや冷たい口調で言った。「おやすみなさい……」

閉まったドアの前から、片岡は頭をおさえてのろのろとはなれた。――頭の中で、何かが何かとむすびつきかけていた。その一方で、自分が離婚以来、あんまり飲みすぎるので、ひょっとすると、幻覚でも見たのかも知れない、という気もした。雨の降る夜、巨大な大蛇が、マンションの窓から首をつっこむなんて、そんな……。

考えこみすぎて頭痛のしはじめた頭をおさえながら、自室へかえった時、暗がりの中で、いきなり長いぐにゃぐにゃしたものに足にまといつかれて、喉の奥で悲鳴をあげてとびすさった。——あわてて明りをつけると、居間の出口においてあった掃除機のホースを、さっき廊下へとび出す時蹴とばし、それが足へからまったのだとわかった。

それでも、さっきの悪夢のような大蛇のイメージがうかんで来て、彼は早鐘をうつような動悸《どうき》のおさまるまで、壁にはりついて動けなかった。——掃除機のコイルのはいった白いホースは、太短い長虫のように、ぐにゃりと床に横たわっている。

それを見つめているうちに、突然彼の頭の中に、青い火花が閃いた。

——そうだ！……掃除機……そうじき……。

「何の御用ですか？」と午後の仕事中によび出された吉田は、やや迷惑そうな顔をしていった。「片岡さん、あんまり酔っぱらって、久美子をおどかさないでください。——彼女、気味悪がって、あの部屋をこしたい、なんていい出しています」

「で、こすのかね？」片岡はかたい口調でききかえした。

「かなり本気で、あそこを売ってもっと広い部屋にうつろうと思っているんです。——二人暮しにはちょっとせまいし……」

「でも、すぐというわけじゃないだろう」と片岡は体をのり出した。「いいかね、これから言う事は、君のためを思って言うんだ。君の部屋には、たしかに妙な事が起っている。君自身のために、どうしても、それをつきとめる必要がある。――君はこのごろ睡眠薬をのんで寝るかね？」

「いいえ……」片岡の気迫におされるように、吉田は少し身をひいて口ごもった。「前にはちょいちょい使ってましたが、このごろとても寝つきがいいので全然……」

「じゃ、寝る前に何か飲むか？」

「彼女がもって来てくれる牛乳ぐらいですね。あのあとはのどが乾くから……」

「ほかには？」

「ほかには――彼女がグッナイのキスをしてくれるだけです。なぜか、とても甘いんです……」

「よし……」と片岡はうめくように言った。「じゃ、今夜から、牛乳は飲むな。自分で水道の水を飲め。それからグッナイキスをされたら、あと、そっとわからないようにうがいをしたまえ。口をきれいにすすぐんだ。甘いのをのみこんじゃいかん……」

「一体何だっていうんですか？」吉田は片岡の権幕におどろいて、おろおろした調子でいった。「何のつもりなんですか？　あなたは、ぼくたちの事を……」

「いいから、それをせめて一週間つづけてくれ。そして――夜中に何かあったら、すぐ、ぼくに知らせるんだ」

そして三日目――連日の深酒と、夜の緊張つづきに、さすがに疲れて、十二時すぎからうとうとしていた片岡は、夜半、はげしくドアをたたく音にとび起きた。

「片岡さん……早く来てください！」と吉田はまっさおな顔で、半狂乱でドアをたたいていた。

「久美子が——死んでいます！……殺、さ、れ、ま、し、た！」

5

吉田は、本当に半分狂ったようになっていた。——顔はまっさおで、唇もとはひきつり、喉からは、たえまなしに、しゃくり上げるような音が洩《も》れた。

「彼女が殺されたって？」そんな吉田をひきずるようにして、片岡は吉田の部屋のドアをあけた。「どこでだ？」

「寝……寝室で」吉田はあとずさりした。「おそ……おそろしい。こんな事が……」

「さあ、いいからくわしく話せ！」逃げる吉田の腕をつかんで、中へつきとばすようにしながら片岡はどなった。「どうしたんだ？」

「あの……あなたに言われるようにしたら、毎晩ひどく寝つきが悪くなって……それで、今夜も、寝苦しくて、もそもそしていたら、隣の寝室で、変な音がしたんで、行ってみたら……」吉田は、またあとずさりして、今度は本当に泣きわめきはじめた。「いやだ！　ぼくは見たくない！——あ、あんな恐しい殺され方……首を……首をきりとられるなんて……」

まるで喧嘩ごしに、泣きじゃくる吉田をひきずりながら、片岡は寝室のドアをあけた。

——吉田は、わっ、と叫んで顔をおおい、しゃがみこんだ。

ツインベッドの、窓際の方に、ネグリジェ姿の久美子の体が、毛布もかけずに横たわっていた。——そのやわらかな起伏に富んだ、セクシィな体には、たしかに首が無かった。胸から上の方には、ただ白い枕があるばかりだった。

「首を斬りとられたって?」と片岡は、吉田の腕をひっぱってたたせた。「見ろ、血が一滴も流れてないぞ……」

「そんな事どうでもいい……」吉田は顔をおおったままふるえる声で言った。「早く一一〇番しなきゃ……」

「待て。早まるな……」と強く言って、片岡は、ベッドの傍に近より、それでもこわごわ首のない久美子の体に触れた。「来てみろ。彼女は死んじゃいない。首から下はまだ生きてるぞ!」

「生きてるって……そんな……」吉田の声は、もっと上ずって来た。「うそだ! そんな馬鹿な事が……」

「いいから手を貸せ!」と、片岡はどなった。「この体を、隣のベッドにうつすんだ」

吉田は催眠術にかかったように、ふらふらと近よって来て、久美子の体の下半身を持った。

「ほんとだ……まだあたたかい……」と吉田はうわ言のようにつぶやいた。「血も流れていない」

「胸をさわってみろ。心臓も動いている。呼吸もしているぞ！」と片岡はゆたかな乳房の上に耳をあてながら言った。「やっぱり……掃除機だ……」

「掃除機？」

「いや、——この間、掃除機が、足にからまって、やっと思い出したんだ。掃除機じゃなくて、……〝捜神記〟にのっている怪異の話を……。〝捜神記〟ってのは、晋代の干《かん》宝《ぽう》って史家の書いた、志《し》怪《かい》の書だ。その中にこれと同じような話がのっている。——彼女は、ろくろっ首の一族なんだ……」

「ろくろっ首？」吉田はぼんやりつぶやいた。「ろくろっ首ってのは——夜中に首がにょろにょろのびる化物でしょう？」

「そういうのもあるらしいが、〝捜神記〟や小泉八雲の〝怪談〟に出てくるのは、こういう具合に、夜中になると、首だけはなれてとびまわる化物だ。——一名〝ぬけ首〟とも言う。江戸時代にも、藤堂の家臣が邸で見た、という実話がのこっている。江戸時代にいるんだったら、今だって生きのこっていておかしくないだろう。——君の彼女の首のまわりにある、うす赤い筋に気がつかなかったか？　彼女のうなじにある、赤い文字のようなあざは？——〝南方異物志〟って中国の本には、ろくろっ首の仲間は、うなじに、赤い文字があるって書いてあるそうだ……」

「それは、一応気がついていましたけど……」吉田の声は、だんだんふるえて来た。

「それで……彼女はいつも、ハイネックの……」

「何か金属性の盆がないか？」マヌカンの首のように、すぱっと切りとられている、うす赤い首の切り口を見つめながら、片岡はいった。「急いで持って来て……それから明りを消すんだ」

肉質の、ねばねばした感触の切り口に、やわらかい弁のついたパイプの端や、電流端子をかねた、精巧なソケットらしいものがいくつものぞいているのを見て、片岡は突然、襟元に寒気を感じた。

——この胴体の方は、単なる生体じゃない。精巧にできた一種のサイボーグだ……。かつて医療機械デザイナーになる前、大学医学部で途中まで人工臓器の研究をやった事のある片岡には、すぐその事がわかった。

——この胴体は……おそらく、空母みたいなもので、長距離移動と、補給の役をしているんだ。……とすると、艦載機に相当する首の方が、本当の生物なんだろうか？　それとも、それも……。

吉田の持って来たアルミの盆で首の切り口をおおい、明りを消して待つと、やがて窓の外に、ばさっ、という羽音がきこえ、梟ほどの大きさのものが、開け放たれた空気ぬきの小窓からごそごそと室内に入りこんで来た。——それが窓際のベッドの上に、ころげおちたころを見はからって、片岡は、パッと明りをつけた。

とたんに、久美子の首は、まるで怪鳥《けちょう》のように恐ろしい叫び声をあげた。

「畜生！」と血走った眼をぎらぎらさせ、まっ赤な唇から歯をむき出して、久美子の首はわめいた。「私の体を……動かしたな！　もとの所へかえせ！」

「話によっては、かえさんでもないがね……」不思議におちついた気分で、片岡は言った。「それにしても、おどろいたな。――こんな時代に、まだ、君のような化物が生きのびていたとは……」

「化物なんて、気安くよばないで！」と久美子の首は、荒い息を吐きながら言った。「こう見えたって、私たちの種族は、あんたたち地球現世人類より、ずっと前から、――北京原人のころからいるんだからね……」

「という事は、――君たちは、宇宙から来たのか？」

「そんな事どうだっていいじゃないか！」久美子の首は、苦しげに毒づいた。「ああ、ある星からの、流刑囚の一族だよ。北京原人が、首狩りをやったのも、私たちをつかまえようとしてさ……。私たちはつかまると、助けてもらいたさにいろんな事を教えてやったからね。連中は、私たちとまちがえて、ずいぶん仲間同士の首をとりあったがね――さあ、早く……」

「おっと待った……」強い興味をひかれた片岡は、金属盆を片手でささえながら、もう一方の手をあげた。「もう少しきかせてもらおう。――とすると、君たちの種族は、ずいぶん昔から、それに数も多くいたというわけか？」

「ああ、そうだよ。――〝首なし幽霊〟や、〝歌う髑髏《どくろ》〟の話は、人間社会では、世界中いたる所に、古くからあるだろう？　全部が全部じゃないが、ああいった伝説の核には、私たちの種族との、実際の接触体験があるのさ。首を切られても荒《あば》れまわったという、酒呑童子《しゅてんどうじ》も、実は私たちの仲間さ。首を斬って殺した死体を、二度と生きかえらないように、首と、胴とを別に埋めるっていうのも、私たちとの接触を通じて学んだ事を、同じ人間仲間にもやったわけさ。……もう今の時代、そんな知識は忘れられていたと思ったんだが……さあ、早く、もとの所に体をおかないと……」

突然、久美子の後頭部の頭皮が、頭髪をつけたまま、さっと左右一メートル半ほどに大蝙蝠《こうもり》の翼のように開いた。今まで内側へまきこんであったらしかった。口をかっと開き、歯をむき出すと、黒い翼をはばたかせて、片岡ののど笛むかってとびかかって来た。――片岡がひょいと体をかわすと、首は壁にはげしくぶつかり、どさっと床におちてごろごろころがった。

「なるほど……首がとんでも動いてみせるわ……だな」と片岡はつぶやいた。

「やめてくれ！」と後で吉田が悲鳴をあげた。「お、おそろしい。――はやく、胴をかえして……」

「そうはいかん。まだまだ聞く事がある……」と片岡は、唇から血を流し、くやしそうに床にあえいでいる首を見おろして、冷ややかに言った。「それに、あんたの中のエネルギーも、もうあまりつづかんだろう。昔から、ぬけ首が胴にかえれないと、三度はねて死ぬ、というからな――さあ、もう少し答えてくれ。あんたの仲間で、頭がはなれてとびまわるんじゃなくて、首が長くのびる奴がいるだろう？　いつか雨の晩、ここへ来てたやつだ。あれはどうちがうんだ？」

「あれは……特別の……を、改造してつくるんだよ……」と、首はあえぎあえぎ言った。

「私たちの体は——地球上の食物では吸収が悪いので……それで、ああいう〝補給体〟をこしらえるの……。連中は、いろんな高カロリーのものを食べて、それを体内で私たちに吸収しやすい形態にかえて……私たちの胴体にエネルギーを補給するんだ……」

「昔、行灯の油をなめたってのもそれかい？」

首はふたたび、はげしくはばたきながらとび上った。——だが、今度は前ほどの勢いはなく、胴体をねかせたベッドの枕の上におちた。

「首の切り口に、小さなアンテナがあったような気がするな……」と片岡は冷やかすようにいった。

「こうやって、金属板でおおって——おくと、首が接合するための誘導電波が妨《さえ》ぎられて——お気の毒だな。誘導信号がなければ着艦は不可能だろうな……」

畜生……と、かすれた声で首は毒づいた。よくも……よくも……。

「あんたたちの種族は、人間を食う事もあるんだろう？　昔の本に書いてあるが……」と片岡は、もうすっかり余裕のある態度で、重ねてきいた。「君自身は、吉田君をどうするつもりだったんだ？　うまくたらしこんで、同棲して——いずれ食うつもりだったのか？」

「そんなことはしやしないよ……典夫さんは、あんたたちの種族の中じゃ、珍しく純真でいい青年だったからね……」と、首はぐったりと眼をとじながら、かすかにほほえんだ。「私たちも、これであんたたちの文明の時代に適応しなくちゃ、生きて行けないからね。それで、私は都会に出て来て、どこかを根城にして、いろいろしらべてたのさ。女の一人暮しより誰かと同棲した方がうるさくないし……それに、典夫さんは、いずれ……」

「胴をかえしてやってくださいよ!」突然、吉田が背後から、悲鳴をあげるように叫んだ。「ほら!――顔色が変わって来た。このままじゃ、彼女、死んじゃうよ」

「かえすわけにゃいかんな……」片岡は、一方の手で金属板をささえたまま、一方の手で、そっと胴体のネグリジェをまくり上げた。「この種族、それにこの体のメカニズムは、医学や生物学の途方もない収穫になる。いずれ、大学で、綿密にしらべ上げて……」

そこまで言って、彼はちょっと息をのんだ。――まくり上げられたネグリジェの下から、パンティもつけていない、見事に美しい、若い女性の裸体があらわれた。形よいはりつめた乳房、なめらかな腹、ゆたかな腰、はりきった太腿……。

――惜しいな……。

と、思わず、彼は嘆息した。

――こんな見事な女体を……。

そこまで思った時、突然思考が中断した。——がん！　と、ものすごいショックが後頭部にくわわり、眼から火花がとび、口中がきなくさくなった。

ゆっくり、ふりむいた片岡の紫色がかった視界に、大きな花壜を持った吉田の姿が、超広角レンズで下からあおったように、脚が大きく、頭がはるか遠くうつった。

——久美子はぼくのものだ！……誰にもわたさんぞ……彼女がどんな女だろうと、ぼくは、久美子を愛しているんだ！

と、わめいている吉田の声が、かすかにぶんぶんと、蜂の羽音のようにきこえて来た。

——そうか……この男には……久美子がはじめての女……はじめてもてた女だったんだな……。

と、片岡は、体がだんだん重くなって行くのを感じながら、ぼんやり思った。

——こいつは……誤算だったな……。

というのが、意識を失う直前に頭にうかんだ、最後の言葉だった。

その年の秋も深くなってから——。

彼は中央線の列車の座席に身を委《ゆだ》ね、南アルプスの山奥の、きいた事もない名前の温泉地へむかっていた。——吉田に殴られた頭の傷は、頭蓋複雑骨折で、意外に重く、彼はあのあと、十日間も意識不明のまま病院のベッドに横たわり、退院までに三ヵ月もかかった。退院しても、頭蓋骨には金属の接続片がはいったままだった。

——彼が、階段からおちたという事で、一一九番に電話があり、隣人という二人の若い男女がつきそって来た、という事はあとからきいた。その男女——むろん、吉田典夫と鹿浪久美子は、その直後マンションをひきはらって吉田は会社をやめ、今はどこにいるのかわからない、という事を病院できかされたのは、一ヵ月以上たってやっと床に起き上がれるようになってからだった。

あの妙な事件について、彼はもちろんだまっていた。——話した所で、信じてもらえないし、頭を打って、おかしくなったと思われるのが関の山だったからだ。

所が、十一月になってから、突然、吉田から手紙が来た。——あの時は、感情にかられて、まったく申し訳ない事をいたしました。お詫《わ》びのしようもありません。小生もあの事件のショックのため、故郷で長期にわたり入院加療を余儀なくされ、現在も未記温泉にて療養中であります。その後、久美子の事と、例の種族に付き、誠に興味津々の事実を当地で発見、よろしければ、御来駕《らいが》を仰ぎ、いろいろ御意見もうかがいたく……といったものだった。

かすかなためらいののち、彼は行く事にきめ、その旨返事した。

タクシーで一時間半も山中深くはいり、やっとそのおそろしく辺鄙《へんぴ》な温泉についた時には、もう日はとっぷり暮れていた。——吉田の事をたずねると、今、岩湯にはいっていて、よろしければそちらで、という事だった。

山気で体が冷えたので、彼もすぐ湯にはいる事にした。

　暗く長い廊下をわたり、冷えきった脱衣場でふるえながら服をぬいで岩湯へはいると、中に、何人かの客がいて、暗くてわからないが、どうやら混浴で女もいるらしかった。

　かかり湯をして、すぐ湯にとびこみ、体をほぐしながら一息つくと、湯の中を、男が一人ちかよって来て、

「片岡さん……」と声をかけた。「吉田です、——あの時はどうも……。頭の傷、もういいんですか？」

　片岡はあいまいな返事をして、しばらく顔をそむけたまま、手ぬぐいをつかった。

「で……」しばらくの沈黙ののち、片岡はぽつりとたずねた。「例の種族の事、何かつかんだのかね？」

「ええ、実は……」と、吉田は声をひそめて言った。「この温泉地の付近一帯が、例の種族の、古くからの根拠地らしい事がわかったんです……」

「ほう……」と、彼は湯を見つめながらつぶやいた。「それで？」

「片岡さんに、その連中を、おひきあわせしようと思って……」と吉田はかすかにほほえみながら言った。「興味がおありなんでしょう？——できたらよく連中と話しあっていただいて、その上で……」

　ふと気がつくと、まわりにばらばらに浮いていた、浴客の首が、いつの間にかまわりに集まっていた。——その動きは、まるで水鳥のように、すうっと水面をすべってくる感じだった。暗がりになれた眼で、すんだ湯をすかしてみると、首の下には胴がなかっ

た。脚にぬるりとさわるものがあり、ひっこめようとすると、何か長いものが二本、両の脚にまきついた。

ふと気がつくと、まわりの首の中に、いつか雨の日のベランダで大蛇と見まちがえた男のものらしいものもあった。――後の方に、久美子の美しい顔もあった。両脚にまきついているのは、長くのびた首であり、その一つが吉田の頭につながっているのを悟って、彼は溜息をついた。

「こういう事か……こんな事じゃないかと思ったよ。――君も改造されちまったのか？」

「記憶はずいぶんたしかなようですね」と吉田は気の毒そうに言った。「ぼくたち、あなたが死ぬと思ってました。――命をとりとめたあとも、あれだけの傷なら、記憶障害を起こしているんじゃないか、と話しあいました。そうでないまでも、もう二度と、こんな事にはかかわりたくない、と思っているんじゃないか、それならそれで、安全だろうと思ったんです。それをたしかめるために手紙を出しました。そしたら……」

「ところで、これからおれは、君たちにどうされるんだ？――吉田君のように改造されるのかね？」

「さあ、それはしらべてみないとわかりませんわね……」と久美子の声がきこえた。「改造に適する体質か、そうでないか――吉田さんのように、好適なのは、稀なケースなんです。私が彼に接近した理由は、それもあるのよ……」

「適さない場合は、どうなるんだ?」長い、蛇のような首に、脚を巻かれ、腕を巻かれ、湯の中に鼻の先までひきずりこまれながら、彼はごぼごぼと湯を吹きながらきいた。

「片づけられるのか?」

「なぜ来たんです?――あんな恐ろしい目にあいながら……もう、二度とこんな気味悪い事に頭をつっこみたくないと思って当然でしょうに……あなたはすぐ、とんで来た……」吉田の声の後半は、湯の水面の外からきこえてきた。なぜです?……好奇心のためですか?

――さあな、それもあるかも知れないが……と、あつい湯を、鼻腔や、胃や、肺にごぼごぼと吸いこみながら彼は、遠ざかって行く意識の中で考えた。――ひょっとすると、それは……こんなとんでもない状況になっても、まだ残っていた、おとろえ行く中年男の、若いカップルに対する嫉妬のせいかも知れないな……。

夢からの脱走

「あなた……」妻がしきりにゆりおこしていた。「どうなさったの？　あなた……」

彼は冷や汗をびっしょりかいて眼をさました。

上からのぞきこむ顔に焦点があっても、なおしばらく、それが自分の妻だということが信じられなかった。――しばらくの間、彼は自分のはげしい息使いと、あらあらしい動悸《どうき》だけをきいていた。

「ひどくうなされていたわね……」妻はかるく笑った。

「なにかいってたか？」

「ええ、大声で……」妻はかすかに眉をひそめた。「坊やが眼をさまさないかと思うくらい……」

「なんといってた？」

「〝俺はもうこんなこといやだ〟って……」

それではっきり眼がさめた。

ふとんの上におきあがって息をつく。心臓はまだドキドキしている。額の汗が少しずつひいて行き、肩のこりが急に重くのしかかってくる。

「お茶でもいれましょうか？」

「ああ……」

針仕事をかたづけて、水屋から急須《きゅうす》を出している妻の後姿を見ていると疲労に似た安堵感が、どっとおちかかってくる。――そう、ここはまちがいなくわが家だ。なにもかわったことはない。時刻は午前二時をすこしまわった所、彼はついさっき、テレビの深夜番組を見おわって、床についたばかりだ。

「夢か……」たばこの煙をふかぶかと吸いこみ、吐き出しながら、彼は思わずつぶやく。

――夢だったのか……。

「どんな夢？」

茶の葉をいれながら、妻がとなりの部屋からきく。

「ああ……」彼は苦笑する。「ばかばかしい夢だよ」

「こわい夢？」

かすかにあの恐怖がよみがえってくる。――そうだ、ばかばかしい夢ほど、こわいものだ。

「くだらん夢だ……」彼は湯気の立つ湯のみを口にはこびながら、ポツンといった。

「戦争の夢だよ」

「まあ……」妻は急須にのこった湯を切りながらつぶやく。「まだ、あんな昔のことの夢を見るの？」

「いや――それがちょっと……」彼は宙を見つめて、しばらく考える。「どうも、前の、戦争じゃないみたいなんだよ。――装備もちがってたし……、ぼくも学徒兵じゃなかった」

「南方じゃなかったの？」

「ちがう――」彼は眉をひそめる。「どうもはっきりしないんだが――なんだか見たことのあるような場所でね。小川が流れていて、むこうに小高い丘があって、川っぷちに柳が二本ならんでいて……」

「まあいやだ！」妻はとつぜん笑い出す。「小川があって、柳が二本――それじゃ、この家の前じゃないの」

「あ、ほんとだ！」彼もつられて笑い出す。

静かな晩だ。

柱時計の音と、火鉢の薬罐のたぎる音だけが、部屋の中にみちている。台所のかたすみで、秋のなごりのこおろぎが、時おり思い出したように、キリリ、キリリと短く鳴く。平穏な晩秋の夜ふけ――だまって茶をすする中年の夫婦――平穏で、ささやかな家庭のひと齣《こま》……。

「まだ夜なべかい？」彼は時計を見あげていう。「もう寝たら？」

「ええ、もうちょっと……」妻は縫物をひきよせる。「良夫が今日またカギざきをこさえてきて……」

彼は半開きのふすまごしに、小学校にあがったばかりの長男の寝顔をのぞく。

「おい……」彼は妻に声をかける。「坊主がはいでるぜ」

妻が隣室へたっている間、彼は自分で首筋をもみ、なまあくびをこらえる。――二時すぎか。ばからしい夢で、寝そびれてしまいそうだ。あしたもまた、七時半に家を出て……。

「あなた！」隣の部屋で、妻がただならぬ叫びをあげた。「ちょっと来て！　坊やが大変な熱……」

ふとんを蹴って一足とびに隣室へとびこむと、彼は赤らんだ子供の額に手をあてた。

「こりゃいかん！」

額は燃えるようで、呼吸も脈搏もあらい。

「どうしたんでしょう。昼間あんなに元気だったのに……」妻はおろおろとタンスをひっかきまわす。

「体温計はどこへやったかしら？」

「そんなことといいから、とにかく頭をひやすんだ」彼はどなりながら、丹前をはおる。

「おれは医者に電話してくる」

帯はちょっきりむすび、すそ前もあわない姿で、玄関をとび出して夢中で数歩走ってから、硬貨を忘れたことを思い出してまたかけもどる。――子供はひどい熱だった。四十度以上ある！　それにぐったりした、小さな手をにぎった時の、脈搏のおそろしい速さが、彼の胸をしめつけた。

川っぷちを二百メートルも行ったところに、公衆電話のボックスの明りがぼんやり見える。そのむこうに、二本の柳が黒く、夜空に浮いている。星一つないまっ暗な晩だ。

午前二時すぎのこのあたりは、車一台とおらず、どこからか犬の遠吠えが、だらだらと悲しげに尾をひいてきこえてくる。彼は息をはずませ、汗をかきながら走った。下駄が小石をはね、裾が脛にからんで何度もころびそうになった。

「おい……」

誰かが背後で、声をかけた。——彼はふりかえりもせず、ひた走りに走った。

「おい……」

また声がした。——すぐ近く、走りつづける彼のすぐ後で……。

わずか二百メートルの距離が、いくら走っても、走りきれなかった。顔が汗まみれになり、心臓が破裂しそうになるほど走ったのに、電話ボックスは、まだ、さっきと同じ二百メートル先に、ぼんやりと光っていた。

子供が病気なんだ！——と彼は背後の声に、心の中で叫んだ。——医者をよばなくちゃならないんだ。四十度以上の熱があるんだ。大急ぎで手当てをしないと、死んじまうかも知れない……おれは電話をかけなくちゃならないんだ……。

「おい……」

誰かが彼の肩をつかんでゆさぶっていた。「おい……起きろ！」

おしころした声だった。——彼は遠くにうかぶ電話ボックスにむかって、まだあがきつづけていた。

「起きろ！——大声で寝言をいうな」

誰かがピシッとほおをなぐった。

それで眼が開いた。——まっ暗な夜空のすみで、わずかばかりの星を、厚い雲がおおいかけていた。プン、と、なまなましい、しめった土のにおいが鼻をついた。つづいて汗と、草のにおいがし、最後にかすかな火薬の臭気が風にはこばれてきた。

「夢を見てたな……」暗がりのむこうで、別の声が低くいった。「子供の夢か？」

彼はぎょっとして体を起した。——なにも見えなかった。まっ暗な、せまくるしい所に、彼のほかに四、五人の男がいた。

「ここはどこだ？」彼は小さく叫んだ。

「しッ！」鋭い声がかえってきた。「ねぼけるんじゃねえや」

ガチャッ、と金属の鳴る音がした。——不規則なギザギザのシルエットを見せる、まっ暗な塹壕のふちの上に、丸い鉄帽《ヘルメット》がにぶく光るのが見えた。

（そうか……）彼は胸の中でつぶやいた。（じゃ、やっぱり、そうだったのか……）

彼にはなにもかもが、わかっていた。——あれが夢だということも、そして彼が……。

「たばこ、ないか？」横にうずくまった男が、しゃがれ声でいった。

「ほら……」誰かがさし出した。「気をつけて吸え」

隣の男は、もそもそ動いて鉄帽をぬぐと、それでライターの火をかくして、煙草を吸いつけた。——その時、ちらと見ると、無精鬚だらけの、おそろしくやつれた、とげとげしい顔が見えた。彼はそっと自分の頬をさわってみて、そのザラザラした感触に、自分もあんな顔をしているのだろうと思った。

「そろそろ見張りの交替だぞ……」反対側の誰かが、肱でつついていった。「ぼけるなよ」

「ああ……」彼はまだ夢のつづきに半分ひたされながら、うっかりいった。「医者はどうした？　電話しなきゃならない」

「医者だと？」男は吐きすてるようにいった。「軍医どのは、とうに彼方へずらかった」

「ここはどこだ？」彼は急に気がついて、思わず上ずった声でいった。

「野郎！　いいかげんに眼をさましやがれ」誰かが毒づいた。

「しずかにしろ！」隣の男は低くどなった。

「ちぇッ、応召兵はこれだからな」……別の男がつぶやいた。「天皇の軍隊式に、ヤキをいれてやるといいんだ」

隣の男は、彼の腕をつかむと、塹壕の中に立たせて、前方を指さした。

「もう一度いっといてやるから、よく見とけ。あの二本の柳が目じるしだ。あの川からこっちが三〇二地点だ」

二本の柳……川……彼は思わず後をふりむいた。彼の家が、あるはずの――あるいはあったはずのあたりを……。

しかし、そこにあるのはあたり一面にほりかえされた、榴弾孔ばかりだった。

遠くで一発、銃声がした。

「敵か？」誰かがするどくいった。

「しッ！」隣の下士官らしい男は、双眼鏡を眼にあてた。

どこか空のすみで飛行機の爆音がする。

「ちがうな……」と下士官はいった。

暗い夜空の下にひろがる、破壊された建物やほりかえされた土地、へしおられた立木、そして塹壕にうずくまっている武装した男たち……。

(なぜ……)彼は呆然として思う。(俺はここにいるんだ……)

そっと銃をもちあげてみる。冷たく、ずしりと重い手ざわり、――この感触は事実だ。これは現実以外のなにものでもない。――肩にめりこむ背嚢《はいのう》の重み、全身の筋肉が石になったかと思われるほどのはげしい疲労感、――暗やみの中に、獣のように穴にもぐり、息をひそめて、次の殺しあいを待っている彼……。

だが、なぜ、俺はこんな所にいるのだ？

ふいに胸の悪い思いがこみあげてくる。重い銃をかまえ、息を殺し、歯をむき出して暗がりを見つめている自分が、まるで狂人めいた存在に思えてくる。――そんなバカな！　これが事実だなんて！　いや、これは悪夢にちがいない。俺は今もまだ、あのしずかな家庭に妻といて……。

「なにを考えてるんだ？」下士官らしい男が隣から低く話しかけてくる。「かアちゃんのことか？」

「え？」彼はびくッとする。

「お前、子供は？」

「ああ……いるよ」

「疎開させたか？」

「いや……」突然額に冷や汗がどっとわき出してくる。「……わからない。どうしたか……なにもおぼえていないんだ」

「おれの家族も、どうなったかわからない。——なにしろ、急なことだったからな……。アッというまに、住んでた所が戦場になっちまって……」

彼はギュッとしめった土をにぎりしめる。「なにがなんだか……」のどの奥で言葉がかすれる。「さっぱりわからないんだ」

「お互いさまよ」下士官はつぶやく。「おれもこの戦争ばかりは、なにがなんだかわからねえ」

不意に夜空をつんざいて、重い、凶暴な物体が、笛のように鳴りながら頭上を通りこす。

「はじまるぞ！」と誰かがどなった。

声の終りは、背後に上った猛烈な爆発音で吹きとばされてしまう。

それからまるで地獄のような榴弾のつるべうちがはじまった。轟音と爆風と、閃光と土砂と、——耳がガンガンなり、眼がくらみ、息もできない。

「敵襲！」誰かが声をからして叫んでいた。「右前方四百……」

彼の横で、いきなり機銃が狂ったようにわめきはじめた。朱色の焔が、断続してひらめき、こげくさいやけどしそうなほどあついガスが、彼の頬にふきつけた。

「なにしてるんだ。うて！」

横の下士官が、彼の背中をどやした。——彼は胸の底に、冷たい塊りを感じながら、銃をかまえ、うった。昔にぎった三八式とはまるっきりちがう、半自動式の小銃のあつかい方を、彼は知らないはずなのに、知っていた。ガツン、ガツンと肩にくる反動が、彼を次第に、現実に眼ざめさせてくるようだった。

「戦車！」

誰かが、のどのふっきれるような声で叫んで、ドッと壕の中へたおれこんだ。右前方の硝煙と闇の底から、ごうごうという腹をゆさぶるような轟音がひびき、つい四、五百メートル先で、赤い焔がひらめいた。ズボッというような音がして、壕の左はしに、おそろしい土砂くずれがおこった。

「チッ！」と下士官は舌をならした。「撤退だ。——通信士！」

「三〇二地点を放棄して大隊司令部附近まで撤退……」携帯無線を耳にあてた兵士がいった。

「右端から撤退しろ！」

下士官はそう叫ぶと、いきなり手榴弾を胸からもぎとって、大きく手を振りあげた。

——その姿を、彼は呆然として見つめていた。


「誰か！」

暗がりの中から鋭い声がかかった。

「K中隊第二小隊第五分隊……」

「よし、合言葉は？」

K中隊は、まだほとんどかえって来ていなかった。とりあえず、そのまっ暗なビルの二階でやすめといわれて、彼らは重い脚をひきずって階段をあがっていった。

二階は、だだっぴろい部屋で、椅子もほとんどなかった。——彼らは暗やみに腰をおろして、死にかけた人間のような深いため息をもらした。窓の外には、かすかな星明りに照らされ、半分廃墟と化した街路の、死んだような闇があり、部屋の中は、鼻をつまれてもわからないような闇だった。

「やられたのは？」誰かが疲れきった声でいった。

「戸田と小林……」別の声が答える。

「辰野はどうした？」

「知らん、逃げる時はいっしょだったが……」

沈黙——床にねそべった男たちは、身動きもしない。

「戦争はいやだな」誰かがポツリとつぶやく。

「ぞっとすらあ……」

「なぜ、小型原爆をつかわないんだい？」誰かが不平がましくいう。「空軍はもってるんだろ？　砲兵隊も原子砲があるっていうじゃないか……」

「だまってろ」かたい声がいう。「そんなことすりゃ――どうなるかわかってるだろうが」

「だってよ、じいさん……班長……」口をとがらせた声がいう。「パッとやって、パッとかたがつくじゃねえか」

「水爆で骨までガスになりてえか！」

「しかしな、じい……班長」

「つべこべいうな。使おうが使うまいが、おえら方の腹づもりだ。こっちにはどうせ関係ねえや」

彼は窓の外をながめていた。――うすい星明りに、窓の横の、半分こわれた看板が眼についた時、彼は思わず腰をうかした。

「なんだ？」びくっとした声が、床から起る。

「おれは……」彼はおどろいたようにつぶやく。「おれは、こ、ここを知ってる」

「そりゃ知ってるやつも大勢いるだろう。こんな大きな街だから……」

「そうじゃない」彼はまるで夢みるように手をのばして、窓ぎわに近づいた。「ここは

——このビルは、俺のつとめてた会社だった」

「へえ——」誰かがつまらなそうな声を出す。「月給はよかったか？」

「ああ、そうなんだ。俺はちょうど——この部屋で事務をとってたんだ。ここの窓ぎわに俺の机があって……」

「かわりはてたるこの姿……か」誰かが毒々しい口調でいう。「昔のことをいくらいったって、はじまるかい！」

そうだ、昔のことだったんだな、あれは……彼は胸のむかつく思いにおそわれながら、窓ぎわに立ちつくしていた。

昔のこと？

明るく、活気にみちたオフィス、彼の席は西日がさしこむのが厄介だった。せわしなくなるタイプライターや計算機、人の出入り、禿頭で麻雀と居ねむりがやたらに好きな課長、オフィスガールたちのクスクス笑い……。彼はそのオフィスに毎日かよい、単調だが、活気にみちた日常をすごしてきた。

そのオフィスが、今ここで、あれはてたまっくらな仮司令部となり、窓ぎわの副課長の席にすわっていた彼が、同じ場所で、戦塵にまみれ、戦闘につかれはててたっている。

信じられないことだ！

彼は思わず眼をつぶって思いうかべようとした、——そのオフィスから、この司令部までの間に、いったいどんな時間の経過があったのか？

「なんだ？」

誰かが、けわしい声でつぶやいた。――外できこえた一発の銃声が、一瞬の間にはげしいうちあいのひびきになり、せきこむような機銃の発射音がかさなった。

「ゲリラだ！」階段の下から叫びがあがった。「防戦しろ！」

二階にいた兵士たちは、とびおきると、階段をふみならして下へおりた。――階下で手榴弾が炸裂し、壁土がバラバラとおちた。

「太田！」班長が窓ぎわで呆然と立っている彼を見てどなった。「なにをしとるか！　早く下へ……」

彼は全身に冷や汗をびっしょりかいて立っていた。――俺は動けない……と彼は思った。俺はいやだ……。

「太田！」

全身の力が足もとからぬけ出して行くようだった。俺はこわい……俺には何にもできない。俺はこの現実をうけいれるような心の準備がちっともできていないのだ。俺には――俺にはなにもわからない。

「太田！　こわいのか？　きさま！」

階段の下から、自動小銃の火花が吹き上ってきて、天井にバチバチあたる。班長は身をかわすと、上から一連射をくわえた。悲鳴、階段をころげおちる音……。

「太田……、きさま……」

怒りにもえた班長の眼が、闇の中で青く光った。銃口から熱い臭気のたちこめる自動小銃を脇にかかえ、班長は、彼に近づいてきた。——全身冷たい汗にまみれた彼は、窓わくにつかまってふるえながらかたく眼をつぶった。

班長の手が肩にふれた。——だが、そのふれ方は、意外にかるく、やさしかった。

「さあ……」と彼の耳のすぐそばで、やわらかい声でいった。「太田くん……」

彼はギョッとして、眼をひらいた。

オフィスの窓ぎわで——全身冷や汗にまみれて……。

「気分でも悪いのかね？　太田くん……」

班長——いや、課長は、しんぼうづよい声でいった。

「いねむりして、うなされてたよ」若禿げの課長は、笑いながらいった。

あちらこちらから、おもしろがっているような視線が、彼にそそがれていた。ちょっとの間、彼はねぼけたもの特有の、焦点のさだまらない眼で、あたりを見まわした。——明るく活気にみちたオフィス……壁の時計は午後二時をさし、電話が鳴り、ワイシャツの袖をまくり上げた課員が、きびきびと右往左往する。だが、——彼の耳の底には、まだあの轟音がなりわたっていた。タイプや算盤や計算機の、パチパチはじける音は、機銃や自動小銃のひびきのこだまのように思え、ドアがバタンとしまると、手榴弾かと思って、ハッと身がまえてしまうのだった。

女事務員が、たまりかねたようにクスクス笑った。

しかし、彼の意識はまだ、なかばあの仮司令部の、死と閃光と轟音にみちた暗がりをただよいつづけており、鼻孔には、あの猛烈なTNTやコルダイト火薬の、ツンとくる臭気を嗅いでいた。

「子供さんの看病づかれだろう」課長は気の毒そうにいった。「いねむりしたってかまわんが、あまりひどくうなされていたんでね。――ぼくはちょっと出かけるが、なんだったら早びけしてもかまわんよ」

子供？――そうだ彼は、たしか子供の急病で電話をかけに行き、それから……。とすると、あれはゆうべのことなのだ。そうにちがいない。――課長が出て行くと彼は頭に手をあてて、ゆうべ、電話をかけにいってからのことを思い出そうとした。だが、――なにも思い出せない。あの夜道をかけている時から、いきなり戦場の「夢」へと記憶がつながり、それからたった今、このオフィスで眼がさめて……。

「副課長さん、お茶を……」

女事務員が笑いをこらえながら湯のみをさし出す。――彼は、若い娘の、輝くような屈託のない顔を、ついまじまじと見つめる。

「顔になにかついてます？」娘はくすぐったそうに歯を見せる。

「いや……」

暗がり――汗と埃と硝煙の臭いとを、屍衣のように身にまといつけた、不精鬚だらけの獣のような男たち。つかれはて、凶暴になり、――ズタズタにさけた服、木の枝にぶらさがる血だらけの腕、頭蓋のふっとんだ首、――戦車、砲撃、熱くやけた武器をもって、ねずみみたいに歯をむき出しながら、地面の上をはいずりまわり、暗がりの中に、理由もわからずくたばって行く男たち……。

「よっちゃん……」彼は眼をすえていう。

「ちょっと……君にさわらせてくれ」

「まあ！　副課長さんたらエッチ！」

オフィスに笑い声がおこる。

「まじめなんだ……」彼はむきになっていう。

「本当をいうとまだ――これが現実とは思えない」

「ほっぺたをつねってごらんになるといいわ」

まわりのものはまた笑う。

「どんな夢を見たんです？」課員がきく。

「戦争の……」といいかけて、彼はまた混乱する。

いや――、あの戦争が夢の中のできごとで、このいそがしいオフィスの午後二時が、本ものの現実だと、誰が断言しうるか？　彼は今、あの死臭にみちた戦場のどこかに泥のように眠りながら、オフィスではたらいている夢を見ているのかも知れないではないか？

「君たち——笑うかも知れないが……」彼はつかれたような調子でしゃべり出す。「未来の戦争で——ここらあたりは戦場になり、このビルは、仮司令部になって……このオフィスで、ぼくはゲリラにおそわれるんだ……」

「つかれてるんですよ」課員はのみこみ顔でいう。「休んだら？」

夢と現実は、それほど峻別され得るものか？——決定的にちがう、と心理学者はいう。だが、眼前にあるこの現実は一瞬後に記憶におちこみ、記憶は夢の貯蔵庫となる。人は悪夢からさめて、もう一つの悪夢の中へかえって行くのではないか？

「副課長さん……」むこうの席から女の子が声をかける。「お電話です——お宅から……」

彼はばかばかしい考えをふりすてるように、頭をふって、席を立つ。——くだらん考えだ。夢はしょせん夢にすぎない。恐ろしい夢を見たにしても、それは日常を少しもかえはしない。悪夢から目ざめた時だけは、さすがに神に感謝をしたくなるといったのは誰だっけ？——この堅固な現実、みんなといっしょに所有している現実の中には、悪夢のはいりこむすきはない。

「もしもし……」彼は受話器をとりあげる。

「もしもし、あなた？」妻の声だ。気のせいか上ずっている。「大変なの、坊やが……」

突然ガリッという雑音がして、声がとぎれる。

「もしもし！」彼は思わず電話器をにぎりしめる。「坊やがどうかしたのか？　もしもし！」

　ずっと遠くで、かすかな声がする。

「きこえないよ、もしもし！」

「もしもし……」突然ききなれない男の声がはいってくる。「そちら五百十二番？」

「ちがう！　話し中だ。もしもし？」

「五百十二番かね？」

「ちがうったら――混線してるんだ。交換手！」

「五百十二番……」男の声はしつこくくりかえす。「おい……五百十二番……」

「もしもし！」彼はいらだってどなる。――声は遠のき、またちかづいてくる。

「五百十二番……五百十二番……」

「返事しろよ……」突然わき腹をこづかれて、彼はハッと顔をあげた。

　拳を、電話器をにぎったかっこうににぎりしめたまま、彼は地べたにじかに坐り、たてたひざの上に頭をつけていた。

「五百十二番……」声がまたちかづいてくる。

「お前の番号だろ」体へくっつけるように、横にすわった年輩の男がささやく。「返事しろよ」

「五百十二番！」声はおこったように高まる。「おらんのか？」

「ここにいます！」隣の男がさけぶ。

「お前か、五百十二番は……」

彼は眼の前にとまった、ピカピカ光る長靴を、呆然と見つめた。——隣の男が、ぐいと肱でつつく。

「そうです、この男が五百十二番です」男がかわっていう。

「なぜ返事をせんか？」

「砲撃で耳をやられてます」

「よし、——番号標を見せろ」手がのびて彼の胸の札に乱暴にふれる。

長靴はまた大またに歩きさる。

「五百十三番……五百十四番……」

うずくまった、何百人という男たちが、重い返事をする。彼は眼をこすってあたりをながめた。

こわれた倉庫のような建物の前の、ひろい空地だ。——ほこりっぽい地面に、汗と血と、脂に汚れ、疲れきって死人のような表情をした男たちが、眼だけとげとげしく光らせ、顔をうつむけて坐っている。立木のかげに数台のトラックがいて、地面にほうり出され、山とつまれた小銃や機銃をつみこんでいる。倉庫のむこうには、長い貨車がとまり、日はギラギラと照りつけ、血の臭いをかぎつけた金蠅がうるさく輪をかいている。

「ねてたのか？」隣の男が、ボソッという。「あまり世話をかけるなよ」

「おれたちは……」彼は悲鳴のような、上ずった声でいいかける。――どうしたんだ？ ときこうとして、絶句した。きかなくても、この場の情景をひと目見ればのみこめる。立ち去って行く長靴の士官の服装は、彼らのものとちがっている。

「おれたちは――どうなるんだ？」

「知らんな、――捕虜収容所へはこばれるんだろ」

ピーッと笛が鳴る。――点呼をおわった士官が、貨車のそばでどなった。

「よし！ 三百番から順次乗車！」

ごみのようにかたまっている捕虜たちの一角が、のろのろと立ち上り、動き出す。

「ちょッ」誰かが舌うちする。「家畜車にのせる気だぜ」

「便所に行きたいやつは、申し出ろ――こちらに整列……」〝敵〟の下士官がどなっている。

「お前はいいのか？」隣の男がきく。

「ああ……」

せめて便所にでも行きたくなったら、眼がさめるだろうか？――と彼はぼんやり考える。だがこれが果して夢か？ それとも、逆に……。

彼のいたあたりの連中も、もそもそと立ち上る。彼も、夢うつつに立ち上った。

「わからない……」彼はつぶやく。

「なにがよ？」

「これが――本当に現実なのか、それとも夢なのか……」

「夢だと？」前を歩いていた小男がふりかえってかみつくようにいう。「これが夢だと？――小便でツラを洗ってきやがれ。それからどっかの将軍みたいに、わが軍大勝利の夢でも見るがいいや！」

列はノロノロ動き、貨車がちかづいてきた。くさった藁と、動物の排泄物のにおいがむっと鼻をつく。――押すなったら！――武装解除されたくせに、いばるない……。

「気にすんなよ」隣の男はいう。「お前どこでつかまったんだ？」

「……思い出せない！」

「砲撃で頭《ここ》をやられたな」

そうかも知れない、いや、それにしても――考える間もなく、列は彼をはこび、彼を汗くさい男たちといっしょに、貨車の中にぎゅうぎゅうつめこむ。考える間もなく……、はこばれ、つめこまれ……。

「まったく……」彼と顔がくっつくほどおしつけられた、隣の男は自嘲をこめてつぶやく。

「おれだって、今度の戦争ばかりは、夢みたいな気がすらア――あっという間にはじまって、あっという間に兵隊にとられ、あっという間につかまって……」

脇腹と背中をぎゅうぎゅうおしつけられるいたみ、男たちの肌のあたたかみと汗の臭い――これは現実だ、と彼はあえぎながら思った。これこそ現実以外の何ものでもない。

──貨車がゴトリと動き出す。

「これが現実さ……」隣の男はつぶやきつづける。「昔を考えたって──何の役にも立ちゃしないさ。おれたちゃ捕虜なんだからな……お先まっ暗の臭い車におしこまれ、どこへとも知れずはこばれて──おれたちには、これだけしかないのさ……」

「本当にそうなら、まだ安心できる……」彼は息もできぬほどおしつけられながらつぶやく。

「なぜ?」男は顔をねじむける。「夢ならさめてほしいと思わねえか?」

「その逆だ」彼はぼんやりという。「俺は──どんなにみじめでもいいから、これこそ絶対確実な、ゆるぎのない現実だというものがほしい。夢を見たり、夢からさめたり──夢から夢へキャッチボールされるのは、もうたくさんだ!」

「ヘッ、このお二人、哲学談義ときたぜ」誰かがあざける。「捕虜のくせしやがって……」

「そうは行かないさ……」隣の男は、彼の眼をじっと見ていう。「現実だと思ったものが、いつのまにか悪夢にすりかわる。悪夢がいつのまにか、かけがえのない現実になっちまう……二十《はたち》の青年にとって、老残の七十代は悪夢だ。七十の老人にとっちゃ、二十代の自分は一片の悪夢にすぎないだろうさ」

「だけどそいつは……」

「この現実は、悪夢みたいだが……」男は不意に奇妙な笑いをうかべる。「だが、この悪夢の中から見れば、平和な日々こそ悪夢に思えないかね？」

「あんた……」彼はギョッとして男の顔を見る。

「あんたは、おれのこと、なんか知ってるのか？」

突然轟音が高まり、あたりがまっ暗になる。いがらっぽく、あつい空気がもうもうとたちこめ、あたりは咳の声でみちる。

「トンネルだ！」誰かがせきこみながらどなる。「窓をしめろ！」

「窓をしめてよ！」ふいに甲高い女の声がいう。「早く……あなた……」

彼はあわてて窓枠に手をかけた。――だが恐怖とおどろきのあまり、あついものにでもふれたように、手をひっこめてしまう。

「どうなさったの？」妻は、おもやつれした青白い顔をしかめながら、せきこむ。「早くしめないと――」

暗く赤茶けた電燈、三寸ばかりあいた窓からうずまいてながれこむ煙……。

「いいわ、私がしめる……」

妻はおこったように、胸にだいた、小さな白布で巻いた箱をわきにおくと、立ち上って窓をしめた。――すすけた古い車両、まばらな人影、彼の前にすわって、白い箱をまた大事に抱きしめて、乾いた視線で彼を見つめている妻……。

「どうなさったの？――つったったままで……」

と妻はいった。

「それは？」彼はかすれた声で、やっという。「その箱は……」

ふいに妻がハンカチで顔をおおう。嗚咽が手の間からふき上げるようにもれてくる。

「坊や……」と妻はとぎれとぎれにつぶやく。

「かわいそうに……こんな……小さな箱になって……」

彼は脳貧血をおこしそうなのを、やっとこらえて、ゆれ動く座席の背をにぎりしめる。

「あなたも……坊やのお骨を故郷におさめたら、休暇をとったら……あなたもつかれてるわ。わたしも……」

してみると子供は死んだのか？――だのに彼は、その死をおぼえていない。いや、彼は何も知らない。そして、――なにもわからない。「おれは、気が狂ったらしい……」彼は胸もとにこみあげてくる冷たいものを、必死にこらえながら思った。「医者に見てもらわなくちゃ……故郷についたらすぐ……」

「太田さん……」と、にきびの出た看護婦がいった。

彼は、ちょっとばつの悪い表情で、妻を見かえった。――妻はつかれた顔で、それでもかすかにほほえんで見せた。

精神科は大げさすぎたかな？

すくなくとも、これで二十四時間、この現実は持続した。彼は骨を寺におさめ、疲れのあまり、泥のように眠った。だが――あの夢は見なかった。

「あまり気にしないほうがいいわ……」妻はいたわるようにいった。「きっと、なんでもないのよ。疲れのせいよ」

「診察がすんだら、飯でも食おう」彼は時計を見ながらいった。

「つぎ……どうぞ……」医者は椅子をすすめた。

「太田さん——どうぞお話しになってください」

「実は……」彼は口ごもった。

「どうぞ——なんでも気になることは、気楽に洗いざらい話してください」

「夢を見るんです」

　ふいに恐怖がよみがえってきて、彼は絶句する。夢！——この夢と、あの夢と……。

「夢？」医者は急にかたい声になってきく。「どんな夢？」

「戦争の夢です……」

「戦争の夢だって？」

　診察室の中で何かがガチャッと鳴る。

「ええ、どうも——未来の戦争の夢らしいですが……」

「未来の？」医者の声が笑いをふくんでいる。「で、君は今、何をやってるんだ」

「現在、商事会社の副課長をやっています」

　突然部屋の中から、クスクス笑いがきこえる。——男の声で……。

「笑っちゃいかん！」医者が背後にいう。

「なるほど――いや、大したことはないな」

「危険なことはないでしょうか？」

銃剣をもった兵士がきいた。

「危険はないだろう。戦争のショックで、現実逃避の衝動から、意識の退行をおこしているんだ。――今がまだ、平和な昔の時代で、自分は現在、会社づとめをしていると思いこんでいる。監視をつける程度でいい。病棟はいっぱいだから……」

「は……」と兵士はいった。「たて！　五百十二番……」

彼は紙のような顔色をして立ち上った。眼はとび出し、唇はわなないた。――兵士は、ちょっと心配そうに軍医をふりかえったが、軍医は、つれて行け、と顎でしゃくった。

「ここはどこだ……」彼はつぶやいた。「おれは……」

「さあ……」兵士は腕をとった。「おとなしくしろ。収容所へかえるんだ」

「あばれたら鎮静剤をのませろ」と軍医はいった。

彼は腕をとられたまま、意志のない人形のように診察室を出た。

「あなた……」出た所で、妻が心配そうに立っていた。「どうだったの？」

彼は顔中をこわばらせ、大口をポカンとあいて、待合室を見まわした。手ずれのした週刊誌や、安っぽいソファーや、けげんな顔をして、彼を見つめている客たち、そして――。

彼の腕をつかんでいる、二人の〝敵の兵士〟を！

「いやだ！」ふいに彼はわめいた。「もうたくさんだ！　もうこんなこと、たくさんだ！」

「あなた、どうなさったの？　あなた……」

妻はまっさおになって彼にとりすがろうとした。その手をふりはらい、同時に腕をつかんだ兵士の手をもぎはなすと、彼はいっさんに外へ走り出した。

「あッ、あなた！」と妻は叫んだ。

「待て！　逃げるな！」兵士はどなった。

「その男をつかまえろ、捕虜だ！」

病院の外へ、彼の姿が走り出た時、キキッとはげしいブレーキの音がきこえた。——同時に背後から、自動小銃がひびきわたった。

急停止したタクシーのバンパーの下に、彼は、背中を血に染めてたおれていた。——たちまち、あたりに人だかりがしてくる。はねられたんだって？　ああ、あの病院からいきなりとび出して来て……さがって、さがって、と警官が声をからしてさけぶ。

「あなた！」

妻は和服の裾を乱してかけより、夫の死にとりすがって泣き出した。

その背後で、まだうすい煙の立ちのぼる自動小銃をかまえた、異国の兵士が二人、眉をしかめて立っていた。

「射殺しなくてもよかったんだ」一人がボソッといった。「この男は、頭がおかしかったんだから！」

「おれはまた、脱走者だと思ったもんだから……」と銃をかまえた方の兵士がいった。

――ビルの彼方に救急車のサイレンが不吉に鳴りわたる世界の中で、――同時に、二人の兵士が見まもるもう一つの世界の中で、まったく同じ構造をもって並行しながら、時間的にずれた二つの世界の間にはさまれた男の体は冷えて行った。

沼

山にちかづくにつれて、くろぐろとした森が眼前にせまってきた。すでに日はとっぷりとくれていた。

星のない空に、風が吹きはじめ、まっくろな森の梢は、夜の空を背景に、手まねきをするようにざわめいていた。

――あの森をぬければちか道だ。

そう思った信三は、田の中を白くうねって森を迂回《うかい》している村道から、草におおわれた小みちに、ためらうことなく足をふみいれた。

故郷にただ一人、先祖の家を守っていた祖母が死んで、二十数年ぶりの帰郷だった。――深い山と森にはさまれた谷間に、まばらにひろがった村は、二十数年前と少しもかわっていなかった。バスからたった一人おりた時、すでに彼は、二十数年前、彼がまだ、ほんの子供だったころの記憶の中に、おりたったような気がした。――一足ごとに、幼時の思い出がよみがえってくる。あの山、この竹藪《たけやぶ》、鎮守の森からきこえてくる、眠くなるような祭りの太鼓、そしていま通りぬけようとしている深い森に、いつもなにとはなしに抱いていた恐怖……。まっ暗な木の下道に足をふみいれた時、信三は突然なにかを思い出しかけてギクッとした。足を早めて奥へつきすすんだ時、黒い木立のむこうに、かすかに鉛色に光るものがチラと見えた時、彼の足は思わず恐怖のために凍りついた。忘れていた、――いや無意識のうちに思い出すまいとしていた古い記憶が、突然よみがえってきたのだ。

森の奥に、古い沼があった。——どこにでもある、主がいるとか、身投げしたものの亡霊とか、いくつもの迷信や伝説をまつわらせた沼だ。森をぬける道はすぐ横をとおるが、岸辺はすべりやすい草におおわれて、いきなり深くおちこみ、おちれば水中におい しげる藻《も》にからまれて、おとなでも助かりにくいといわれていた。

むろん、里の子供たちは、ちかよることをきびしく禁じられていた。——しかし森の木の実や、虫とりにふけっているうちに、つい沼のそばに出てしまうこともたびたびだった。そして信三は四つ、いや五つの時……。

二つ年上の子供と、森にあそびに行き、めいめい虫をつかまえるのに夢中になって、はなればなれになった。友の名をよぼうとした時、信三は沼の方角にかすかな水音をきいた。ギョッとして大声で呼んだが、返事はなかった。——沼の反対の方角へ歩き出そうとした時、突然背後から、かすかな声がきこえた。

「助けて！」

信三は立ちすくんだ。

ふたたび、「助けて！」という声がきこえた時、信三は森の外へむかって、ワッと泣きながらかけ出していた。——五つの子供には、森と沼がこわかった。その沼に、友だちがはまったということが、どうしようもなくこわかった。彼はその恐怖から、ただひたすらに逃げたかった——息を切らせ、泣きながら走る幼児の背後から、かんだかい声は、おいすがるようにひびいた。

「たすけて……たすけて……」

――子供の死骸は翌日うかんだ。いきのこった子供は、友を見すてたという思いに、その後ながくさいなまれ、森のそばを通るたびに、奥の沼の方からあの声がひびきわたるような気がするのだった。――たすけて……たすけて……。

沼を前にして、信三はあの時の記憶に――思い出すまいとしていた記憶に、不意にとびかかられた。同時に、幼時、夢にまできいた叫びが、ふたたび耳の底になりわたるのを感じた。――たすけて！

彼は沼へむかう道をさけて、しゃにむに木の下むらをかきわけて進みだした。道が沼のほとりから、沼と反対の方角に折れているのを思い出し、沼をさけて通ろうとしたのだ。

沼から少しはなれた所で、ようやくもとの径《みち》に出て、ほっとひと息ついた時――背後の沼の方角から、風の音にまじってかすかな子供の声がきこえたような気がした。

「たすけて！」

信三は今度こそふるえ上った。――血の凍る思いで耳をすますと、もはや声はきこえず、ただ梢がごうごうと鳴る音がひびきわたるばかりだった。――どうやらそら耳らしかった。

それにしても、こんな森は、早くぬけてしまおうと、小走りになりかかったとき――

またもや、記憶の底からともつかず、梢の鳴るざわめきの底からともつかぬはるか遠くから、かすかな、カンだかい叫びがきこえてきた。

「たすけて！」

もはや信三はがまんできず、トランクをもたぬ方の片手で耳をふさいでかけ出した。走り出すと、かえって恐怖が大きくふくれ上り、足は宙をとんだ。――木の根につまずいてつンのめりそうになりながらも、彼はただひたすら、あの沼から遠ざかり、この森をぬけだしたい一心で走りに走った。背後のあの沼と、それにまつわる恐ろしい記憶、そして、背後からまつわりつき、耳の底になりひびくあの叫びから……。たすけて……たすけて……たすけて……。

森を出て一町以上も走ると、さすがに息が切れた。――立ちどまって息をととのえるとやっと人心地がついた。すると今度はいい年をして子供の記憶にふりまわされた自分が、すこしはずかしくなった。信三は帽子をかぶりなおし、眼前の祖母の家にむかって歩き出した。

「信さんかい？　よう来なした」

祖母の家の戸をたたくと、ガラリと中からあいて、遠縁の源叔父の声がした。うす暗い電灯の逆光の中で、源叔父のシルエットは、信三の背後をすかしているような気配だった。

「おや、一人かい？　良夫にあわなかったかね」

「わしの末っ子で小学校三年坊主だよ。——あんたをバスの停留所までむかえにやったが……」源叔父はのび上るようにして、森の方を見ながらつぶやいた。「ははア、夜道はあぶねえから近道しちゃいけねえとあれほどいったのに——また森をぬけていったな……」

「良夫って？」

——信三の手からトランクが音をたてておちた。

葎生《むぐらふ》の宿

1

道に迷った。過疎《かそ》化がこれほど急激に進んでいるとは思っても見なかった。

二、三年前に一度、近道という事もあって、その山中をぬけた。その時、まだ一部未舗装で、開《ひら》けた谷間の田の中をうねうね通る県道のほこりっぽさに対して、道こそ悪いが、むせかえるような青葉若葉の森をぬけ、渓流《けいりゅう》の傍を通り、山越えした時の事が忘れられず、今度は山腹をいろどる紅葉のつづれにひかれて、心おぼえの間道の所でハンドルを切った。それがまちがいのもとだった。第一、この前の時は、その土地出身の、地理にくわしい男が同乗していたが、今度は一人旅だった。

間道にのりいれてしばらく車を走らせるうちに、完全舗装で整備の進んだ県道に対して二間たらずの地道の荒れ方が、この前の時よりずっとひどい事に気がついた。——手入れがされないと見えて、石ころや岩がやたらに露出し、道の中央が、雨水のため、みぞのように深くえぐれている。両側の草はぼうぼうとおいしげって、道におおいかぶさり、轍《わだち》のふみしだいたあともない。

この前来た時、道の両側には水が漲《みなぎ》った田に、五月の稲が美しく、たくましく根づき、えんどう豆や茄子《なす》、胡瓜《きゅうり》など、よく手入れされた蔬菜《そさい》類の畠がひろがっていたが、今はそれも荒れ果て、畦《あぜ》のみのこして、雑草がぼうぼうとおいしげっていた。

道は間もなく森にはいり、それから、のぼりになる。——つづら折りの地道を、何段か折れまがってけわしい山腹をのぼりつめると、そこからゆるやかな坂道で、さらに深く山奥へとはいって行く。

そこらあたりまでは、昔の記憶もはっきりしていた。

山水に荒れきった道を、車の腹をすらないように、デフをぶつけないように、路面の高い所、岩根に車輪をのせるように、注意しながらハンドルをきり、またきりかえし、それでも何度か、ガン、とフレームを岩角や石ころにぶつけて肝をひやしながら、つづら折りをのぼり切った時には、額がじっとり汗ばんでいた。——そこまでは景色を見る余裕などなかった。急坂をのぼりきって、ちょっと車をとめ、ちょっと風を入れながら、眼下の、のどかな田園風景をながめた。それも、二、三年前とだいぶちがっていて、県道ぞいに、いやにけばけばしいドライブイン・レストランや、えらくりっぱで、モダンなデザインの学校の建物が、とり入れのすんだ田や、減反で休耕になっている田の間に出現していた。——日本の秋らしいやわらかい黄色、茶色、くすんだ緑といった色彩の中に、ぴかぴか光る青瓦の新築の家や、赤いカラートタンの農家の屋根が、少々突拍子もない感じで散在している。

ま新しい、黒々としたアスファルトに、鮮やかな白線を敷いた県道を、大型トラックやダンプがタイヤの粘りつく音をたててびゅんびゅん通りすぎる。――昔の膏薬《こうやく》みたいなつぎはぎ道路とちがって、もう砂煙はたたない。が、景色全体は、かつてのしっとりした均整《きんせい》をうしなって、大きく変りはじめている。

何とはなしに首をふって、さて、行く手をながめると、こちらは見事な赤、黄の紅葉の森の中に、まっすぐにつっこんで行くのだった。

ゆっくり車を発進させ、十分も走らないうちに、彼は思わず声に出ない歓声をあげた。この前来た時、かすかに記憶にのこっていた楓《かえで》の林は、かつてのみずみずしい青葉が、今は息もとまりそうに見事な真紅に、紅葉していた。それに黄金色の櫨《はぜ》や葛《くず》がまじり、所々に常緑の葉をまじえて、みごとなつづれ錦のトンネルが形成されていた。

傾斜がゆるやかになったため、道の荒れ方もそれほどではなかった。しめった土にちり敷く赤黄茶の落葉を踏んで、ゆっくり車を走らせて行くと、時折り、ざっと梢をゆすって行く山風が、可憐な楓、葛の葉を行く手に舞わせ、あけはなった窓から一片、二片をシートにおくりこんで来た。丈高い紅葉林の梢の上には、うすく絹雲を刷《は》いた清涼《せいりょう》の秋の空があり、わずか数百メートルの高さながら、山中は平地とちがって一足先に晩秋が訪れたのか、するどくけたたましい百舌鳥《もず》の声が、森閑《しんかん》とした山林に、冴《さ》えざえとひびきわたる。

その清澄《せいちょう》の気配、静寂《せいじゃく》の圧力を高める燃え上るような紅葉に心をうばわれて、いつの間にか、どこかで道をまちがえてしまったらしい。――気がついた時は、熊笹《くまざさ》の一面にはえた、櫟《くぬぎ》や楢《なら》の雑木林に車がはいりこんでおり、道はせまくなって、両側から笹がおおいかぶさり、とうとう車が動けなくなってしまった。

何度も切りかえして方向転換し、やっと見おぼえのあるあたりへ出た。さらにひきかえすと、さっきは気づかず通りすぎた枝道がある。何のためらいもなく直進して、行きづまりになったのだから、曲るのが当然だろうと思って、彼はせまい枝道の方に車をつっこんだ。

道は相かわらず、車幅ぎりぎりのせまさながら、今度は消えもせず深い森の下生えの中をつづいている。木の根や岩角にのり上げ、のろのろ運転で、彼は車を走らせつづけた。——道は間もなくくだりになる。少しほっとした気持ちで、ボディで草をわけるようにしておりきると、谷間をまわって行く細い、しかし一応は村道とも思える道に出た。両側に、不規則な形の、うちすてられた山田があり、田にはえた雑草の中に、灰色に朽ちはてた案山子《かかし》が、頭をつっこむようにしてたおれている。道のくだる方へむかって進むと、また道はのぼりになって、うねうねと山間にはいって行く。

そのころから少し不安になってきた。——以前に来た道と、ちがう道にはいりこんでしまった事ははっきりしていた。今さららしくロードマップをひらいてみたが、どこにいるのか見当もつかない。さらに車を走らせて行くと、うちすてられた田畠がすこし多くなり、おいしげった藪の間に、二つ三つの藁屋根《わらやね》が見えた。一番ちかい一軒の前に車をとめて、道をきこうと思ったが、その農家の戸格子がはずれてほうり出され、中ががらんどうなのを見て、次の一軒にむかって進んだ。――もう一軒は、道に接してたち、同じ農家づくりながら、昔は何かを売っていたような佇《たたずま》いだった。が、雨戸はとざされたままで人の気配はなく、玄関の破れたすりガラスのむこうに割れた下駄が片方ころがっているのが見え、戸の桟《さん》は、もう何年もふれる人のない土ぼこりがびっしりつもっていた。

そのほかも、無住の廃屋ばかりだった。この山奥で、どうやって生きてきたのか、毛のぬけた老猫が一匹、枯れた切り株だけのこる田をのそのそ横切り、山際の藪の中に消えていった。

道はその先で二股になっていた。――ひきかえそうかと思ったが、一方の道が、いかにも人里に出られそうな感じだったので、そちらをとった。両側からせばまる崖の間をしばらくのぼって、今度はゆるやかな下りになる道と、のぼって行く道にわかれる。下りをえらぶ。またわかれ道、思いきって一方をたどると、突然眼前に落石があらわれる。大苦労してひきかえしはじめた時は、もう日が傾き、山間に濃い菫色《すみれいろ》の影がおちはじめた。

もとの村道らしい道に出るつもりが、わかれ道で、またまちがえたらしい。もう出ていいころなのに、両側の草はいよいよ深く、道はまたのぼりになり、あまつさえ両側に木立ちが深まって行く。

――こりゃいけない。

と、彼は舌うちした。あせって、鼓動が少し早くなりかけていた。

——またひきかえすか……。

あたりがうすぐらくなって来ているのは、深まって行く木立ちのせいばかりではなかった。窓から上を見あげると、梢の先はもう、暗い赤にそまり出し、さっきまでの青空は、群青から紺へと深まって、絹雲が、金色にうねる合間に、ちかりと星さえ光りはじめている。

姿は見せず、しかし塒《ねぐら》にかえる羽ばたきのリズムを感じさせながら森の上で烏《からす》が鳴く。道は、しかし、やや広く、しかもゆるいくだりだった。ライトをつけようかと思ったが、まわりに急速に濃くなりつつあるうす闇に、意地になってさからうつもりで、やめにした。ゆるいくだりが、またゆるいのぼりになるあたりで、方向転換をしようと、ロウにいれたままで、アクセルをふみこんだ。

エンジンの方が、すぽっ、とぬけたような感じで、車は坂をのぼりかけてとまった。——その時になって、オイルと鉄《かね》のやける臭いが、むっとダッシュボードの中からおしよせ、彼は、あっと思ってブレーキをふんだ。ボンネットの下から、うすい湯気がたちこめる。計器ランプをつけると、エンジン温度計はふり切っていた。

急いでエンジンを切り、ボンネットのロックを解く。前にまわって、ボンネットをあけようとすると、やけどしそうな熱さにとび上った。ハンカチと木の枝をつかい、ボンネットをはねあげると、エンジンはやけきっていた。——ラジエーターの水がからからで、水栓の隙間から、ぴーっ、と音をたてて高圧蒸気が吹き出している。ライトをとり出して、てらしてみると、下の方のパイプにかすかにひびがはいっている。

ひびは、応急にガムテープと赤土でふさげない事はない。が、問題は気づかぬうちにからからになってしまった水だ。彼は、急速に冷えはじめた林の中で、どっと全身に汗がふき出すのを感じ、どこかに小川か岩水でもないかと、もうすっかりうすぐらくなったまわりを、あわただしく見まわした。

と――

ゆるい上り坂の上に、黒々と家らしいシルエットがそびえているのが眼にはいった。

2

こんな山中の、深い林の中にあるのだから、どうせ廃屋《はいおく》になった農家か杣人《そまびと》の家だろう、手助けは期待できないと思ったが、それでもかつて人が住んでいたのなら、井戸とはいわないまでも、崖から湧水《わきみず》ぐらいひいているかも知れない、と思いなおして、彼はライトをふりまわしながら、坂をのぼった。――坂といっても、ゆるいのぼりでほんの二十メートルぐらい行くと、林がそこだけかなりひろく切りひらかれ、草こそ膝を没するほどにおいしげっているが、それでもまわりに低い、しっかりした石垣がのこっており、椿、八手、といった植えこみが、巨木化しながら、一種風格あるたたずまいを見せていた。

風雨にさらされた雨戸は四方ともぴったりしまり、入口の板戸も閉ざされている。

水場があるであろう裏口へまわってみる。――丸石をならべた中を三和土《たたき》でかためた洗い場があり、背後の崖から、太い、孟宗《もうそう》の竹樋《たけとい》が導かれていたが、竹の切り口はからからにかわいて、水は一滴も流れていない。洗い場のすぐ横をくぼめて、水溜めになっていたが、底は朽ち葉がびっしりたまって草がはえている。

ライトをめぐらすと、裏口の戸は半分ほどあいていた。茶色の水がめらしいものがちらと明りの端に見えたので、念のため、がたがたいう戸をあけて、つん、と埃《ほこり》と黴《かび》の臭いが鼻につく土間にふみこみ、のぞいてみたが、やっぱりからからで、埃が底にぶあつくたまっている。

どうという事なく、ライトをまわりにふりむけると、まっ黒にすすけた、巨大な梁《はり》の組みあわさった、天井の高い、堂々とした賄所がぼんやりとうかび上った。――一隅につくり置きの大きな土のかまどが三つもならんでいる。土間から上った所は、これもがっしりと太い框《かまち》を組んだ板の間だった。天井には一面に蜘蛛《くも》の巣が張り、梁からはすすほこりが無数のつららのようにぶらさがり、板の間の上にも、そのつづきの間の古畳の上にも、破れ障子の桟にも、何年とも知れぬ歳月の間にふりつんだ埃が、火山灰のように、ぶあつくつもっていた。彼が、少し裏戸をがたがたやっただけで、天井から銀色のほこりがゆっくりおちてくる。

ずいぶんりっぱな家だ、と、彼はちょっとおどろいた。

——だが、水がなければしようがない。

がっくりして、彼はまた表へまわって行った。——釣瓶《つるべ》おとしの秋の日は、すでにとっぷりと暮れ、まわりは闇と、うすもやと、冷気にみたされはじめている。水のないエンジンで動きまわる事もできず、かといって、この見ず知らずの深い山中で、闇の中を歩きまわって、どこへ出られるというあてもない。とすれば——車の中で夜を明かすという情ない事になるか。

ライトをふりまわして、八重葎《やえむぐら》のおいしげった庭先をつっきろうとした時、ふと彼は、妙な感じにおそわれて、その古い、大きな廃屋をふりかえった。——林のとぎれた空を背景に雑草のはえた萱葺《かやぶ》き屋根《やね》が黒々とそびえている。ふりかえったとたんに、何故ふりかえったのかわからなくなってしまった。彼はちょっと首をひねり、何気なく、家の方にライトをふりむけた。

さっき、ぴったりと閉ざされていたと思った、表の頑丈《がんじょう》な板戸が、半分ほどあいている。

おかしいな、と、彼は眉をひそめた。——が、開いた戸口からのぞく屋内はまっ暗だし、誰のいる気配もない。

さっき閉まっていると思ったのは、眼の錯覚《さっかく》だったのだろう、と思いなおして、彼はゆるい坂をおり、車の所へかえって行った。

リア・シートに、さいわい毛布がつんであった。——それを助手席におき、運転席にすわって、煙草を一服吸いつけた。窓からかろうじてはいってくる、うすぼんやりした夜明り以外、鼻をつままれてもわからないまっ暗な中で、赤い、小さな一つ目のような煙草の火が、吸うたびに明るく息づいた。

吸ってしまうと、さてそのあとする事はなかった。

——のどはひりつきそうにかわき、腹もへった。悪路の山道を何時間もドライブしつづけ、神経もすりへって、体もくたくたに疲れている。が、とても眠れそうにない。

カー・ラジオを入れてみる。——ここは谷間のブランケット・エリアになっているのか、ぶつぶつざわざわと言うばかりで、はいってこない。同調ダイヤルをまわしてみたが、短波のように、フェーディングのはげしい、ききとりにくい音楽がちょっときこえ、すぐ消した。ラジオを消すと、また車の中はまっ暗になった。彼はしばらく、背もたれに体をぐったりあずけて、じっとしていた。

森がざわざわ鳴っていた。——急速に冷えこみがきびしくなってくる。山間部では明日、霜が降る、と昼のラジオの予報が言っていた事を思い出した。エンジンがかけられなくては、ヒーターもつかえない。

しかたがない……とリクライニング・シートをたおしながら、彼は自分に言いきかせた。——とにかく、明日だ。明日、日が上ってから、どこかに水をさがしに行こう。渇きと、空腹と、足もとからしのびよる寒さが、彼につらい、情ない思いをさせた。——

しようがないさ。誰をうらむ事もできない。自分が迂闊《うかつ》だったんだ。

毛布をひっかぶり、頭までひき上げる。靴をぬいで、毛布の中に足をちぢめる。――体をもっとらくにするために、助手席のリクライニング・シートもたおして、前部座席に横に寝る。――森のざわざわ鳴る音が、まわりから迫ってくるようで、寝つかれそうになかったが、無理をしてぎゅっと眼をつぶった。

3

いつの間にかうとうと眠ったようだった。――眠っている間に夢を見た。体が凍るように寒く、がたがたふるえる夢だ。闇の中でふるえながらまわりを見まわすと、ふとちらちら赤い光が動くのに気がついた。

眼をこらすと、さっきの家だった。表の戸が、さっき見た通り半分あいていて、土間にちらちら焔のはえるのが見える。

と、家がすき透って、彼は中にいた。ひろい、天井の高い、がっしりした家の奥の間に囲炉裏《いろり》が切ってあり、乾いた木がパチパチ音をたててあたたかそうに燃えている。その囲炉裏の傍に、もう一人の彼が、毛布にくるまって、あたたかそうに眼をつぶっている。――囲炉裏の傍の彼はぬくぬくとあたたかそうなのに、それを見ている彼は、寒くて胴ぶるいがとまらない。

「おい！」

彼は腹をたててどなった。

（なんだ、お前だけあたたかい目をして！　こっちは寒くて寒くてたまらないんだぞ！）

どなった自分の声で眼がさめた。——寒いのは本当で、歯の根があわないぐらい胴ぶるいがした。

窓がぼんやりと白っぽく見えた。夜が明け出したのかと思って空を見たが、何も見えない。ルームランプをつけると、ガラスの外側に、まっ白に霜がこおりつきかけていた。それにしてもすごい冷えこみようだった。ヒーターをつけない車内は、金属類が痛いほど冷え切っている。毛布一枚では寒くてやりきれず、彼は冷たくなった指先を懸命に動かした。

とうとう彼はガタガタふるえながら起き上った。——毛布をかぶったまま外へ出ると、息がまっ白く凍る。足ぶみして、体をあたためながら、夜光時計を見ると、まだ午前一時だ。夜明けは遠い。そして明け方へかけて、冷えこみは一層きびしくなるだろう。すごいような星明りの下で、すでに車の屋根やガラスにはびっしり霜がおり、まわりの草にも白いものが凍りついている。

この冷えこみで、朝まで寝られるだろうか？——と歯をガチガチ鳴らしながら、彼は、心細く思った。——肺炎にでもなりそうだ。

星明りの空の下に、黒々とそびえるあの廃屋の屋根が眼の隅に見えた時、彼はふと、さっき車の中で見た夢を思い出した。

——そうだ、ひょっとしたら……。

と、彼は、廃屋をふりかえりながら思った。

——あの家の中の方があたたかいかも知れないな……。

——すごい埃だぞ……。

と、彼は自答した。

——さっき、見たろう。

——埃ぐらい……。

彼は車中からライトをとり出し毛布を頭からかぶって、坂道を一歩のぼりかけながら思った。

——この寒さがちょっとでもへるならどうってことはない。もやすものだってあるかも知れない。

表の戸は、やっぱり半分ほどあいていた。手をかけて押すと、戸車は、長年無住と思えないほど、かろやかな音をたててあいた。——さっき、裏からのぞいた時の、すごい埃と黴の臭気を期待して、鼻腔をすぼめ、息をつめるようにして一歩中に足をふみいれた。

意外にあたたかい空気が、まわりから、彼を包んだ。

――そして、予期した埃と黴の臭気は、そのおちついた闇の中になかった。

ライトを奥にむけて照らした彼は、一瞬、狐につままれたような思いを味わった。

太い、黒光りする梁、がっしりした上り框、古びた御影石の沓《くつ》ぬぎ、赤茶けた畳……たしかにどこもかしこも古びていたが、裏口から見た時、びっしりとつもり、こびりついていた埃は一つもなかった。天井からさがる蜘蛛の巣やすすもない。上り框も、板戸も、柱も、廊下も、奥の板の間も、時代はついていたが、たった今ふきこまれたように塵一つない。

――なんだ……と、彼はいささかあっけにとられて、あちこちライトの光をさしつけながら思った。――誰か住んでいるのか……。

が、人の住んでいる痕跡はどこにもなかった。押入れの中は、やはり埃一つなかったがからっぽだ。家財道具も何もない。――念のため、土間を通って賄所の方へ行ってみた。さっき見た時、びっしりつもっていた板の間の埃も、梁からぶらさがっていた蜘蛛の巣も、きれいになくなっている。

奇妙に、恐怖感はわかなかった。――考えて見れば、それもおかしな事だ。こんな、人里離れた、見も知らぬ山奥の一軒屋で……しかし、寒さにかりたてられ、半寝惚けで、感情もまともに働かなくなっていたのか、家の中に埃がないと知ると、彼は、しめしめ、といった思いで、いそいそと靴をぬぎ、座敷にあがった。

表の間の次の間に、大きな囲炉裏が切ってあった。天井からまっくろにすすけた自在《じざい》鉤《かぎ》がさがり、灰は冷えていたが、きれいにならされていた。囲炉裏の横に、粗朶《そだ》と、乾いた薪《まき》がきちんとつんである。――こう来なくっちゃ……と、膜のかかったような頭の中で、彼はよろこんでつぶやいた。

手帳の紙を二、三枚破いてまるめ、粗朶を上において、ライターで火をつけた。橙色の焔が、ゆるゆると背をのばし、焦げた紙が、黒く、そして白くちぢれて行く、と、たちまち粗朶に燃えうつり、乾いた小枝がパチパチとはぜた。

間もなく囲炉裏の中には、薪が燃え上り、力強く暖い焔が、陽気な音をたてはじめた。彼の頬はあたたまってほてり、ぬくみは手先、腕から、次第に胸、腹と、全身をあたたかくほぐしていった。薪がよく乾いているのと、天井の煙出しがよくできているので、ちっとも煙たくなく、あたりには香ばしく、なつかしい木の焦げる臭いがみち、部屋全体の空気もあたたまりはじめた。

――やれやれ……。

と、たっぷりの薪をまわりにくべて、彼は頬をゆるめ、毛布をかきあわせて眼をつぶった。

――助かった……。うまい場所が見つかったものだ。これで朝まで、あたたかく眠れるぞ……。

火のぬくみを半身に感じながら、彼は横になり、暖気にときはなたれた睡魔に、今度は心おきなく全身をゆだねた。――パチパチはぜる木の音を、子守唄のように快く聞きながら……。

闇の中に、突然何かの気配を感じて、彼は、はっと身をかたくした。——火が消えたのかと思ったが、パチパチはぜる音はきこえ、半身にうけるぬくみもかわらない。

——また夢か？

と、彼は闇の中で思った。

闇の底でたしかに何かの気配がする。

彼を包みこむようにせまり、しかし、害意のない事は感じられた。

——だれ？

と、夢の闇にむかって眼を開きながら、彼は、それにむかって問いかけた。

——だれだ？……何の用だ？

——お休みなさいまし……。

と、それは、やさしく、彼を包むようにいった。

——誰なんだ？　何の用だ？

——お気になさる事はありません……。

それはいった。

——ずっと……今度はずっと、いてくださるのでしょう？

(ずっと？)

と、彼は相手に問いかえさず、心の中で思った。

(ずっと……だって?)

「いや!」彼は大きな声で叫んだ。「そうは行かない、そんな事は……」

——なにが……。

闇の気配は、心配そうにいった。

——なにが不足なのでしょう?

「水がいるんだ」と、彼はあいかわらず大声で叫んだ。「水が——どうしてもいる」

——水?

相手は、けげんそうにいった。

——水がいるのですか?

どこかで、ちょろちょろと水の流れる音がした。——やがてそれは、ざあざあと急流に似たような音をたててせまって来た。

バーン! と大きく薪のはぜる音がして、彼はぱっと眼をひらいた。

囲炉裏を背にして横たわった彼の影が、押入れの板戸に、もくもくと巨大な山影のようにゆらめいている。

薪は半分以上熾《おき》になっていたが、半分はまだ勢いよく焔をたててもえている。——しゅうしゅうと、やにをふき出す音にまじって、どうどうとどこかでおちる水の音がきこえた。

彼は思わず炉ばたではね起きた。

水の音は、裏の方からはっきりきこえてくる。

あわただしく靴をひっかけ、ライトをにぎって、彼は土間を裏口にむけて走った。

裏戸をぬけると、さっきはからからだった筧《かけい》の口から、山清水がどうどうと流れおち、洗い場の上で、冷たい、鮮烈な飛沫《ひまつ》をちらしていた。

――しめた！

と、不思議を思うより先に、彼は心の中で叫んでいた。

――助かった！

水がめのわきに、大ぶりの手桶があった。

彼はそれをつかむと、筧からおちる水をいっぱいにみたし、途中何度も休みながら、よちよちと谷間の車の所にはこんで行った。

ますますきびしくなった冷気が、睡気をすっかり吹きとばしていた。彼はボンネットをあけ、首をつっこむと、ラジエーターパイプのひびわれに、粘っこい赤土をすりこみ、ガムテープで何重にもしっかり巻いた。寒いし、無理をしなければ充分人里まで出られる。

もう一往復すると、ラジエーターの注水口から水があふれた。手桶をなげ出し、毛布とライトを後部座席にほうりこむと、彼は一刻ももどかしいようにキイをさしこみ、ひねった。

冷えきったエンジンは、二度目のスターティングで勢いよくまわり出した。――アクセルを軽く踏んだ状態で、しばらくあたため、前にまわって、応急修理箇所から水もれのない事をたしかめると、彼はボンネットをしめた。フロントグラスや前部窓の霜をウエスで充分にふきとり、運転席にすわると、深々と息をついてギアを入れた。空が白みはじめており、まっ白に霜のおりたあたりの光景は、やっと見わけられるほどになっていた。窪地のようになった所で、霜と草をふみしだいて勢いよく車をまわし、ライトをつけてもと来た道を慎重にひきかえしはじめた時、ふと背後で何か叫びをきいたような気がしたが、その時は車が動くうれしさに気にもとめなかった。

だが――草をかきわけ、木の根をこえて、ものの十分も走った時、彼は背後からつけて来る何かの姿をバックミラーの上にちらと見たような気がした。岩角をのりこえ、やや、平らな直線に出た時、彼はもう一度バックミラーをたしかめた。

黒いものの姿がちらっとうつったように見えた。

やや不安になって、彼は直線路を、すこしスピードをあげて走り、次のくだりのカーブをまがった所で、一たん車をとめた。

白んで来た空の下に、道は斜面を蛇行《だこう》して、すぐ下の狭間《はざま》を走る、もっとひろい道へ、おりて行くのが見えた。――その道を左にとれば、あの村道らしきものに出られる。そこへおりて行くまでの斜面は、まだ暗い、杉木立ちにおおわれている。その斜面をちょっとくだった所に車をとめ、彼は背後の気配に耳をすませた。

何かがあとを追ってくる……。

そんな気がする。いや、そんな気配がする——

エンジンを切り、窓をあけて、彼は背後の今まがって来たカーブのむこう、斜面の上の木立ちの間にむかって耳をすませた。

ガサリ……カサッ！……、
と下ばえの草をかきわける音がする。

ポキッ……ベキッ……、
と下枝をへし折る音も、その合間にきこえる。

もう疑いようもなかった。

何かが、彼のあとをつけてきている！

——何だ、いったい……、
彼は、背筋がぞくりとするのを感じて、あわててエンジンをかけた。

得体が知れないくせに、それがわかっているような気がした。

あの、夢の闇の中で、彼を包みこむように話しかけて来たもの……そして——それはおそらく、最初見た時ほこりだらけだったあの廃屋を、わずかの間に綺麗にし、車内の夢の中でよびかけて彼をいざない、薪を準備し、ひ上った筧から水を出した「もの」だ……。

山腹の草にかくれた道を慎重にひろいながら、彼はできるだけ急いで斜面を走りおりた。——下の道へ出て急カーブを切った時、再び眼の隅に、黒いものがちらと見えた。

岩角に片輪のり上げた車をたてなおしながら、彼は首をねじまげて斜面の上をながめた。

とたんに、口の中がシュッと音をたてて乾き、全身の毛穴がちぢみ上った。

そんな……彼は凍りついたような恐怖の表情でハンドルにしがみつき、アクセルをふんだ。——そんな……ばかな！

が、ふりかえりたがらない顔の筋肉をねじまげて、もう一度見た時、それはもう疑いようもなかった。

山の斜面を、巨大な、黒いものが、体を左右にゆすって、草をかきわけかきわけおりてくる。

あの家が——古い、がっちりした無人の廃屋が、彼のあとを追って来たのだ！

4

その日の朝まだき、朝もやのたちこめるその地の県道を、霜をふみ、白い息を吐いて早い仕事に出かけるために歩いていた人たち、またトラック、乗用車を走らせていた人たちは、誠に奇妙な光景にぶつかって呆気にとられた。

その地方の中心都市にむかう県道を、山間部の方から、一台の小型乗用車が、狂ったようなスピードで、バス、トラック、乗用車を追いぬき、正面衝突すれすれの無謀運転ぶりでつっ走って来た。スピード制限も、交通法規も、まるきり無視した、むちゃくちゃな運転ぶりだった。

そして、そのすぐ後、五十メートルほど間隔をあけて、一軒の古びた、しかし、がっしりとしたつくりの大きな農家が、それに負けないスピードで風を巻いて追って来た。古びた萱葺き屋根にはえた丈高いペンペン草をなびかせ、戸障子をがたがた言わせながら、家は時速百二十キロにちかいスピードで小型乗用車のあとを追いつづける。――まるで、眼に見えないロープで前を行く車にひっぱられているように、ぴったり五十メートルの間隔をおいて……。

県道を車で走っていた人たちは、乗用車のむちゃな運転ぶりにもびっくりしたが、そのあとから追ってくる農家の、大きな、黒々とした姿には、一層肝をつぶした。――みんなあわてて路傍に急停止して家をよけようとしたが、中にハンドルをとりそこねて追突したり、路肩から田へ転落する車もあった。県道は一応完全舗装、四車線だったが、それでも堂々たる構えの農家一軒を、時速百二十キロでつっぱしらせるにはせますぎた。路傍を歩いていた人や、バスを待っていた人は、家のまきおこす風にあおられてひっくりかえったり、よけようとして悲鳴をあげて田や溝にとびこみ、つっぷした。

しかし、家は、そのでかい図体をたくみにひらりひらりと斜めにして、対向車や、追いこす車との衝突をさけた。荷物を満載した十トンづみのトラックに、あわや衝突したかと思った瞬間、かるがると空中高く舞い上り、そのトラックをとびこして、なお追跡をつづけた。

奇妙な「追われるもの」と「追跡者」は、県道にさわぎをまきおこしながら、次第に都市部にちかづいて行った。――日は次第に高くのぼり、通勤の車、バス、トラックの数も次第にふえて来たが、おかしな追っかけっこは、混み出した車の間をぬい、所々信号を無視して、なおつづいた。乗用車はやがて幅ひろい自動車専用道路にのったが、家もかまわず宙をとぶようにして、同じ道路を走った。

パトカーの出動がおくれたのは、目撃した人々がわが眼をうたぐって動顚《どうてん》したのと、通報をうけた警察が、「家が車を追いかけている」というあわてた電話を、早朝でねぼけたものと思って、しばらくの間まともに相手にしなかったからだった。――だが、都市部にはいって、電話がじゃんじゃんかかり出し、派出所に詰めていた警官からも目撃の電話がかかると、ついに非常線指令がとび、サイレンをならしての追跡がはじまった。

あるテレビ局のモーニングショーが、たまたまその日朝、ヘリをとばしており、ただちに現場の上空に行かせて、カメラにとらえた時は、車は専用道路からおりて、都市のはずれへむかう産業道路を走っており、家も相かわらず五十メートルはなれてそのあとを追っていた。

「あ、見えてまいりました！――家です！　みなさんごらんになれますか？　本当の家です。家がただいま産業道路のS町附近を走っております。堂々たる萱葺きの農家です。建坪は五十坪もありましょうか――あ、ただいま先を行く小型車が、猛烈な勢いで四丁目の交叉点をまがりました。つづいて家も、時速約百キロあまりで見事にカーブをまがります……」

交叉点をまがって、もう一本の産業道路が、高層アパート群の中を通過するあたりで彼は車をとめ、とぶようにして自分の住居のあるアパートの階段をかけ上った。

「なによう、今ごろ……」

ドアをはげしくたたかれて、妻は不きげんそうな寝不足のはれぼったい顔でドアをあけた。

「ゆうべは一体どうしたのよ。泊るなら、電話ぐらいかけたって……」

「ドアをしめろ！」中にとびこむなり、彼はわめいた。

「追われてるんだ！」

「追われてるって？」妻はびっくりしたように眼をしばたたいた。「喧嘩でもしたの？誰に追われてるの？」

「家に、だ！」彼は奥の間にかけこむと、ふとんをひっかぶってがたがたふるえた。

「ゆうべ山の中で道に迷って――とまった家が追っかけてきたんだ」

妻があきれてききかえそうとした時、ドアがまたはげしくたたかれた。

「警察のものですが……」と外で声が叫んでいた。「ちょっとあけてください」

尻ごみし、わめきながら警官にともなわれて、アパートの外へ出てみると、家は、アパートのまン前の産業道路一ぱいに居すわっていた。――すでに近所の住民、パトカー、

野次馬で黒山の人だかりだった。警官が出動して縄を張り、野次馬の整理にあたってお
り、そこへ新聞社、放送局の車が続々とおしかけていた。

「もっとおちついて話してください」警官はがたがたふるえる彼をかこんできいた。

「あれはあなたの家ですか？」

「いいや、とんでもない！」彼はふるえながら首をふった。「ゆうべ……山の中で車で道に迷って……偶然あった空き屋にとまったんですが……そ、その家です」

「そうかね？」と警官はうたがわしそうな顔をした。「それにしてもどうやって家を走らせたんだ？」

「そんな事知るもんですか！」彼は叫んだ。「車が動くようになって、走り出したら……あいつがあとを追っかけて来たんです」

「警察への通報では――」と別の警官が口をはさんだ。

「あんたが車であの家をひっぱって、無謀運転でつっぱしったという事だが……」

「冗談じゃありません！」彼は金切り声をあげた。「私の車は千二百ccですよ。そんな車で、あのでかい家をひっぱって、百二十キロで走れると思いますか？」

警官が誰かによばれてふりむいたすきに、まわりでやりとりをきいていた、新聞記者や放送記者の列がどっと前に出た。フラッシュがきらめきマイクがつきつけられた。

「あの家に追いかけられたんですって？」と一人がきいた。「この住宅難の折りに、家の方が追いかけてくるなんて、ずいぶん運がいいと思いませんか？　感想はいかがで

す?」

　人の気も知らない、無責任な質問にかっとして、どなりつけようとした所を、また警官にへだてられた。

「交通本部からの指令だが……」とパトカーの方へ行っていた警官がかえってきていった。「事情聴取は署の方でやるとして、とにかくあの家をどかせろ、といっている。今、大型カーとトレーラーがくるそうだ。――なにしろあんな所で居すわられていちゃ、ラッシュ時でもあるし、交通が渋滞混乱してどうもならんからな」

「早くどかせてくださいな」主婦らしい、上ずった声がきこえた。「あの家、うちの戸口をふさいじゃってるんですよ。裏口しかつかえないんです!」

　別のサイレンの音がちかづき、そのあとからでかいクレーンが、人垣の上を動いてくるのが見えた。警官が笛を吹き、野次馬をさがらせた。

「萱葺き屋根じゃ、どうもならんな」とレッカー車からおりたヘルメットの男が、まわりの工事人夫姿の連中にいった。「ジャッキで上げて、下にころをかませて、ウインチでトレーラーにひっぱりあげるか」

「この家が、いったいどうやって百二十キロで走ったんだ?」人夫の一人が、けげんそうにつぶやいた。「ほんまかいな。――大分古いぜ」

　人夫の二、三人が、家にちかづいて行った。――とたんに、分あつい萱葺き屋根の軒から、何年とたまった泥とほこりが、どっと人夫たちの頭の上におちて来て、彼らはあわてて手をふり、しりぞいた。

おちた土ぼこりのおさまった所で、もう一歩近づきかけると、今度は軒下から、わあん、と音をたてて、巨大なスズメバチの群がとび出し、人夫、警官、野次馬めがけておそいかかった。——あちこちから悲鳴があがり、どっと人垣がくずれた。

蜂たちは、彼だけはおそわず、しりぞいた人波の中から、彼一人、家の正面にのこされた。

家は、彼の姿を見つけたようだった。

朝日をうけた、黒ずんだその姿が、一瞬ぱっと明るくなったように見えた。屋根にはえた雑草がしゃんと立ち、土台のまわりの土もろとも運ばれてきた、八重むぐらの茎や葉に、露がキラキラと輝いた。——彼の見ている前で、戸口がするするとあき、雨戸がガラガラとくられ、障子があき、座敷の奥で囲炉裏の火がパッともえ上った。裏の方で、筧からざあざあ水のおちる音もしはじめた。

——さあ、どうぞ……。

と、家は彼にむかって語りかけているようだった。

——なぜ逃げるのです。ここはあなたの家ですよ。どうぞおはいりください……。

「ちきしょう!」

蜂にさされた人夫頭が、痛そうにうめくのがきこえた。

「こりゃ、ちょっと大きすぎて、このままじゃトレーラーだって乗りませんぜ。かたづけろっていうなら、ぶっこわしてバラバラにして持って行ったほうが、ずっとてっとり早い」

「いいだろう……」本部と無線で話していた警官がふりかえっていった。「あとで持主があらわれたって、これは明白な道路不法占拠、交通妨害だ」

「待ってくれ！」

人夫が声をかけあい、クレーンの先のフックに、でかいアングルがつるされた時になって、彼はやっとかすれた声で叫んだ。

「ちょっと……待ってくれ」

クレーンのエンジンがうなり、アングルが次第に大きくゆられ、やがて大きくはずみをつけて、萱葺き屋根にぶつかった。――ぼん、とにぶい音がして、埃が浮くと立ちのぼり、さしも頑丈づくりの家も、ぐらりと横にかしいだ。家の中で、どすん、と梁のおちる音がし、あけはなたれた障子の奥は、ほこりで見えなくなった。

反対側からの第二撃で、家の柱がベキッ、とつぎ目で折れる音がし、屋根が膝をつくように大きくかしいだ。――たちこめる埃のむこうに、めらっと大きく、赤黒い焔がたつのが見えた。

その時、彼ははっきりきいた。

昨夜、夢の闇の中で、やさしく彼をつつみこむように語りかけた声と同じ声が、くずれ行く家の中から叫ぶのを……。

「燃えたぞ！」

と、さわぎが大きくなって行くまわりでわめくのがきこえた。

「消防を呼んでおいたほうがいい」

「待ってくれ！」

たおれかけた障子の桟と紙をぺろぺろとつたい、襖、板戸にうつりかけた火を見つめながら、彼は憑《つ》かれたように背後のクレーン車へむけて手をふってわめいた。

「待ってくれ！　中に……中に、女がいる！」

「なに？」

警官の一人がききとがめて、ふりかえった。

「それは、本当か？」

「知らない……」彼はかわいた萱葺き屋根の軒にまわって、どっと強くなった火熱を、顔をそむけてよけながら叫んだ。

「わからない……が、何かがいる。あの中に……」

「危い！」と彼が叫んでいた。

「あなた、何すんのよ！」妻の金切り声の悲鳴が背後でかすかにきこえた。「もどってらっしゃい、あなた！」

ごうごうと軒から屋根へもえ上った火に、眉毛をこがされながら、彼はなにかにひかれるようにふらふらと戸口へむかって進んだ。

視界一ぱいをうめつくして光ともえ上る焔の中から、あの声が、悲鳴のように、懇願するように叫んでいるのが彼にははっきりきこえた。

――あなた、どうぞ……あなた、どうぞ……声は悲しげにくりかえした。

――これは、あなたの家ですよ……。

「待て！」と彼は叫んだ。「いま……助けてやるぞ！」

彼の姿が、手のつけられない一団の火焔と化した家の戸口から中へとびこむのと、無数の火の粉と黒煙を宙天に吹き上げて、火の家がどうっと燃えくずれるのと同時だった。――悲鳴と叫喚が、まわりから上った。消防車が鐘とサイレンを鳴らしながら、車と人をかきわけてちかづいてきたが、もう間にあわない事は明白だった。

呆然と手をこまねいて見まもる警官や群集も、ヒステリイの発作を起して気を失いかけた彼の妻も、誰も知らなかった。――ずっと前、あの山奥に、その家を建て、山林と親族に貸した田畠の上りで、ひっそりとくらしていた老人が、ある日出先で死に、ひどい過疎化がはじまって、一族が都会に出てしまったため、そのままに山中に無住のままうちすてられて来たその家――老人がみずから材をえらんでつくり、愛《め》で、永年起居して、体の一部となるほど情のうつっていたその家は、ある日出て行ったまま帰らぬ主《あるじ》を、何年も空虚のまま帰りを待ちつづけ、ついに人恋うあまり狂い……何年かぶりでやっと訪れたもののあとを追って無理心中をとげたのだ、という事を……。

生きている穴

一

小島のやつが、遅刻した。

朝は早い男だったのに、めずらしいことだった。――そういえば、ここ二、三日、妙にうかない顔をしている。顔色もさえないし、仕事の合間に、うつろな眼をしてボンヤリ何かを考えこんでいることが多い。居眠りしていることもあったし、ちょっとした音に、ビクッととび上がったこともあった。

「どうした？」と、私は机ごしに声をかけた。「何か心配ごとか？――それとも宿酔《ふつかよい》か？」

小島は、ギョッとしたように、私の顔を見つめた。それから、身ぶるいするように肩をすくめた。

「よしてくれ！」と、彼はいった。「おれが酒をのまないことは、知ってるだろう？」

そういえば、小島は下戸《げこ》だった。――よわいというより、まるきりのめないのだ。アルコール不堪症《ふたんしょう》というか、一種の酒精《アルコール》アレルギーで、日本酒なら、盃《さかずき》二杯が致死量という噂《うわさ》だった。――そんなこと、冗談だろうと思った悪友が、ジュースにこっそり、ウォッカをごく少量まぜて、のませたことがある。そのとたんに、小島はまっかになり、全身にジンマシンを出してぶったおれ、ついで土気色になり、脈搏結滞《みゃくはくけったい》と、呼吸困難におちいって、瞼《まぶた》をひらいたら、瞳孔《どうこう》がひらきかけていた。結局救急車をよぶさわぎになったが――いや、こんなことは、話の本筋とは関係ない。

「それじゃ、どうしたんだ？」私は書類を横におしのけて、体をのり出した。「ここ二、三日、様子がおかしいぞ」

「見ろ！」小島は、口をとがらせて、赤い斑点《はんてん》のできた頬《ほお》をボリボリかいた。「酒の話なんかするから、もうジンマシンができた」

「ほんとに、何があったんだ？」私はかさねてきいた。「恋でもしたのか？」

「いや……」小島は、頬をかく手をとめて、鼻先の一点をじっと見つめた。「女じゃない……穴だ……」

「穴？」私はききかえした。「穴がどうかしたのか？」

「小島くん……」と課長がよんだ。「双葉社の件どうなってるかね？」

「あとで話す……」小島は、ファイルをつかんで立ち上がりながら、うつろな声でいった。「昼休みの時間――いや……話したって、どうってことはないが……」

「おい！」私は、小声で注意した。「ファイルがまちがってる」

　お昼休みの時間、私は屋上へ小島をさそった。――月なみだが、男同士の場合は、月なみでもかまわない。

「さあ、話してみろよ」と、私は小島の肩をたたいた。「なにがそんなに気になるんだ？」

「だからいったろう……」小島はいらいらしたように、首をふっていった。「穴のことなんだ」

「穴がどうした？」

「つまり……」小島は、うつろな眼つきになって、しばらくだまっていた。「つまり——穴があいたんだ」

「どこに？」

「俺《おれ》の家に……」

小島は独身だのに、ちょっとした家にすんでいた。——結婚するつもりで、親もとから金を出してもらって、その家をたてた。見合がすんで、婚約中に、彼の方が一足先に、その家に住んでいた。ところが、挙式まぎわになって、相手の女性が、くにもとで、交通事故で死んだ。悲嘆にくれるほどの相手でもなかったので、彼はそのまま新家庭用の家にすんでいる。

「財産に傷がついたからって、そう嘆くなよ」と、私はいった。「腕のいい大工を知ってるんだ。何なら……」

「そんなんじゃないんだ！」

小島は、いきなり、手をふりまわしてどなった。——バレーボールをやっていた、女の子の二、三人が、おどろいてこっちを見るくらいの声だった。

「そんな……そんな穴じゃないんだったら……修理なら、おれもやってみた。だけど……」

「おちつけよ！」私は、小島の腕をつかんだ。「穴のことぐらいで、そう興奮するな――いったいどんな穴なんだ？」

「つまり……」小島は、爪をかんだ。「ある日突然……いや、説明できない。何なら。自分で見てみるがいい」

「そうするよ」と私はいった。――お節介な性分でもあったが、何となく、小島の話に興味をそそられたのだ。「今夜、いいかい？」

「見ない方がいい！」小島は、突然恐怖におそわれたように、叫んだ。

「どうして？」私は、ますます好奇心をそそられた。「わかった！　その穴から――何か出るのか？」

「いいや……」小島は、首をふった。「何も出てこない。――ただあいてるだけだ」

「それがどうして、そんなに気になるんだ？――少し、ノイローゼ気味じゃないのか？」

「いいよ、まあ、今夜家へ来て、自分の眼で見てみろ」と小島がいった。「カンヅメでも買ってかえらないと、インスタント・ラーメンしかないぞ」

二

小島の家は、郊外電車で三、四十分ほどの距離にあるちょっとした田園地帯にあった。——近所の住宅地とは、少しはなれて、丘の上にポツンとたっている。駅からは、バスで十二分ぐらい——小ぢんまりした、ピロッティ式のモダンな家だが、新婚夫婦がすむには、たっぷりすぎるほどの間取りで、まして一人で住むのには、当節住宅難のおりから、ぜいたくすぎる感じだった。

会社のチョンガー達の誰彼《だれかれ》も、それに眼をつけて、下宿を申しこむものもあとをたたなかったが、あまり人づきあいのよくない小島は、同居人がいるとわずらわしいといって、申し入れをはねつけ、最初のうちはそれでも三日に一度か、一週間に一度、家政婦に掃除に来てもらっていたが、最近ではそれさえとだえ勝ちになり、建築関係をやっている親父につくってもらった、洒落《しゃれ》たインテリア・デザインの、結構な部屋部屋を丸くはいては、罰《ばち》あたりにも男やもめに蛆《うじ》を湧《わ》かせて住んでいた。

駅からタクシーでのりつけた時は、郊外地の森の上に一番星がかがやきはじめ、丘の上の小島の家は、光電池《フォト・セル》をつかったデイライト・スイッチがはいって、明るく軒燈をかがやかせていた。

道路から玄関へ行く。自然石の石段を上がりはじめると、はげしく、神経質に犬が鳴きはじめた。

「どうした、タロ？」と、私は馴染《なじ》みのつもりで声をかけた。「御主人さまのおかえりじゃないか」

しかし、小島の叱声《しっせい》をきいても、犬はいっこう鳴きやまず、ますますはげしく、敵意と恐怖をこめて、鳴きわめいた。

「少しおかしいんだ」と、小島はふきげんそうにいった。

「夜中にもほえたてて、やかましくてかなわん。病気かも知れん」

「用心はいいじゃないか」と、私はいった。

その実、その時すでに、なんとも説明のつかない、かすかな不安を感じはじめていた。

屋内にはいると、小島は、食料をいれた袋を、台所のテーブルの上におき、流しにつけてあった汚《よご》れたスープ皿を二枚、皿洗い器の中へほうりこみ、カンヅメを、電気缶切《かんき》り器にかけた。温度調節器のついた、二段になった瞬間湯沸器からは、ひねれば百度の熱湯が出てくるし、屋内はオールエアコンディショニングだし、こんなことが、会社のミーハーどもに知れたら、設備目当てに大変な結婚競争がおこるだろう。

だが御当人は、このぜいたくな家を、ほこりだらけにして、一人で住み、つくりものの丸薪のむこうでプロパンのもえる、暖炉《だんろ》つきの広い居間の椅子に、一人で坐り、カラーテレビを見たり、豪勢なステレオプレーヤーに耳をかたむけながらディスカウント屋で買った即席ラーメンをすするのだから、まったく罰当たりな話だ。——もっとも、無精もここまでくれば、いっそいきかも知れない。しかし、居間の一隅《いちぐう》のつくりつけの洋《よう》酒棚《しゅだな》に、酒壜《さかびん》のかわりに、即席汁粉の最中《もなか》がつっこんであるのだけは、どうひいき目に見てもいただけなかった。

「食うか！」と小島は、ぬれたスープ皿に、缶の型のまんまぬき出した、つめたい缶詰食糧を、オーバーもぬがねば、帽子もかぶったまんまの格好で居間の方にはこんできた。「箸《はし》は、テーブルの下に、きのうつかった割り箸があるだろう。——すんだら俺にまわしてくれ。一ぜんしかないんだ」

「それよりも……」私は、そのおそるべき無神経料理に、若干辟易《へきえき》して、ゴチャゴチャした、ゼリーみたいな食べ物から、眼をそらした。「その、穴ってのは、どこにあるんだ」

「うん……」小島は、急に憂鬱《ゆううつ》そうな顔になって、ドスンと椅子に腰をおろした。「そのことだが——もう、見るのはよさないか？」

「どうして？」私は妙な気がした。「わざわざ、君の家まで来たのに……」

「かえってくる途中、いろいろ考えたんだ……」小島は、渋い顔をした。「要するに——気にしなけりゃいいんだ。気にするほど、あいつはだんだん、手におえなくなってくるような気がする。——家だけじゃなく、俺の胸の中にも、ぽっかり穴があいて、そいつがだんだん大きくなってくるみたいな気がするんだ。だから、もう、ほうっておこうと思う——見なけりゃ、別にどうってこともないんだから……」

いまさらなにをいうんだ、といいかけて、私は別の言葉をさがした――友人が、やっとノイローゼを克服しかけているのに、そいつをかきたてることもあるまい。だが――好奇心の方は、ますますつのるばかりだった。

「それならそれでいい……」私はやっといった。「だが、せっかく来たんだから、せめて説明でもしてくれないか？　いったいどんな穴なんだね？」

小島は、帽子を暖炉の上へ投げ上げると、立ち上がった。

「説明するより見た方が早い――」彼は、やけ気味にいった。「こいよ。地下室だ。――見ない方がいいと思うがね」

三

台所の横のドアをあけ、そこから急な階段をおりて行くと、しめったセメントの床と、コンクリートの壁に、ニスぬりの板をボルトどめして張った、ガランとした八畳ほどの部屋だった。

裸電燈が一つ、さむざむとぶらさがっている。

外では風の音がした。

地下室の一隅には、でっかいエアコンディショナーがあり、配電盤があり、金網をはった中には、井戸ポンプのモーターもすわっていた。

一人ぐらしでは、いれるものもないのだろう。中はガランとして、ほとんどなにもおかれていなかった。――ただ、一番奥に、ふちのあいた木箱が二つ三つと、それに、おそらく新家庭用の家財道具かなにかだろう。かなり大きな菰包《こもづつ》みが四つばかり、花嫁の急死のために、とかれもせず、ほこりをいっぱいかぶって、たてかけてあった。

「紙くずや、木箱など、外へ出しておいた方がいいな」私は、暖房のきかない寒さに、思わず着たままのオーバーの襟《えり》をかきあわせながらいった。「モーターのスパークなんかで、火事になったら、ことだぜ」

小島は、青ざめた顔で、奥の壁にたてかけられた、姿見かなにからしい、平べったい菰包みをじっと見つめていた。――それから、私に合図すると、つかつかその包みのそばにより、ぐいとわきにのけた。

穴は、そこにあった。

菰包みの後ろの壁の上、ちょうど腹ぐらいの高さの所にあいたその穴は、さしわたし、六十センチほどで、ほぼ完全な円形をしていたが、コンパスで描いたような真円形でなく、輪郭がゆるい、不規則な波型にうねっていた。

――中はまっくらで、奥から、冷たい風が、かすかに吹いてくる。

風には、なにかが焦げたような、妙な香りが、わずかにまじっていた。

「なるほど……」と私はいった。「たしかに穴だ。で？」

耳の後ろで、荒々しく息をつく音がした。――小島は、眼をカッとむいて、穴のま下の床を見おろしていた。

「やっぱりだ！」彼は、かすれた声でつぶやいた。「また大きくなってる……」

「大きくなったって？」私はききかえした。「どういうことだ？」

「どうもこうもあるもんか！——大きくなったんだ！」小島は歯の間から、おし出すようにうなった。

彼の視線の先、穴のすぐ下の床の上に板きれが三、四枚おちていた。——どれにも両端に、にぶく光った釘《くぎ》がつき出ている。

「ゆうべ」と小島は、かすかにふるえながらいった。「おれは……この穴をふさごうとして、板をうちつけた。長さはたっぷりあった。四枚で、きれいにふさがった。きっちりと……」

それから彼は、大声でわめきはじめた。

「たっぷりあったんだ！　ほんとうだ！　ほんとうに、長さはたっぷり……」

「まあおちつけ！」私は彼の腕をつかんだ。「はじめからはなしてみろ」

小島は、頭をかかえて、そばの木箱に腰をおろした。

「見つけたのは、この間の停電の晩だ……」小島は乾《かわ》いた声で話し出した。「おぼえてるだろう？——五日ほど前だ。電気が消えたので、俺は最初、ヒューズがとんだのかと思って、ロウソクをつけて、配電盤を見にここへおりてきた。——部屋のまン中までくると、風が吹いてきて、ロウソクが消えた。もう一度火をつけると、また消えそうになった――風は、冷たくて、変なにおいがした。手で焔《ほのお》をかこって、風の吹いてくる方を見ると……。

「あの穴があいてたんだな……」

「その時は、あんなに大きくなかった……」小島は、ギュッと爪をかんで首をふった。「ほんとうだ。――包みも、あそこにおいてなかったから、風はまともに吹きつけてきた。その時――五日前は、あいつは、拳《こぶし》がやっとはいるぐらいだった」

小島は、信じないだろうなといった眼つきで私を見あげた。――私は、先をうながした。

「その時は、そいつがどんなおかしなものか、ということに気がつかなかった。――ただ、おや、壁に穴があいちまったぞ、と思っただけだった、明日にでも、大工をよんで、なおさせようと思って、そのままほっておいた。次の日の朝、出勤前に、思い出して、もう一度そこへきた。穴の大きさをはかって、大工に電話しようと思ったんだ。すると……」

「穴が大きくなっていた……」と私はいった。

「そう――だが、その時は、はっきりそうとわかったわけじゃない。見た時に、おや？と思っただけだ。――前の晩みた時より、すこし大きくなってたような感じだった。拳が二つ、はいるくらいになっていた。だけど、なにしろ最初はロウソクの光で見ただけだから、はっきりしたことはわからない。で――出勤前のことで急いでたし、そこらへんにあるひもの切れっぱしで、ちょっとさしわたしだけはかって、すぐとびだした。でも、結局その日は、忙しくて、大工に電話をかけるのを忘れちまった。かえってから思い出して、もう一度、地下室へおりてみると……」

小島は、音をたてて息を吸いこんだ。私は、ちょっと穴の方をふりかえった。――穴がかすかにゆらいだような気がしたからだ。

「今度こそ、はっきりしたよ。――しるしをつけたひもをあててみることもなかった。穴は朝見た時の、ほぼ倍ほどになってたんだ」小島は、ブルッと肩をふるわせた。「その時、はじめて、あいつが、どんなに妙なものか、はっきりわかったよ。あいつは……」

「成長する穴……」と、私はいった。「だけど、所詮《しょせん》、穴にすぎんじゃないか。――化学変化かなにかで壁がだんだん腐蝕《ふしょく》されて……」

「君は知らないからだ！」小島が、はげしくどなった。「そばへよって、よーく見てみろ。あの穴が、どんな奇妙な――どんな奇怪な穴か……」

私は、おずおずと壁にちかよった。――うす気味悪さが、足にまつわりついた。すぐそばでながめると、穴は、たしかに、さっきより少し、大きくなったみたいだった。

だが、その点をのぞけば、何の変哲もない穴だった。――奥は深く、まっくらで、何も見えない。異臭をふくんだ冷たい風は、相かわらずそよそよと、奥の方から吹いてくる。奥はどれだけ深いかわからない。

ずっと奥の方から、かすかに、あるかなきかの物音がきこえてくるような気がするが、耳をかたむければ、それも空耳らしかった。

そのうち、ふと、妙なことに気がついた。

穴のふちが、ぼやけている。――つまり、ピントのあわないレンズのように、ボヤッとぼやけて……おまけに、わずかに、ほんのわずかに、波うっているように見えるのだ。

「なるほど……」私は、自分の口がこわばるのを感じながらつぶやいた。「これは変だ」

「それだけじゃないんだ……」小島は、私の心を見すかしたように、はげしくいった。「――その穴が、どんなに妙なものか、ほんとうにわかってるか?」

「そうだな……」私は、穴の中に、こわごわ首を半分ばかりつっこんで、まっ暗な内部をのぞいた。「どうして、こんな地下に、とてつもない洞窟《どうくつ》が……」

「ほら!」小島は、毒々しい声で、嘲笑《あざわら》うようにいった。

「ほら!――ほらやっぱり、何もわかっちゃいない」

「どうして?」私はききかえした。「どういうことだ?」

「外へ出てみるがいい」と小島はいった。「こっちにドアがある」

いわれるままに、ふらふらとドアのそばにいって、ノッブに手をかけた時、私は、突然あることに気がついて、顔から血がひいて行くのを感じた。――そうか! いや、まさか……。

思いきってドアをあけたとたん、冷たい風がどっと吹きこんできた。

やっぱりそうだった。

地下室のドアの外に——頭上におおいかぶさる一階の床のはずれのむこうには、煌々《こうこう》と冴《さ》えわたる月の光にてらされた、住宅地の森が見えていた。

私は、吹きつける風にさからって、ドアの外に出た。——眼の前に黒々と太い、円柱が立ち、そこは吹きさらしの床下だった。

ごぞんじだと思うが、ピロッティ式の建築というのは、古い神社神殿の高床づくりみたいに、地面から柱《ピロッティ》で床を高くもちあげたつくり方だ。——つまり、一階ぬきの二階だけ、といったスタイルなのである。

だから、この家の地下室というのは、ふつうなら一階にあたるつまり地上と同じ高さにあるのだ。

私は、頭の芯《しん》が、カッとあつくなるのを感じながら、外へ出た。——外からみると、地下室は、吹きぬけの床下にすえられた、小さな箱のように見えた。とするとあの穴は——

私は、グルグルまわり出した頭をおさえて、ドアと反対側の方にまわっていた。と——果してそうだった。あの穴のあいている壁の外側は——何の変哲もない、うちはなしのコンクリートの壁面なのだ。

地下室の外側からみると、何の変化もない。だのに、内側にまわれば——そこに途方もない大空洞が、口をひらいている！

それじゃ、いったいあの穴の奥は――どこにむかって、ひろがっているのだ？

「わかったか？」私がガンガンなる頭をおさえながら、はいって行くと、小島は眼をギラつかせていった。「この穴が、どんな妙な穴か……」

「うん……」私はうめいた。「まったく――どうなってんだ？」

「それがわかりゃァ、こんなに気に病むものか」と小島はいった。「おい――何をするんだ？」

「はいってみる」と、私は、すみにたばねてあったロープを腰に巻きながらいった。

「懐中電燈をかしてくれ」

「おい、よせ！」小島が青くなって叫んだ。「ムチャするな。死ぬ気か？」

「まあいい、ちょっとだけだ」私は、ロープの一端を、小島にわたしながらいった。「さっき、半分頭をつっこんでみたが、そのかぎりでは、なんともなかった。――はいる前にちょっとしらべてみるし、あぶなかったら、すぐひきかえす」

「しかし――」

私はかまわず、自分で壁際《かべぎわ》にぶらさがった懐中電燈をとった。山岳部に籍をおいたこともあり、ロープさばきはなれていた。

ロープの一端を、暖房用のパイプにしばりつけ、それから中ほどを、小島の肩から脇《わき》へまわさせて、足がかりのない場合に少しずつくり出せるようにした。

「学者にしらべさせてからにしたらどうだ？」と小島は、ふるえる声でいった。「もし万一……」

「合図したらひいてくれ」と、私はいった。

それから私は、穴のそばにいって、中をのぞきこんだ。――首をつっこむ時、穴の中と外との境い目のあたりで、何となく、振動のようなものを感じたが、別に何ともなかった。穴の中を懐中電燈で照らしてみたが、上下も奥も、途方もなく深い、どこまでひろがっているかわからない、吸収性の闇《やみ》で、懐中電燈の光など、何の役にもたたない。

最初に、小さな鉄片を穴の中にほうりこんでみた。――穴の中に風があるのか、ななめについとながれて、すぐ見えなくなった。底におちたら反響があるだろう、と思って、じっと耳をすませていたが、いつまでたっても、何もきこえない。

次に、竹棒の先に新聞紙をまきつけ、それに火をつけて、中にさしこんでみた。――炭酸ガスや可燃性ガスが充満していないか、しらべるためだ。新聞紙は、しかし長いこともえていた。竹に火がついたので、中になげおとすと、今度は風にもてあそばれるように、渦をまきながら、まっすぐ奥の方に進んで行き、上の方へフウッととび上がると、小さくなって消えた。

「大丈夫か？」小島は、ふるえ声できいた。

「大丈夫だろう――」私も緊張した声でいった。

「じゃ、行くぞ」

四

穴は――さっきより、また少し、大きくなっていた。私は、穴の中に身をのりいれた。穴の中は、ひんやりとして、空気がかすかにうごいていた。――異臭は、別につよくもよわくもならなかった。

青い顔をしている小島に合図して、私は、穴のふちに手をかけて、脚の方から穴にはいった。そろそろやったつもりだが、急に手がすべり、私の体は穴のむこう側へ、ロープでぶらさがった。あわてて、壁の裏側に、足をつっぱろうとしたとたん、そこに、壁がないのに気がついて、ギョッとした。

こんなことが信じられるだろうか？

地下室の壁にあいた穴のむこう側には、当然壁面の裏側が、あるものと思っていただのに――

穴のふちの、すぐ下側には、壁の裏がなく、そこに、ただ空々漠々《ばくばく》たる暗黒の空間がひろがっていたのだった。

ふと気がつくと、私はだいぶおりていた。ふりかえると、前後左右に、うるしのようにひろがる闇の中に、細長い、紡錘形の光が、ポツンとうかんでいた。――それは、針のようにほそくなったり、急にまるくなったりした。それが私のはいってきた、穴であることには、まちがいなかった。

ライトをつけて、私の体をしばったロープが、重力の法則にしたがって、垂直線の方向にピンとまっすぐ張らず、穴から斜めにたるんで、不規則に波うっているのを見て、私は全身が鳥肌《とりはだ》立つのを感じた。

穴の中の、暗黒の空間は、無重力か、それに近い状態なのだ！

おまけに——これは、ちょっと想像しにくいかも知れないが——暗黒の中から見た穴は、上下前後左右のあらゆる方向に、ただはてしなくひろがる空間の中に、ぽっかりうかんだ天体のように見えた。壁にあいた穴からもぐりこめば、当然そこに、壁のむこう側がある、と誰でも思うだろう。

だが、そこには——なんにもなかった。

当然あるはずの、あの地下室の、コンクリート壁の裏側、小島の家の土台、あるいは土といったものはなんにもなく、そこにもただ広漠たる闇がひろがっているのである。

舌がこわばるような、名状しがたい恐怖におそわれて、小島にひきあげてくれるように、合図しようとしたのと、地下室内にいる小島の方から、はげしく、ひきあげるという合図のあったのと、ほとんど同時だった。——ロープはむこうからもたぐられ、私も、必死になってロープをたぐった。地下室の明るい光があっという間に眼前にちかづき、背中穴のふちに手がかかりはい上がろうとしたとたん、私は室内に肩からころげこみ、自分がどうなったかさと頭をしたたか床にうちつけた。——眼の前に火花がちって、自分がどうなったかさとるのに、数秒かかった。

穴からはいのぼるつもりでいたのが、どういうわけか、私は、穴の上のふちの方から、地下室へ、ころげおちたのだった。

「そのとおりだ……」私が小島に、そのことをたしかめると、彼は、ロープをにぎったまま、ふるえ声でいった。「ロープの動きを見ていると……、最初は下の方にまっすぐたれさがっていたが、そのうち、横の方にいっちまった。それから、上にひっぱられた——君が何かに、ひっぱりまわされてるんじゃないか、と思って、あわてて合図した。——君は、穴の上の方からおちてきた。それだけじゃない……」

彼はおこりにかかったようにふるえる指先で、壁際をさした。

「どうした?」と私はきいた。

「見ろよ——」彼は、もう舌がもつれかかっていた。「穴が……うごいたんだ」

やっと緊張がほぐれかかっていたのに、私はまた冷水をぶっかけられたような思いを味わった。

たしかに——彼のいう通り、壁面上にあいている穴の位置は、壁の上を移動していた。

さっきは、奥の壁の、ほぼ中央にあった。

それが今は、ずっと壁の隅《すみ》の方に移動してしまっている。

おまけに、穴の形状も、だいぶんかわっていた。——真円形にちかかったのが、移動方向と反対の方向にむかって、ややとんがった、水滴型になっていた。

「こりゃだめだ……」私は、やっとの思いでいった。「おれたちの手におえない。――学者にでもしらべてもらおう」

「学者でも、手におえないだろう……」小島はつぶやいた。「で……後はどうすりゃいいんだ?」

「さむい……」私はオーバーの襟をかきあわせた。「冷えこんじゃった。――上へ行って、あったまろう」

地下室は、寒かった。穴からは、かすかに冷たい風が吹きこんでいた。――だが、寒気は、体の外側からばかりでなく、体の内側からはげしく、しんしんとこみあげてきた。私たちは、だまって、足早やに地下室の階段を上がった。

上がる途中で、私は、ふと頰《ほお》に、冷たい風がかすかにあたるのを感じた。――同時に、あの異臭が、ごくかすかに、におってきた。

「おい……」私は足をとめ、小島の腕をつかんだ。「見ろよ……ここにも、あいてるぜ……」

階段の途中の壁の上に、それはあいていた。――地下室のものより、ずっと小さい、指が三本ようやくはいるくらいの、小さな穴が……。

だが、その穴のふちが、波うつようにゆれ動き、その暗い奥から、かすかな冷たい風と、あの異臭をおくり出してくる所は――あの穴とまったく同じものに、ちがいなかった。

五

それから——私は、泊まってくれ、とたのむ小島の手をふりはらって、とんでかえった。

その時以来、あの穴は、私の心の中にすみついてしまい、どうしようもない恐怖を、冷たい風と、焦げるような異臭とともに、私の中に吹きおくってくるのだった。あの得体の知れない、気のちがったような妙な現象にみちみちている穴が、次第に大きくなって行く、というだけでなく、それ自体が移動する、ということ。さらに——数がふえて行くということが、たまらなく気味わるかった。

それはまだ、指一本はいるかはいらないかの大きさだったが、壁の上に、黒いアメーバのようにゆれ動き、私が見ている前で、アメーバのように、ずり動いて行くのを見れば、それがあの穴の同類であるのは、あきらかだった。

私は、三番目の穴のことを、小島に知らせなかった。——それを見つけたとたん、全身に虫酸《むしず》が走り、用も足さずに、小島の手をふりきって、一目散に彼の家をとび出した。その時は、ただひたすら、小島の家から——あの家に巣くう、得体の知れない穴から、のがれたい一心だった。

だが、——すでにその時、恐怖は——あの黒い呪《のろ》われた穴に対する恐怖は、私の心の中に、すみついてしまっていた。それは、私の心の中に、ぽっかり口をあけ、――そのぼやけて何重にもかさなったように見えるふちを、ワラジムシの繊毛《せんもう》のように、うようようごめかしながら――その奥から、かすかな冷たい風と、あのかすかな異臭を吹きおくってくるのだった。

恐怖を忘れるために、私はそれから、町に出て、安酒をのみまくった。――だが、酒ぐらいでその不気味な穴が、埋めきれるものではなかった。頭がしびれるほどのんでアパートにかえると、恋人の久美子がまっていた。

私は彼女にしがみつくと、力いっぱいだきしめた。

「どうしたの？」久美子は、びっくりしていった。「何かあったの？　教えて……」

「いや……」私は、ふるえながらいった。「何でもない。きかない方がいい」

その夜、酔った体で、私は久美子の体をはげしくむさぼり、さいなんだ。――そうすることによって、いくぶんでもあの恐怖からのがれられるか、と思ったのだった。久美子は、泥酔した私の無茶苦茶な愛撫《あいぶ》にこたえながら、とまどい、おびえているようだった。

翌日、宿酔《ふつかよい》で朦朧《もうろう》とした頭で会社に出てみると、小島は欠勤していた。――一日中、ぼんやりしながら、私はやはり、あの気味の悪い穴のことを考えつづけていた。

誰かに知らせるべきか、とも思った。誰か、――専門の学者に。

だが、どんな学者が調査したところで、今の学問の段階では、正体もわからなければ、対策もたたないだろう、ということは、かつて理科系志望で、今でも通俗科学の解説書ぐらいはよんでいる私には、はっきりわかった。

あの穴は——まあ、いってみれば、三次元空間に口をひらいた、四次元的な穴、とでもいった所だ。あの穴の、むこう側の世界は——あきらかにわれわれの住んでいる三次元空間とは、ことなる世界にちがいない。

そこまでは、なんとか理解することができても、なぜそれが、突然小島の家の地下室に、ぽっかり口をあけたのか、ということは、さっぱりわからない。——なぜ、それが、次第に大きくなって行くのか？　なぜ数がふえて行くのか？　まして——

それをいったい、どうしたらいいのか、ということに関しては、現代の科学はまったく無力だろう。

宿酔も手つだって、私は一日中、仕事も手につかず、さまざまな妄想《もうそう》にさいなまれてすごした。——旧約聖書の、士師記《ししき》かなにかにのっていた、家の病気——家の癩病の話や、他の人間の見ている前で、空間にのみこまれるように消えた、デビッド・ラングの話や、そのほかいろんな、現代科学で説明のつかない、神かくし現象のことなど……。考えれば考えるほど恐怖はふくれあがり、とうとう私は、その日は早退《はやび》けしてしまい、日暮れ前から酒をのんで、またもや酔いつぶれてしまった。

二、三日たつと、それでも記憶がうすらぎ、恐怖もいくぶん遠のいた。——そうなってみると、あの夜、小島の家で見た、あの不気味な穴のことが、一夜の悪魔のように、現実ばなれしたことに思われてきた。だが——私があの穴を、自分の眼で見、あの穴の中にロープに身を託して、はいったことは、まぎれもない事実だった。

そのことを思い出すと、またもや恐怖がこみあげてきそうなので、気をまぎらわすために、昼間は夢中ではたらき、夜になると、やたらに酒をのんだ。

――しかし、ほんとうは、その間にも、私の心の中にポッカリあいた、あの不気味な暗い穴は、着実に成長をつづけ、ふと気がつくと、あいかわらず、冷たい風を、たえまなく吹きおくっているのだった。

小島はあれから、ずっと休んでいた。四日目になると、さすがに私はもう一度、小島の家をおとずれた。――家にちかづくにつれて、体中の血管のすみずみに、虫がうごめくように恐怖がよみがえってきた。ともすれば、足がすくみそうになるのを、勇を鼓《こ》して小島の家の石段をのぼって行くと、いつもはあんなにほえる犬が、一向にほえないのに、気がついた。――犬小屋をのぞくと、鎖は中にのびていたが犬の気配はなかった。と、突然――例の異臭がした。はっとして、あたりを見まわしたが、それがどこからにおってくるのかわからなかった――犬小屋の中からただよってくるような気もしたが、同時に、あたりの空気一面に、ただよっているような気もした。そのにおいをかぐと、理性も勇気もチリチリと萎《な》えしぼんでしまい、犬小屋をのぞく気は、とてもおこらなかった。

私は、後ずさりして、犬小屋からはなれると、夢中で小島家の呼鈴をおした。――中で呼鈴がなりわたる音がしたが、返事はなかった。――裏へまわってみたが、ドアはしまっていた。もう一度表へまわってみると、奥に電気がつき人の動く気配がした。

「小島！」私は、ドアを力まかせにたたきながら、どなった。「あけてくれ！　おれだ！」

返事はなかった。

私はなおもドアをたたきつづけ、くりかえしどなった。と——突然ドアがあき、中からひげぼうぼうに、眼を血走らせた小島が素肌にナイトガウンをはおっただけの恰好《かっこう》で顔をつき出した。

「うるさい！」小島は、上ずった声で叫んだ。「かえってくれ！——俺のことはほっといてくれ」

おどろいたことに——あのアルコール不堪症《ふたんしょう》の小島が、どうやってのんだのか、酒のにおいをプンプンさせていた。

「まってくれ！」私は、小島がはげしくしめようとしたドアの間に、靴先をはさみこんでさけんだ。「いったいどうしたんだ？——例のあの穴は……どうなった？」

「かえれ」小島は泣くような声で叫んで、私をつき出そうとした。「ちくしょう！——おれを一人にしといてくれ。二度とここへくるな」

私たちは、玄関先で、はげしくもみあった。私は小島のガウンの胸ぐらをつかみ、外へつき出されまいとした。そして——胸もとをおしかえそうとした時、私は自分の手が、小島の胸の中に、にぎったガウンの襟もとも肱《ひじ》のあたりまで、めりこむのを見て、思わず呆然《ぼうぜん》とした。そのすきに、小島は私をはげしくつきとばした。

とたんに、私の手の中に、彼のガウンがのこった。——小島は、小島は、上半身裸になって、死神のようなおそろしい眼つきで、私をにらみつけた。

次の瞬間、私は無我夢中で、あとをも見ずにかけ出していた。——石段をころげおちて、背中をしたたかうち、さらに何百メートルも夢中で走りつづけ、ついにこらえきれなくなって、街燈につかまって、したたか吐いた。

ガウンをひんむかれた小島のむき出しの胸には——ポッカリとあの穴があいていたのだ！

それはすでに、人間の頭ぐらいの大きさになり、小島の胸の上で、生きもののようにそのふちをうねらせ、その奥から、あの冷たい風と、異臭とをふきおくっていた。そしてそのむこうには——あの、はてしない暗黒の空間がひろがっていたのだ。

自分がきっと、気がくるってしまったのだ、という意識がよみがえってきたのは、駅前の安っぽいバーの中でだった。——眼の前のカウンターの上は、こぼした酒で酒びたしになっており、両手はまだおこりのようにふるえて、掌《て》の中ではねまわるタンブラーを、うなぎでもつかもうとするように、つかまえようとしていた。バーテンもマダムも、二、三人いた客も、私からはなれて、うすきみわるそうに、こっちを見ていた。私はそれにかまわず、タンブラーにはいった生《き》のままのウイスキーを、グイグイのみつづけた。

それほどまでの恐怖を味わったにもかかわらず、小島の家にひきかえしてみる気になったのは、――酒が理性をうしなわせたのか、それとも本当に、一時的にくるっていたのだろうか？

次に我にかえったとき、私はまたまた小島の家の前にたっていた。――こわいもの見たさ、というのか、頭がおかしくなったのか、とにかくあのうす気味悪い穴が、その恐怖の故《ゆえ》に、私をひきよせたのである。

もう夜はだいぶふけているみたいだった。玄関先は、さっきの乱闘さわぎのままで、ドアが半分ほどあいていた。――家のなかからは、はっきりと、例の異臭がただよってきた。はいる前にふりかえってみると、さっきまであった犬小屋が、なくなっていたが、もう私は気にもとめなかった。酔いで半分朦朧となった頭をかかえふらふらと中にはいってみると、屋内はシンとして、人のいる気配がなかった。

「小島……」私は、小声でよんでみた。「どこにいるんだ、小島……」

返事はなかった。

ただどこかで、ボッタン……ボッタン……と水道の水のたれる音が、家の中に反響しているだけだった。

私は、周囲に気をくばって、そろそろすすんだ。――ほこりだらけで、ひっちらかされている居間にも、書斎の方にも、小島の姿はなかった。所々に、酒の空罎《からびん》が転《ころ》がっていて、小島のはいていたスリッパの片方が、台所にころがっていた。

ひょっとすると、地下室かも知れない、と私は思った。

――体の上に、あの穴ができた彼は恐怖のあまり、地下室の穴の中に、身をなげたのではなかろうか？

そう思って、地下室へおりる階段のドアの前にたった時、ドアのパネルの上に、ポツンと小さな、黒いしみを見つけて、私は立ちすくんだ。――穴はそこにもあった。

思い切って、ドアをあけてみたとたんに、私はドアのむこうにのめりこみそうになって、あやうくふみとどまった。

ドアのむこうに――すでに、地下室はなかった。

四日前、地下室の壁と、階段の途中の壁にあった穴は、今では地下室いっぱいにふくれ上がり、地下室そのものをのみこみ、ドアのすぐむこうには、あの異臭ただよう暗黒の空間が、視野いっぱいにひろがっていたのだ。――それは、さらに内側から、ドアをおかし、すでにドアの内側というものもなくなっていた。――廊下の側から見れば、その表面いっぱいにあいた、まっ暗な空間となっていたのだ。

私はドアをしめ、なおもさがしつづけた。――穴はトイレの二つの壁面いっぱいにひろがっていた。かろうじて、二面の壁が、直角にのこっているだけだった。

そのほかにも、穴は、いたる所に伝染していた。――気をつけてみれば、廊下にも、居間の壁にも、じゅうたんの上にも、そのまがまがしい暗いしみがばらまかれ、もぞもぞとうごめきながら、確実に、その領域を拡大しつつあった。

流しにつけてある、茶碗《ちゃわん》の表面や、透明な、窓ガラスの上にさえ！

私は、物の怪《け》にとりつかれたように、踉跟《そうろう》と家の中をさまよいつづけ、ついに二階の寝室にガウン姿の小島が、よこたわっているのを見つけた。——彼はベッドの上にうつぶせになり、枕を頭の上にひっかぶった姿で横たわっていた。

「小島……」私は、ふるえる声でつぶやいた。「大丈夫か？」

だが——すでに、小島の姿は、ピクリとも動かなかった。そばによって、その手ごたえのないガウンをはねのけた時——

小島の姿はすでにそこになく、ただベッドの上にポッカリあいた、細長い穴が、生き物のようにうごめきながら、純白のシーツを蝕《むしば》みつつある姿があるだけだった。

六

それからあとは——、も早やくわしく語るほどのこともない。

生きている穴は、その後も大変な勢いですべての物体の表面という表面に増殖しつづけた。いや——表面だけでなく、表面というものをくいつくしたあとの空間さえ、むしばみつづけた。

一つ一つの穴が、次第に加速されるスピードで、拡大して行くばかりでなく、それは、いたる所へ、大変なスピードで、伝染していた。

道路工事の穴が、突然底がぬけて、土砂も水も、工事中の人夫も、一挙に暗黒の空間にのみこまれてしまったこと、航海中の船が、穴にむしばまれて、目的地につくまでに、水面をただよう一個の穴になってしまったこと、空中を漂う穴に、飛行機がのみこまれてしまったこと——そして、それが次第に、社会問題から、全世界的な問題になって行き、それに対して人類はついになすところを知らず、社会的混乱や、暴動や恐怖が日を追うてひろがり、全世界が、しだいに滅亡のふちへおいやられていったことは、事件の性質から見て、当然であったろう。

穴は、大地であろうが、建物であろうが、紙の上であろうが、また水の上であろうが——およそ表面の存在する所には、確実に伝染して行った。表面という表面をくいつくしてしまったあとも、穴は、三次元空間の中にただよう、暗黒の空間として、存在していた。

それは、小島の例を見てもわかるように、生物であろうとも容赦しなかった。——最初は、街を行く人の、頰の上などに、ポッカリあいた小さな穴として伝染した。流行の初期には、頰に肉色絆創膏《ばんそうこう》をはった人をよく見かけたものだ。だが、いったん感染した穴は、その後、確実に拡大し続け、ついには絆創膏などでは、おおいきれなくなってしまうのだ。

御多分にもれず、私もあの穴にやられた。——穴は、私の右脇腹に、その最初のくさびをうちこんだ。それればかりでなく、恋人の久美子の下腹にも、感染していた。おそらく私がうつしてしまったのだ。久美子の白い、柔らかい腹の上に、あのまがまがしいまっ黒な穴が、ポッカリとあいて、そこから異臭をふくんだ冷たい風が、細い棒のように吹きつけるのを発見した時、私はどんなにショックをうけたろう。——その穴が、下腹部全部をおおった時、久美子は自殺した。

しかし、私は、体の表面のほとんどを、穴にむしばまれながら、なお生きていた。——発狂したり、集団自殺しながら、なお生きているものもたくさんいた。——道をあいていると顔の前面が全部、すっかり穴におおわれている少女に出あったこともある。——後ろからみると、後頭部だけがまだのこっていた。しかし、その少女の顔には、まっ暗な、虚無の空間が、ポッカリと口をあけているのだった。

月も、すでに半分むしばまれてしまった。——もう私たちは、二度と満月を見ることはないだろう。ギザギザにむしばまれ、あちこちに黒い斑点《はんてん》をちらした、みにくい三日月しか見ることはできないのだ。

地球も——大地も、もう四分の一は、ぽっかりあいた、巨大な穴でおおわれていた。——地球自体が、空間にあいた虚無の穴にかわってしまうのは、そう遠いことではあるまい。

ふしぎなことに、体の前面を穴におおわれているにもかかわらず、私自身はまだ生きていた。——身体器官は、それなりに、またどこかに存在し、有機的なつながりをもち、営みをつづけているらしいのである。だがしかし、腕がなくなり口がなくなってしまえば、もう食物をとることができないし、そうなったら、私の体もどこか見知らぬ空間でくちはてるだろう。

いったい、なぜこんなことになったのか。

——この、いっさいをおかし、のみこんでしまう「虚無の穴」は、どこから来たのか？　それはなぜ、増殖し、拡大し、伝染し、地球をおおいつくすのか？

そんなことは、一切わからない。

ただ、私は——ひょっとしたら、私だけは、その原因についてのヒントになるような体験をもっている。

小島の家を出ようとする時、玄関のドアの傍《そば》で、私は空中にただよう意味のようなものを、頭の中に感じとった。

玄関前のロビーの空中に、得体の知れないものの形が、空間の陰刻のようにただよっており、そのものは問答をするようにあわただしく、意味をとりかわしていた。

困ったことだな……また……転移……増殖……切りはなす？……いや、ここらで食いとめられれば……あとは？……

そんな、とぎれとぎれの意味を、頭の中にキャッチしながら、その時すぐには、理解できなかった。しかし、ずっとあとになって考えてみると——

この穴は、どうやら、空間自体の病気の一種らしいのだ。もう少し、飛躍させて考えれば——空間自体の癌《がん》のようなものではあるまいか？

空間に癌があるか？といわれれば、そんなことはわからない、と答えるほかしかたがない。しかし、——たとえば、肺が結核菌にむしばまれ、空洞《くうどう》が次第にひろがって行く。あるいは、鉄板が酸におかされ、癌蝕孔《がんしょくこう》が次第に拡大して行く。それは見方によっては、今までそこにあった空間と、性質のちがう空間が、自己増殖していく、と考えられないでもない。

とすれば——われわれの知らぬ、超空間で、突然三次元空間と接触している部分において、超空間の自己増殖が起こりはじめた時、それを空間の病気とよんでもかまわないのではないか？

あるいはそれは——液体の中を、眼に見えない高速粒子が通過することによっておこる泡箱現象のようなものにもたとえられるかも知れない。——今まで、均一の密度をもっていた空間の中に、突然別の性質の空間——気泡《きほう》が生ずる。——気泡は圧力の差によって拡大し、移動し、分裂してさらにたくさんの気泡をつくる。気泡同士がくっつきあって、大気泡をつくる。

ばかばかしい、と思うかも知れないが、われわれの住む空間をこえる超空間内でおこった現象は、本来、いかなる説明をすることもできない。——ただ、われわれは、三次元空間に突然生じる、その結果だけを、なすことなく、甘受しなければならないのだ。

なぜそんなことがおこったのか——われわれにはその原因を知ることができない。われわれの空間をこえる世界で、いったいどんなことがおこったのかも、類推することさえできない。

私が目撃した——と思った——あの空間の陰刻のような、奇妙なものの姿が、超空間、四次元世界にすむ、生物であるかどうかも、私には判断がつかない。

ただ、確実なことは、もうじき私自身が、私自身の内部——いや、本来内部というのは、まちがった表現だが——に刻々拡大しつつある、広大で不可知的な、暗黒の虚無にのみこまれ、ついで地球全体がのみこまれてしまうだろう、ということである。

体の中に、ポッカリ穴があく、という言葉は、今では比喩《ひゆ》ではなく、はっきり手をふれることのできる現実である。——自分の体にあいた穴から、つめたい風が吹き出し、首をまげてのぞきこめば、その奥に、はてしない虚無がひろがっているのを、見ることができる、というのは、奇妙なことである。——もうじき、この穴は、のどもとをおかし、顎《あご》をおかし、やがて私は、下半分のない自分の顔を鏡の中にみるだろう。それは最後に脳をのみこむだろう。——私自身が、空間にポッカリあいた、暗い虚無の穴に変貌《へんぼう》する時——その時なお、私の意識が存在するか、ということは、興味のある問題であるが——

しかし、今となっては、虚無はかえって、私に不思議な安らぎをあたえる。

　けだし——人間の意識は、虚無の中よりうまれ、自己の中に内包する虚無によって、自己以外の一切のものを認識し、そしてついには、原初の虚無の暗黒にかえって行くものではないだろうか？

解説

小松《こまつ》実盛《さねもり》

小松左京は一九六二年にSF作家デビューし、本書『厳選恐怖小説集 牛の首』が出版される今年二〇二二年はデビュー六十周年にあたります。『日本沈没』や『復活の日』などのSF作品で知られていますが、「くだんのはは」を筆頭にホラー作品も評価されており、一九九三年には角川ホラー文庫より『自選恐怖小説集 霧が晴れた時』が出版されました。けれど収録されなかった興味深いホラーが他にも数多く存在しています。中でも、本書の表題となった「牛の首」は、一九九〇年代の都市伝説ブーム、さらに、その後のネット社会の発展により「くだんのはは」との関連で話題となり、六十年近くの時を経た令和の世において、ホラーとしての確固たる地位を築きました。『自選恐怖小説集 霧が晴れた時』出版から約三十年後の今年、角川ホラー文庫で「くだんのはは」と「牛の首」が揃って読めることになりました。

これ以降は作品執筆の背景やトピックなどの紹介になりますが、物語の核心に触れる部分もあるので、掲載作品を読了後にお読みいただくことをおすすめします。

〈作品紹介〉

【ツウ・ペア】

目を覚ますと何故か自分の手が血に染まっている。何一つ判らないまま、宿命の糸に搦《から》め捕られていく主人公……。

小松左京は本格的な作家デビュー前の一九五九年に大阪産経新聞の文化欄で翻訳ミステリ雑誌評を担当しており、多くの海外ミステリに触れていました。この経験から本作はミステリの雰囲気を醸しだしていますが、合理的な説明で終わることはなく、その核にSF的なものを秘めていることが窺えます。

【安置所の碁打ち】

一九七一年に「小説新潮」に掲載された本作は、謎解きが一切されず、まるで実際に起こったことのようなリアリティーを感じます（今もどこかの病院で、看護師たちが声を潜めて語り継いでいる、都市伝説ではないのかと思えてしまいます）。

生ける屍《しかばね》としての主人公は、全ての人が死に絶えたあとも、孤独に碁を打ち続けるのでしょうか、それとも、作品で言及された〝持《せき》〟のように、その時こそ何かの役割を果たすのでしょうか。

【十一人】

人の姿を借りて異形のものが現れる。神話の頃からあるこのパターンは古今東西様々な形で語り継がれてきました。狐や狸が人に化けてだます。幽霊が生きている人のふりをして日常生活に紛れ込む……。

小松左京は、昔からのホラーの伝統に関して次のように語っています。

またSFは近代の合理主義の中では消えていった昔のホラーの伝統、すなわち人類の非常に古い財産である恐怖、怪談というものに新しい科学的世界観、宇宙像の中に復活させました。

『自選恐怖小説集　霧が晴れた時』より

一九六四年に「サンケイスポーツ」に掲載された本作も、このパターンに従った小松左京の最初期のもののひとつです。

【怨霊の国】

「怨霊の国」は、一九七一年に「小説宝石」に掲載されました。

クトゥルー神話がお好きな方には馴染み深いイギリスの作家アーサー・マッケンの傑作怪奇小説『パンの大神』に通じる、あちらの世界とこちらの世界の接点に纏《まつ》わるお話です。

「怨霊の国」をある意味ベースにして、小松左京のライフワークである、「宇宙とはいったい何か？」との問いにアプローチしようとしたのが、コズミックホラーとして今も高い評価を受けている「ゴルディアスの結び目」です。

「怨霊の国」と「ゴルディアスの結び目」、いずれも異界の恐怖イメージが作品の要となっています。


【飢えた宇宙《そら》】

本作は一九六八年に「推理ストーリー」で発表されました。ミステリでおなじみの人里離れた屋敷や陸地から遠く離れた客船における失踪事件といった舞台を、地球を遥か離れた宇宙船に置き換え、さらに西洋ホラーを代表する怪物の存在が重要な鍵になるなど、古典的ホラー、ミステリ、ＳＦが悪魔合体したような作品です。


【白い部屋】

一九六五年に「サンケイスポーツ」で発表された、身もふたもない言い方をすれば、恋人がいるという妄想に囚われた主人公を現実世界に引き戻すというお話です。

自分を愛する者がいるという空想の世界、そして、おそらくは孤独な現実の世界。

主人公は二つの世界のはざまに彷徨《さまよ》いますが、現実の世界の医師の手により、晴れて元の自分を取り戻すことになります。医師は男をにこやかに迎えます、けれども、これはハッピーエンドといえるのでしょうか？

妄想が生んだとされる女性は本当に一途《いちず》に見え、小松左京の未完の遺作「虚無回廊」に描かれた、主人公の亡くなった妻の人格を反映させた人工実存アンジェラEの叫びの場面を思い起こさせます。

「死のむこうには、本当の私も、本当のあなたも存在しないのよ。本当のあなたは、いまここにいるのがそうなのよ。そして、私は……ここにいる私が、私のすべてなの！」

『虚無回廊』より

【猫の首】

小松左京は本当に猫好きで、新婚時代から最晩年まで、ずっと猫に囲まれて暮らしていました。

本作は、一九六九年、「別冊小説新潮」に掲載されたものですが、登場する母猫のモデルは、当時、小松左京が飼っていたプヨです。沢山の子猫を年二回も生んだので貰い手探しに大変苦労していましたが、その時の想いが物語に反映されているのかもしれません（今ではとても考えられないお話ですが、雑誌で子猫の読者プレゼントまで実施しました)。

己を犠牲にしながら猫の親子を護ろうとする気の毒な主人公は、猫愛好家としての小松左京の分身といえます。

新婚時代の小松左京と
初代愛猫フクちゃん

【黒いクレジット・カード】

本作は、一九七一年に若者向け雑誌である「月刊Ｐｏｃｋｅｔパンチ Ｏｈ！」に掲載されたものです。

日本でのクレジットカード登場が一九六〇年頃といわれていますが、当初は文字通りクレジット(信頼)がある人だけが持つ富裕層のシンボルでした。

これさえあれば何でも願いが叶う！　現代の打ち出の小槌や魔法のランプにも見えますが、実態はツケ払い（借金）に他ならず、いつかは清算しなければなりません。父の工場倒産の借金返済に長く苦しめられてきた小松左京は、高度経済成長に浮かれていた若者たちに、クレジットカードが生み出す幻想の恐ろしさを警告しようとしたのかもしれません。

【空飛ぶ窓】

小松左京の作品には、東京が雲に覆われて連絡が途絶える「首都消失」、ホラーの代表作の一つ「霧が晴れた時」など、人や物が消えてしまう話が多数あります。いずれも、巻き込まれる人間にとってみると大変不条理な異常現象ですが、本作は消された方の人たちにスポットが当てられています。安住の地から引き離され途方にくれた状態に追い込まれるという点では、『日本沈没』にも通ずるものがありそうです。

（本作は、『日本沈没』出版の翌年にあたる一九七四年に「週刊小説」に掲載されています。）

【牛の首】

「牛の首」は、一九六五年に、「サンケイスポーツ」に掲載されました。筒井康隆先生のエッセイ「狂気の沙汰も金次第」によると、元々はSF作家の今日泊亜蘭《きょうどまりあらん》先生が語られていたお話ということで、その噂話を小松左京がショートショートに仕立て上げたのが本作のようです。

ホラーとも、ブラックユーモアとも判別がつきにくい、知る人ぞ知る作品だったのですが、解説の冒頭でも触れさせていただいた通り、謎多き作品「くだんのはは」と関係があるのではとの話題が都市伝説ブームとともに広がり、ネット界隈において有名なホラーの一つとされるようになりました。

筒井康隆先生の話を補塡できるような情報がないかと、別のSF作家の方に伺ったのですが、「牛の首」の新情報は得られず、代わりにその先生がお母さんから聞いたという戦時中の「くだん」の話を教えていただきました（まるで「牛の首」の主人公になったような気分です……）。

【ハイネックの女】

小松左京の作品には、女性を描くことに主眼をおいた「女シリーズ」という幻想的な作品群があり、文学性が高い中間小説誌に掲載されることが多く、「ハイネックの女」も、一九七八年に「オール讀物」に向けて書かれました。

しかし、女シリーズの最終作となる「ハイネックの女」は、幻想的という範疇でなく、古典的怪談世界と紛うことなきSFの融合作品となりました。

主人公である、いけ好かない中年男性にすれば、まさしく恐怖の幕切れですが、ちょっとオタクっぽい誠実な青年と彼を愛する異形のものの純愛とみればハッピーエンドともとれる不思議なお話です（「うる星やつら」のラムちゃんや、ラノベで主人公に入れあげる異形のヒロインを彷彿とさせます）。

「ろくろっ首の自殺」
※小松左京が描いた一コマ漫画

【夢からの脱走】

二〇二二年現在において、最も恐ろしいのは、この「夢からの脱走」かもしれません。ほぼ六十年も前の作品ですが、そのリアルな戦闘描写は、今現在、ウクライナで繰り広げられている戦いと瓜二つです。

自分の住む家が、勤める会社が、理由も判然としないまま殺伐とした戦場になる。世界的な緊張がエスカレートするなか、この物語の中の戦場や今のウクライナにおける戦場が、この日本においては、決して現実になることはないと言い切れるでしょうか？

　小松左京は、SF作家になったきっかけは自身の戦争体験にあったと語っており、SF作家デビュー後も、この拭い去ることができない戦争の痛みと、新たに起こるかもしれない戦争への恐怖を常に抱え続け、辛いことですが執筆の原動力にもなっていました。「夢からの脱走」における、二つの世界の狭間で虚しく息絶える主人公もまた、平和な世界こそが夢ではないかと怯え続けた小松左京の分身といえるでしょう。


【沼】

一九六四年に「サンケイスポーツ」に掲載された、ショートショートですが、その後味の悪さは小松左京の作品のなかでもトップクラスです。

　過去のトラウマがあらたな悲劇を生む。己の罪悪感が生んだ妄想とみせかけながら、情け容赦のない合理的な結末が用意され、逃げ場のない現実の世界に引き戻される。

　当時、通勤地獄の息抜きに買ったスポーツ新聞で、この物語を読むはめになったサラリーマンにとっても、ある意味悲劇だったのかもしれませんが。


【葎生《むぐらふ》の宿】

高度経済成長期の日本では都市部に人口が集中し大いに賑わいましたが、その半面、過疎の村や廃村が増え、社会問題化していました。「葎生の宿」は、高度経済成長が終わりを迎えた一九七三年に「週刊小説」に発表された作品ですが、繁栄の影で捨てられ、忘れ去られた存在の、やりきれない悲しみにスポットが当てられています。

迷い込んだ新たなる主《あるじ》もまた、村の悲劇の原因となった都市に逃げ去ってしまう。「牡丹灯籠《ぼたんどうろう》」や「吉備津《きびつ》の釜」といった怪談や筒井康隆先生の「鍵」のような現代ホラーでもお馴染みの恐怖の愛憎劇が、ＳＦチックなショッキングなビジョンとともに繰り広げられます。

主人公が最後に見せる誠意が、せめてもの救いですが……。

【生きている穴】

自分を取り巻く世界を浸食し、ついには自らの体にまで拡がってゆく正体不明の漆黒の穴。得体の知れない恐怖となんともいえない寂寥感に満ちた本作は、一九六六年に「推理ストーリー」に掲載されました。

この不気味な穴の正体に迫るヒントを、小松左京は次のような形で残しています。

> 晴れわたった青い空の下で、ききとりにくいラジオの声によって「戦場」が突如として「廃墟」にかわった時、私の中で一つの時計がこわれたのである。その時以来、「廃墟」は永遠に私の中に生きつづけた。そこには、ただ空間的な広がりだけ

があって、時間がなかった。

「廃墟の空間文明」（一九六四「現代の眼」掲載）より

〝私の中に生き続ける、空間的な広がりだけの、時間のない、廃墟のイメージ〟、まさしく「生きている穴」そのものです。

穴の正体は、自分が亡くなるまでつきまといながら、同時に執筆活動の原動力でもあった、小松左京の悲惨な戦争の記憶だったと推察されます。

「くだんちゃん」©イマムラセイヤ

初出一覧

ツウ・ペア	週刊小説	73年 2月9日
安置所の碁打ち	小説新潮	71年 11月
十一人	サンケイスポーツ	64年 7月20日
怨霊の国	小説宝石	71年 8月
飢えた宇宙《そら》	推理ストーリー	68年 7月
白い部屋	サンケイスポーツ	65年 8月
猫の首	別冊小説新潮	69年 7月
黒いクレジット・カード	月刊PocketパンチOh!	71年 2月
空飛ぶ窓	週刊小説	74年 3月15日
牛の首	サンケイスポーツ	65年 2月8日
ハイネックの女	オール讀物	78年 3月
夢からの脱走	小説現代	65年 1月
沼	サンケイスポーツ	64年 7月6日
葎生《むぐらふ》の宿	週刊小説	73年 1月5日
生きている穴	推理ストーリー	66年 4月

本文中には、ハイミス、白痴、きちがい、分裂症、廃人、インディアン、人夫、（性風俗としてのトルコ風呂の意で用いられる）トルコ、チョンガー、癩病など、今日の人権擁護の見地に照らして不適切な語句や表現があります。しかしながら、作品全体を通じて、差別を助長する意図はなく、執筆当時の時代背景や社会世相、また著者が故人であることを考慮の上、原文のままとしました。

（編集部）

厳選恐怖小説集《げんせんきょうふしょうせつしゅう》
牛《うし》の首《くび》
小松左京《こまつさきょう》

角川ホラー文庫 23387

令和4年10月25日 初版発行
令和6年10月30日 7版発行

発行者———山下直久
発 行———株式会社KADOKAWA
〒102-8177 東京都千代田区富士見2-13-3
電話 0570-002-301（ナビダイヤル）
印刷所———株式会社KADOKAWA
製本所———株式会社KADOKAWA
装幀者———田島照久

●お問い合わせ
https://www.kadokawa.co.jp/（「お問い合わせ」へお進みください）
※内容によっては、お答えできない場合があります。
※サポートは日本国内のみとさせていただきます。
※Japanese text only

ISBN978-4-04-113010-0 C0193